楼 | 适 | 夷 | 译 | 文 | 集

LOUSHIYI YIWENJI

楼适夷译文集

蟹工船

〔日〕小林多喜二——著

楼适夷——译

中国文史出版社

序　言

——适夷先生与鲁迅

在上世纪九十年代中期，适夷先生九十岁的时候，人民文学出版社出版了他几十年写下的散文集，又获得了中国作家协会中外文学交流委员会颁发的文学翻译领域含金量极高的"彩虹翻译奖"。这是对他一生为中国新文学运动做出的杰出贡献给予的表彰和肯定。当老夫人拿来奖牌给我看时，适夷先生挥挥手，不以为然地说："算了算了，都是浮名。"

我觉得适夷先生是当之无愧的。

上世纪二十年代中期，适夷先生还不满二十岁，便投身于中国新文学运动，从他发表第一篇小说到发表最后一篇散文，笔耕不辍七十余年。仅凭这一点就足以令人钦佩了。

五四运动之后，中国社会面貌激变的伟大革命的年代，以鲁迅为代表的一批受过西方先进文化影响的青年作家们，以诗歌、小说等文艺作品，掀起批判封建主义儒家文化传统和道德观念，讴歌自由、平等、民主思想的狂飙运动。适夷先生在上海结识了郭沫若、成仿吾、郁达夫等创造社浪漫派先驱，开始了诗歌创作。在五卅运动中，他接受了马克思主义，参加了共青团、共产党，一面从事地下革命活动，一面办刊物，写下了大量小说、剧本、评论，还从世界语翻译外国文学作品，成为左翼文学团体"太阳社"的重要成员。

由于革命活动暴露身份，招致国民党特务的追捕。1929年秋，他不得已逃亡日本留学。在那里他一面学习苏俄文学，一面学习日语，还写了许多报告文学在国内发表。1931年回国即参加了"左联"，同鲁迅先生接触也多起来，在左联会议上、在鲁迅先生家中、在内山书店，领受先生亲炙。他利用各种条件创办报纸、杂志，以散文、小说的形式揭露国民党反动派的白色恐怖，号召人们起来抗争，同时他又大量翻译了外国文艺作品和马列主义文艺理论。苏联是世界上第一个无产阶级取得政权的国家，那是国内理想主义革命者们无上向往的国度。他们怀着极大的热情讴歌苏维埃人民政权，介绍苏俄的文学艺术。但当时国内俄语力量薄弱，鲁迅提倡转译，即从日、英文版本翻译。适夷先生的翻译作品大都是从日文翻译的，如阿·托尔斯泰的《但顿之死》《彼得大帝》，柯罗连科的《童年的伴侣》《叶赛宁诗抄》，列夫·托尔斯泰的《高加索的俘虏》《恶魔的诱惑》，赫尔岑的《谁之罪》。他翻译最多的是高尔基的作品，如《强果尔河畔》、《老板》、《华莲加·奥莱淑华》、《面包房里》以及《契诃夫高尔基通信抄》、《高尔基文艺书简》等。此外，他还翻译了许多别的国家的作家作品，如奥地利作家茨威格的《黄金乡的发现》《玛丽安白的悲歌》，英国作家维代尔女士的《穷儿苦狗记》，以及日本作家林房雄、志贺直哉、小林多喜二等人的作品。一次，和我聊天，他说解放前，他光翻译小说就出版过四十多本。鲁迅先生赞赏适夷先生的翻译文笔，说他的翻译作品没有翻译腔。适夷先生曾说翻译文学作品，最好要有写小说的基础，至少也要学习优秀作家的语言，像写中国小说一样翻译外国文学作品，才能打动读者。

其实，适夷先生的翻译工作只是他利用零敲碎打的工夫完成的，他的主要精力都投在革命事业上，因此，老早就被国民党特务盯上了。1933年秋，他在完成地下党交给的任务，筹备世界反帝国主义战争委员会远东反战大会期间，因叛徒指认，遭到国民党特务绑架，被捕后押解到南京监狱。他在狱中坚贞不屈，拒绝"自新""自首"，被反动派视作冥顽不化，判了两个无期徒刑。由于他是在内山书店附近被捕的，鲁迅先生很快就得到消息，又经过内线得知没有变节屈服的实情，便把消息传给友人，信中一口一个"适兄"地称他："适兄忽患大病……""适兄尚存……""经过拷问，不屈，已判无期徒刑"，对适夷先生极为关切。同时还动员社会上的名士柳亚子、蔡元培和英国的马莱爵士向国民党政府抗议，施展营救。那时正有一位美国友人伊罗生，要编选当代中国作家的短篇小说集《草鞋脚》，请鲁迅推荐，提出一个作家只选一篇，而鲁迅先生独为适夷先生选了两篇(《盐场》和《死》)，可见对他尤为关怀和爱护。

适夷先生为了利用狱中漫长的岁月，学习马列主义文艺理论，通过堂弟同鲁迅先生取得联系，列了一个很长的书单，向鲁迅先生索要，有普列汉诺夫的《艺术论》《艺术与社会生活》，梅林的《文学评论》，还有《苏俄文艺政策》等中日译本，很快就得到了满足。他根本没有去想鲁迅先生那么忙，为他找书要花费多大精力，甚至还需向国外订购。适夷先生当时是二十八九岁的青年，而鲁迅先生已是五十开外的年纪了。后来，他每当想到这一点，心中便充满感激，又为自己的冒失感到内疚。

有了鲁迅先生的关怀，先生在狱中可说是因祸得福了，以前从事隐蔽的地下工作，时刻警惕特务追踪、抓捕，四处躲藏，居无定所，很难安心学习、写作，如今有了时间，又有鲁迅先生送来的这么多书，竟有了"富翁"的感觉。鲁迅先生说，写不出，就翻译。身陷囹圄，自然没法写作，他就此踏实下来翻译了好几本书，高尔基的《在人间》《文学的修养》，法国斐烈普的中篇小说《蒙派乃思的葡萄》，日本作家志贺直哉的短篇小说集《篝火》等，都是在狱中翻译，后又通过秘密渠道将译稿送到上海，交给鲁迅和友人联络出版的。

那时，适夷先生心中还有着一团忧虑。本来他年迈的母亲和一家人是靠他养活的，入狱后断了收入，家中原本就不稳定的生活，会更加艰难，虽有亲戚友人接济，但养家之事他责无旁贷。能有出版收入，可使家人糊口，也尽人子之责。当时翻译家黄源正在翻译高尔基的《在人间》，可当他在鲁迅的案头上看见适夷先生的《在人间》译稿时，便毅然撤下自己在《中学生》杂志上发表了一半的稿件，换上了适夷先生的译稿。那时《译文》杂志被查封，鲁迅先生正为出版为难。而在此之前，黄源与适夷先生并无深交。后来适夷先生一直念念不忘，谈到狱中的日子，总是感慨地说：鲁迅先生待我恩重如山，黄源活我全家！

新中国成立后，国家培养了大批外语人才，已无须转译，适夷先生便专注翻译日本文学作品，他翻译了日本著名作家志贺直哉、井上靖的作品，为中日文化交流做出了贡献。

同时他担任文学出版社负责人，也以鲁迅精神关怀爱护作者。当年羸弱书生朱生豪，在抗战时期不愿为敌伪政权服务，回到浙江老家，贫病交加中发奋翻译《莎士比亚戏剧全集》，呕心沥血，却在即将全部完成时，困顿病殁。适夷先生在新中国成立之初，就出版了他的（当时也是中国第一部）《莎士比亚戏剧全集》，当一笔厚重的稿酬交到朱生豪妻子手中时，她竟感动得号啕大哭。

五十年代，适夷先生邀请当时身在边陲云南的阿拉伯语翻译家纳训来北京，翻译了《一千零一夜》，这部为国内读者打开了阿拉伯世界的名著，至今仍为人们爱读。

六十年代，他邀请上海的丰子恺翻译了世界上第一部长篇小说《源氏物语》；发挥了旧文人周作人、钱稻孙的特长，翻译了当时年轻翻译家们无法承担的日本古典杰作《浮世澡堂》和《近松门左卫门选集》等，丰富了我国的外国文学宝库。

八十年代初，他年事已高，虽然离开了工作岗位，仍然向读者介绍好书。他得知"文革"中含冤弃世的好友傅雷留下大量与海外儿子的通信，便鼓励傅聪、傅敏整理后，亲自向出版社推荐，并写下序言。这本带着先生序言的《傅雷家书》一版再版，长年畅销不衰，尤其在青年人中影响巨大。他说就是要让人们"看看傅雷是怎么教育孩子的！"这样的事情太多了。

改革开放后，各种思潮涌现，八九十年代，社会上流行一股攻击鲁迅的风潮，我不免心怀杞人之忧，就跟适夷先生说了，他却淡然地答道："这不稀奇，很正常的。鲁迅从发表文章那天起，就受人攻击，一直到他死都骂声不断。这些，他根本不介意。鲁迅的真正的价值，时间越久会越加显著。"

这真是一句名言，一下使我心头豁然开朗了。

在适夷先生这套译文集即将出版之际，再次感谢中国文史出版社付出的极大热情和辛勤劳动。我们相信通过"楼适夷译文集"的出版，读者不但能感受到先贤译者的精神境界，还能欣赏到风格与现今略有不同、蕴藉深厚的语言的魅力。

董学昌

2020 年春

目录

蟹工船

〔日〕小林多喜二

一

"喂，到地狱里去呀!"

两个渔工靠在甲板的栏杆上，眺望着像一条蜷曲的蜗牛似的环抱海港的函馆的街市。一个渔工把已经吸到指边的烟头一扔，顺便吐出一口口水。烟头很滑稽地翻着各色各样的跟斗，在高高的船肚边挨擦着落下去。他满身发出一股酒味。

一条轮船鼓着红色的大肚子，庞然地浮着，还有一条似乎正在装货，船身截然侧向一边，好像一只袖子被人从海里硬拉下去，黄色的、粗大的烟箩，大钟似的浮标，跟臭虫一样急急忙忙穿过船缝的汽划子。冷森森地骚动着的海水，水面漂着烟油、面包屑、烂水果，看去像一幅别致的花布……煤烟顺着风势擦过水面，送来一股浓浓的煤气。吊车的嘎嘎声不时从水面上传过来。

在这条蟹工船博光丸尽跟前，有一条油漆剥落的帆船，船头上像牛鼻孔似的地方放下一条锚链。帆船的中板上有两个衔着水手烟斗的外国人，跟机器人似的在同一地方来回踱着。这好像是一条俄国船，大概是监视日本蟹工船的。

3

"我一个钱也没有了。妈的,你瞧。"

他这样说着,把身体挪过去,抓起另一个渔工的手,拉到自己腰边,按按工作服底下灯芯绒裤子的口袋,口袋里好像有一只小小的盒子。

另一个没吭声,望望这个渔工的脸。

"嘻嘻嘻!"他笑着说,"花牌①呀!"

上甲板上,一个将军模样的船长正在抽着烟散步。他喷出来的烟雾从鼻尖边突然拐弯,飘散开来。船员拖着木底草鞋,提着装饭食的铅桶,在靠船边的舱房里急急忙忙进出。一切都准备好了,马上就可以开船。

他们走到杂工住的舱口,从上边望下去,看见阴暗的下舱的棚架里,一群仿佛从窝里探出脸来的小鸟一样叽叽地闹着的,全是十四五岁的孩子。

"你家在哪里?"

"××町。"大家的回答都一样,全是函馆贫民窟里的孩子。这些孩子挨挤在一块儿。

"在那边棚架里的呢?"

"南部。"

"这边的呢?"

"秋田。"

这些孩子各自挤在不同的棚架里。

"在秋田什么地方?"

一个拖着黄浓鼻涕,跟害红眼似的眼沿发烂的孩子说了。

"北秋田呗。"

---

① 花牌是一种赌具。

"家里是种庄稼的吗?"

"是的。"

空气闷得很,有一股烂水果的酸味。装着几十桶咸货的舱房就在紧隔壁,因此又夹着一股大便似的臭味。

"往后老子抱你睡觉吧。"渔工哈哈地笑了。

在阴暗的拐角上,一个像是当女苦力的妈妈,穿着工服和长裤,头上用包袱布包成三角形的,正在削苹果给伏在棚架上的孩子吃,自己吃削成圈形的果皮。她不知在说什么,又一次次打开孩子身边的小包袱,再重新捆上。这样有妈妈送行的孩子有七八个。从内地来没人送的孩子不时地向这边偷望。

一个头发和身上都沾着洋灰粉的妇人从糖果盒里拿出糖来,分给近旁的孩子,每人两颗。

"跟咱们健吉一块儿和和气气干活吧。"她这么说着,伸出特别粗大、跟树根一样的手。

有的在给孩子们抹鼻涕,有的用手巾给孩子擦脸,也有的正在叽咕地说着什么。

"你那孩子身体挺棒呀。"

那是母亲们的谈话。

"嗯,还好。"

"咱这孩子,身子就是不结实,想不让他去,可是没有法子……"

"大家都一样呀。"

两个渔工把脸从舱口退出来,透了一口大气,马上心里阴沉地、默默地从杂工的"窑洞"回到靠近船头那边的自己的梯子形的"窝窝"里去了。每当锚链起落的时候,大家就像给扔在洋灰地上似的弹起来,互相碰撞。

在阴暗中，渔工们跟猪一样躺着。这地方也正是一个猪圈，发出一股令人作呕的臭味。

"臭死啦，臭死啦。"

"对啦，咱们这样待下去，说不定也会腐臭哩。"

一个脑袋像红石臼一样的渔工把一升瓶的酒全倒在一只有缺口的饭碗里，一边嚼鱿鱼干，一边喝酒。在他旁边，有一个人正仰躺着身体，一边咬苹果，一边看一本封面破碎的《讲谈》① 杂志。

有四个在围坐着喝酒，另外又挤进一个没喝够的。

"……哼，想想在海里要漂四个月，往后这玩意儿可干不成了……"

一个身体很结实的渔工这么说着，习惯似的不断地舔着厚厚的下唇，眯细着眼睛。

"所以，钱荷包就成这样了。"

他拿着干瘪得像柿饼一样的薄薄的钱荷包，提到眼前给别人看。

"那窑姐儿身体虽小，玩意儿可干得不坏！"

"喂，得啦，得啦！"

"出色，出色，谈下去。"

对方嘻嘻地笑了。

"瞧人家，真亲热。嘿？"另一个渔工的醉眼恰巧落在对面的棚架下，他用下颏向对面一指。

一个渔工正在把钱交给老婆。

"瞧，瞧，嘿？"

夫妇俩正把折皱的钞票和银角子摊在一只小箱子上点数。男的嘴里润着铅笔头，在一个小本子上记着什么。

———————————

① 杂志名。讲谈是日本的一种通俗文学，类似中国的说书。

"瞧，哼！"

"咱也有老婆孩子。"刚才谈窑姐儿的那个渔工忽然生气地说。

相去不远的棚架里，有一个青年渔工，因为隔夜醉酒，脸上有些青肿，脑门上披着头发。

"我早下过决心，再也不上船来了。"他大声地说，"可是给荐人行拉来拉去，拉得一个钱也没了，只好又来受几个月罪。"

一个背冲着这边，大概是同他一起来的汉子，正在跟他聊着什么。

舱口伸进来一双脚，一个扛着老式裰裢的汉子从扶梯上走下来。站在舱板上四处探望了一下，找到个空位子，就爬到棚架上来。

"你好。"他说着，向身边的人点点头。他的脸好像给什么东西染过似的，油光光地发黑。

"让我跟你们做伴吧。"

后来知道，这人上船以前，曾在夕张煤矿当过七年矿工。最近一次瓦斯爆炸，险些送了性命。这样的事以前也有过好几次。经过了这次，却忽然害怕起来，离开了矿山。爆炸的时候，他恰巧在那条坑道推轱辘马①。轱辘马上满装煤块，正推到别人的掌子②里去，忽然感到一刹那间眼睛有一百只镁光灯一齐开亮，在五百分之一秒的时间内，身体好像纸一样突然飘起来。好多台轱辘马受到瓦斯的压力，比空火柴盒还轻地在眼前飞走了，以后便昏过去了。

不知过了多少时候，听见自己的呻吟声，醒过来了。监工和工役在坑道中打起了火墙，防止爆炸的蔓延。那时候，他清清楚楚听见墙后边有矿工在叫救命，这是一种只要听过一次就会刺进心里，

---

① 厂矿工地中所用的手摇车，下有轻便铁道。
② 每个或每班矿工所担任的开采区。

一辈子也忘不了的声音，可是要救还来得及。他马上跳起身来，发狂地叫唤着，冲进人群里去：

"救人呀，救人呀！"

（以前他自己也打过火墙，那时他不感觉什么。）

"混账！火延到这里来，还了得！"

可是救命声渐渐低下去了，他不知想到了什么，挥着胳膊叫嚷着，在坑道里拼命地跑起来。跌了好几跤，额角碰在坑柱上，满身都是泥和血。路上又被轻便铁道的枕木绊了一跤，像抛球一样抛在铁轨上，重新昏过去了。

青年渔工听他讲了这个故事，就说：

"这儿也差不离呀……"

他那矿工特有的、怕光的、泛黄的、没有神气的眼睛，一动不动地盯住了那渔工，不吭气了。

从秋田、青森、岩手来的"农民渔工"中，有的伸开大腿坐着，把两手交叠着垫在屁股下面发呆，有的抱着膝盖靠在舱柱上瞧大家快活地喝酒，听大家胡扯。这些人都是从农村里给攥出来的。他们黑天白日在地里干活，还是不够吃喝。家里只留下一个大儿子，女的上工厂当女工，二儿子、三儿子都出外做工，还是吃不饱饭。好像在铁锅里炒豆子，多余的人从家乡给弹出来，流到城市里去。一心都想"攒点儿钱"回老家。可是干了一场活，上一次岸，就像小鸟踩在年糕上，在函馆和小樽黏住，挣扎不脱了。这样，就搞得跟"出生时"一样，一身精光，回不得家乡。要在没有立脚点的冰雪的北海道"过年"，就"不得不"以鼻涕纸一样的代价，把自己的身体卖掉。他们这样一次又一次，跟坏脾气的孩子一样，到了第二年，又"满不在乎"地干同样的事。

提着点心篮在码头上做买卖的女子，卖药的，还有卖日用品的

8

小贩，都下船来了。他们在船舱中间像海岛一样划了一块块的地方，摊开各自的货物。大伙从四面棚架上下的床铺上探出身来，问价钱，说笑话。

"点心好吃吗？好呀，阿姐！"

"啊哟，痒死啦！"码头上做买卖的女子着急地嚷着，蹦起身来，"这家伙，不行啊，拧人家的屁股！"

一个满口塞着点心的汉子，瞧见大伙眼睛都向他望，便毫不害羞地哈哈大笑了。

"这姑娘多可爱啊！"

从厕所里出来一个喝醉的汉子，一只手扶住旁边的舱壁，好容易才站稳了脚步，走过那女子的身边，顺便在她又红又黑的胖脸上摸了一把。

"干吗！"

"不要生气，姑娘，我搂你睡觉吧。"

这么说着，向女子做了一个怪样，大伙都笑了。

"喂，馒头，馒头！"

远远的拐角那儿，有人大声叫唤。

"来啦……"清脆的女嗓音应声回答了，在这地方，这样的嗓音是很难得的，"要几个？"

"几个？要有两个就成怪物啦——肉馒头①，肉馒头！"立刻引起一阵哄笑。②

说这话的人是每年冬天在橡胶厂做工的。每到春天没工做了，就上堪察加去干活。这两种活计全是"季节性劳动"（北海道的劳动都

————————

① 女性生殖器的俗称，谐音。
② 这下面，由译者删去原文对话一节。

是季节性的）。橡胶厂一开夜工，工人就得天天熬夜。据说"能够活上三年，就谢天谢地了"。他的皮肤就跟粗橡胶一样带着死色。

渔工中间，有的当过"猪仔"卖给北海道中部开垦地和建筑铁道的土工队，有的是吃尽四方的"流浪汉"，有的是有酒万事足的酒鬼，也有的是被青森一带好心的村长们挑选出来的"百事不知，木头人一尊"的地道乡巴佬。把这些乱七八糟的人物收在一块儿，对雇主是很合适的。（函馆的工会组织拼命想搞一些人去堪察加的蟹工船渔工中做工作，同时跟青森、秋田的工会也有联系——资本家对这个比什么都害怕。）

穿着上过浆的白色短制服的侍役忙忙碌碌地跑来跑去，向"后艄"的餐厅端去啤酒、水果和玻璃杯。餐厅里是一群"公司里的大人物"，船长、监督，还有在堪察加担任警备的驱逐舰里的大人，水上警察局的局长，海员工会的"挟皮包的"①。

"妈的，真没见过，就知道大吃大喝。"侍役气鼓鼓地嘟哝着。

在渔工们的"窑洞"里，亮着像一朵玫瑰花一样红沉沉的电灯。烟雾和人气把空气搞得又浑又臭，整个"窑洞"像一口"粪坑"。在划分着的舱棚上蠕动着的人们就好像粪坑里的蛆。由渔事监督带领，后边跟着船长、厂代表、杂工长，从舱口下来，走进下舱来。船长老用手绢抹上嘴唇，护理他的两边翘起的胡子。走道上乱扔着苹果皮、香蕉皮、破烂的水袜子、鞋子、沾着饭粒的木纸②等等，好像一条淤塞的泥沟。监督向这些东西瞥了一眼，就啐了一口口水。来人们都好像喝过酒，脸色红红的。

"给你们讲几句话。"监督的身体跟土工的扛棒一样结实，一只脚踩在床架的边沿上，用牙签在嘴里剔着，不时地把留在牙缝里的

---

① 这是御用工会的办事员。
② 日本人把木头刨成柔软的薄片，用以包卷食物。

东西弹出来，开口说话了。

"有的人也许已经知道，不用多说了，咱们这蟹工船的活儿不应该光看作公司挣钱的买卖，这是国际上一个大问题。是咱们……咱们日本帝国臣民强呢，还是罗宋人强，这是一场战争。万一……万一，当然这是绝对不会的，万一咱们打败了，两条大腿间荡着卵袋的日本男儿就只能'切腹'① 跳堪察加的大海。咱们的个儿虽然矮小，可是绝不输给野蛮的罗宋人。

"还有，咱们在堪察加的渔业，不但蟹肉罐头跟撒门鱼、红眼鱼是世界闻名的，保持着别国比不上的优越地位，而且对于日本人口过剩的问题、粮食不足的问题，也担负着重大的使命。我说这话，也许你们不懂，但这一点得让你们知道。一句话，咱们为了日本帝国的重大使命，要拼着命冲到北海的大浪里去。正因为这样，所以咱们到那里去，帝国的军航就来保护咱们……如果有人想学现在流行的罗宋人的办法，煽动大家干无法无天的事，这种人，一点儿不错，正是出卖日本帝国的卖国贼。当然这样的事是不会有的，但你们要好好记住……"

监督酒气醺醺的，连连打着饱嗝。

那位喝醉了的驱逐舰的大人，像装着铜丝弹簧的洋娃娃一样，迈着歪斜的步子，走下吊梯，到停在船边的汽划子里去。水兵们前簇后拥地抱着这位跟装满石块的麻袋一样的舰长，险些抱不住了。舰长挥着手，舞着脚，嘴里乱叫乱嚷。水兵们的脸上好几次被溅上了口沫。

"表面上说得那么冠冕堂皇，实际上就是这副神气。"

把舰长送上了汽划子，一个人从吊梯上解下缆索，回头瞅着舰

---

① 日本人的一种自杀方法，用刀子划破肚子。

11

长那边，嘴里低声说：

"干掉这个家伙！"

两个渔工咽了一口气，齐声笑起来了。

二

在船的右边，一片灰色的海雾中，远远地望见祝津的灯塔每一回转所发出的闪亮的灯光。当灯光转向别的方向的时候，一道神秘的、又长又远的银白色的光芒就伸到几海里以外去了。

船过留萌洋面，天空下起潺潺的细雨来。渔工和杂工们不得不时常交叠着蟹铗一样蜷曲的手揣进怀里，或是把两手拱成圆形，送到嘴边呵一会儿气，然后继续干活。豆豉色的雨丝不断地落进同样颜色的浑浊的海水里。开进稚内的时候，雨点大起来了，辽阔的海洋像一面飘拂的旗子，波动得又细又急。风吹到桅杆上，发出不吉利的声音。船身上不知什么地方，好像松了铆钉，不断地发出叽叽声。开进宗谷海峡的时候，这条将近三千吨的轮船像打嗝似的一下一下震动起来。船身一下子浮到半空，好像有一个大力士把它突然提起来，忽然又沉到原来的位置。每次沉下去，船上的人好像乘着电梯往下落，感觉到忍不住小便似的痒呵呵地难受。杂工们都晕船了，脸色萎黄，鼓出两颗眼珠，呕呕地呕吐。

被浪沫泼模糊了的圆形的舷窗中，望见桦太岛①上积雪的连山的动荡不定的硬线条。可是一会儿，一座阿尔卑斯冰山般的巨浪向玻璃外面涌来，又把这山影淹没了。海面远远现出一条阴森的山谷，渐渐移过来，重重地碰在窗上，碰碎了，哗啦啦……散成泡

---

① 日本称库页岛为桦太。

沫。然后，擦过窗子，像走马灯似的向船后边流去。轮船像孩子般摇晃着身体，发出从棚架上落下东西的声音，咯的一下，什么东西被折断的响声，和浪头泼到船肚上的咕咚声。这中间，机器房里的机器，通过各种器具，带着微微的震动，直接地"轧、轧、轧……"地响着，轮船不时地掀到浪顶上，推进机打着空转，轮翼子在水面拍打。

风越刮越猛，两条桅杆弯得像钓鱼竿一样，发出呜呜的哭声。浪头像暴徒一般从轮船的这一边涌上来，又从另一边流出去，跟跨过一条扛棒一样容易。在这一刹那间，海水流出去的地方就成一幅急泻的瀑布。

有时候，轮船像孩子的玩具船一样横搁在越来越大的浪山的可怕的斜坡上，立刻又跟倒下去似的，嘟嘟嘟落到山谷底里，好像马上就要沉没了。可是谷底立刻又另外腾起一个浪头来，砰的一声，撞到船肚上。

轮船开进鄂霍次克海，海水的颜色显得更灰了。寒气一阵阵从衣服里刺进来，干活的杂工们都冻紫了嘴唇。天气越冷，盐似的干硬的雪粒越是呼呼地吹。这种雪粒像玻璃的碎屑，刺痛趴在甲板上干活的杂工和渔工的手脸。浪头冲过甲板，立刻结成冰，甲板上变得又溜又滑。大家从甲板的这头到那头拉上绳子，每个人得跟孩子的尿布那样吊在绳子上干活。监督拿着打撒门鱼的木棍子，到处大声叫骂。

从函馆同时出发的别的蟹工船，不知什么时候各自分散了。可是轮船突然掀到阿尔卑斯山峰顶的时候，间或也远远望见两条摇摇晃晃的桅杆，像落水的人举起的胳膊一般。煤烟像烟卷上的烟雾在水面上飘飘吹散……浪声和叫嚷声中，好像隐约听到那条轮船在一次一次拉回声。可是过了这一刹那，这条船又咕咕地像喝水一般落到浪谷里去了。

蟹工船上装着八条川崎船①，船员和渔工为的把这些船紧紧拴住，不让它们给一千条鲨鱼张着白牙齿一样的浪头卷去，不得不"轻易"赌出性命。"你们一两条性命算什么，丢掉一条川崎船可了不起啊。"监督居然用日本话说出这样的话。

堪察加的海好像正在等待他们，说一声"来得好"，便张开大嘴，像一头饿透的狮子一样扑过来了。轮船似乎比兔子还柔弱。满空的雪片，顺着风势乱舞，像扯起一面大白旗。天快黑了，可是海上的风雨还没有停歇的样子。

干完了活，大家挨个儿走进"粪坑"里，手脚冻得跟萝卜一般，长在身上毫没感觉。大家跟蚕似的爬进自己的床上，谁也不吭一声，抓住铁柱子，颓然地躺倒。船身暴躁地蹦跳着，像一匹马在赶走背上的马蝇。渔工们茫无目标的视线望着熏黄了的白漆天花板，望望几乎没在海水里的蓝黑色的圆窗……其中也有人木然地半张着嘴。谁也没想什么，一种模糊的不安的感受使大家沉闷着。

有一个渔工脸冲着天，就着瓶子喝威士忌。在昏黄色的模糊的电灯光中，映出玻璃的反光——威士忌的空瓶子从床架向走道使劲地扔出去，骨碌碌转着，瓶上闪烁着两三道光。大家转过头去看瓶子。拐角上有人在生气地说话，船外的风雨声使这说话的声音像梦呓一样。

"离开日本了。"有人用胳膊肘擦着圆窗说。

"粪坑"里的火炉只是幽幽地燃着。"活"人被当作撒门鱼和红眼鱼，丢进"冷气仓"里，大家都索索地哆嗦。用帆布盖着的舱口上，泼过大阵的呼啸的海浪。每泼过一个浪头，跟大鼓内壁一样的

---

① 日本东北及北海道地方的一种专门捕鱼用的帆船。

14

"粪坑"的铁板墙上就发出可怕的反响。在渔工们睡着的尽横头，常常砰的一下，像一个大汉把肩膀狠狠地撞过来。现在，轮船正像一条临死的巨鲸，在惊涛骇浪中苦闷地挣扎。

"吃饭啦！"炊事夫从门口探出上半身，两手围着嘴叫喊，"今天刮风没汤。"

"什么菜？"

"臭咸鱼！"说话的脸打皱了。

各人慢吞吞爬起身来，吃起饭来。大家呼噜呼噜的，都热心得跟牢里的犯人一样。

咸鱼盆放在两条伸开的大腿间，一边吹着热气，一边把热饭送进嘴里，在舌头上搅拌着。"第一次"把热东西送到鼻子跟前，鼻涕水不断地淌出来，险些落到饭碗里。

正在吃饭，监督进来了。

"别跟叫花子一样狼吞虎咽吧，这样干不出活的日子，还放得开肚子吃饭吗？"

他瞪着眼睛向床架上下望了一望，把左肩膀向前一晃，走出去了。

"这家伙，他有什么权利说这种话？"一个由于晕船和劳动过度，骤然瘦起来的学生出身的渔工不平地说了。

"浅川浅川，是蟹工船的浅，还是浅的蟹工船？"

"天皇陛下高高在云端，跟我们没有关系，可是这浅，就不那么简单了。"别的一边有人说了。

"别那么小气，一两碗饭算什么，老子揍你！"是嘟哝着嘴发出来的声音。

"好家伙，你把这话当着浅去说，就算英雄了！"

大家没奈何，心里还在生气，脸上却笑起来了。

已经过了大半夜，监督披着雨衣到杂工们睡觉的地方来了。船震动得厉害，他一手抓着床架的柱子保住身体的平衡，一手拿着提灯，在杂工中间一边照着一边走过去。把倒在枕上的南瓜样的脑袋随意地翻过来，用提灯照着瞧。这些人睡得跟死了一样，即使踩了他们，也不会醒过来的。全都照完以后，他站定了咂一咂嘴，好像没了办法。可是，马上又向后边的伙房走过去了。扇形的发青的提灯光每摇晃一下，在一部分杂乱的床架上，长筒橡胶靴上，挂在柱子上的破衣和工服上，和一部分行李包上，就闪过一亮一暗的光波。光线在他的脚边颤动着，一眨眼又溜掉了。最后，在伙房内的门上照上一块幻灯片一样的圆光。第二天早晨，大家知道有一个杂工失踪了。

大家想起头一天"剧烈的劳动"，认为"一定是被浪头卷到海里去了"，心里就觉得难受。可是杂工们一早就被赶出去干活，对这件事来不及互相谈论。

"这样冷的水，谁高兴下去呀！一定是躲起来了。妈的，找出来，揍死他！"

监督像弄玩具一样转动着棍子，满船找。

海上的风雨已经过了顶点，可是轮船冲进面前掀起的大浪里，浪头跨过外甲板，还是跟跨进自己的院子一样便当。经过一天一晚的苦斗，好似遍身都负了伤，船身的什么地方发出一种瘸子走道似的声音，向前推进着。在伸手可探的上空，轻烟似的浮云碰在桅杆上，斜斜地飞掠过去。阴凉的雨点还没有停，四周一掀起汹涌的浪头，就清楚地望见打进海里的雨点，比跑进原始森林中遇上大雨更加难受。

麻的缆索都硬邦邦地冻住了，抓在手里跟抓着铁管一样。学生出身的那个渔工留意着脚底的滑溜，抓住绳子走过甲板，正跟从扶梯上两级一步奔上来的侍役打了照面。

"喂!"侍役把他拉到避风的犄角上,"告诉你一件有趣的事情。"说着,就讲起来了——

今天天亮前两点钟模样。浪头一阵一阵一直卷到上甲板,哗啦啦,哗啦啦……像瀑布一样流着。浪头在黑夜中露出白牙齿,时时发出青白的光芒。因为风雨,大家都没睡觉。正在这个时候,无线电报员慌慌张张地跑进船长室来。

"船长,不好了,S·O·S①!"

"S·O·S?哪条船?"

"是秩父丸,同咱们的船并行的。"

"那是一条烂船!"浅川还穿着雨衣,张开两腿坐在犄角上的椅子里。他抖动着一只脚上的靴尖,满不在乎地笑了。

"当然,每条都是烂船呀。"

"一刻也不能缓呀。"

"嚯,这可不得了。"

船长来不及披外衣,正要打开门到舵楼里去。可是门还没打开,浅川一把抓住船长的右肩。

"你去绕道儿,是谁发的命令?"

谁发的命令?不是"船长"吗?可是船长一下子愣住了,跟一条扛棒一样。但他立刻恢复了自己的立场:

"我是船长。"

"你是船长……啊?"监督跨开两腿,挡住船长的去路,压低着嗓子,用极端侮辱的腔调说,"嚯,这是谁的船?是公司出钱雇来的。只有公司代表须田先生跟我才能说话。你当船长有什么了不起,

---

① S·O·S,是轮船遇难求救的无线电码。

17

还不值一张厕所里的手纸呢。明白了没有？你要多管闲事，一个礼拜就叫你滚蛋，不是说着玩的，你敢耽误一天路程？而且秩父丸保了很高的险，一条烂船，沉掉了反而有利。"

侍役认为"马上"就要大吵了，事情绝不能这样就了。可是……船长好像嗓子里塞了棉花，呆呆地站着不动。侍役从没有见过这样的船长。船长的话不发生效力？天底下哪有那样的事！可是，终究有那样的事。侍役就是想不通。

"你要讲人道，还能跟外国打仗？"监督狠狠地歪着嘴吐了一口口水。

无线电报房里收报机不断地响着，时时爆出青白色的火花。反正得了解一下情况，大家都上电报房去了。

"瞧，打得这样急——越打越急了。"

电报员回过头来对正在背后注视着的船长和监督说。他们的眼睛紧紧追随着电报员的手指，只见它很灵活地按着各种开关和电钮，这边那边地动着。不禁感到浑身的紧张，连气也没有透一口。

每次轮船震动一下，跟一个疮似的装在壁上的电灯就暗一下，亮一下，隔着铁门可以听到泼在船肚上的浪声，和不断地响着的不吉利的汽笛声。汽笛声跟着风势，一会儿很远，一会儿又好像近在头顶。

唧唧——唧，唧唧——唧，收报机带着长长的尾音，爆散着雪花。突然，声音停止了。在这一刹那间，每个人的心里都受了一下打击。电报员慌忙扭动开关，连连地摇着机器，可是，没有声音，已经没有电报发来了。

电报员扭一扭身体，把回旋椅转过来。

"沉没了……"从头上摘下耳机，轻声地说，"全船四百二十五人，已临绝境，无得救之望。S·O·S，S·O·S，连续了两三次，就断电了。"

船长听了这个报告，把手指掏进领圈里，闷闷地摇了一摇头，把脖子伸了一下，用茫然无神的目光向四周不安地扫了一眼，又摸了一下领结，就转身走到门外去了。船长的这个样子叫人见了实在难受。

……

学生出身的渔工完全被这个故事吸引住了，他说："嚯，有这样的事。"沉郁地回过头去望海。海上还在翻腾着巨浪。一会儿水平线好像就在船底下，不到两三分钟，又好像从山沟里仰望狭窄的天空一般，沉到海底里去了。

"真沉没了吗?"心里光惦着这件事，不觉自言自语起来——想到自己也是在一条烂船上。

所有的蟹工船全是烂船。工人们死在北鄂霍次克海这样的事，丸之内①的老板们是不放在心上的。资本主义追求利润追到了绝路，利率低落，游资拥塞，就"名副其实"地什么事都干得出来，无论什么地方，都会发疯似的杀出一条血路。因此，这种凭一条船可以捞到几十万的蟹工船买卖，当然对他们是极有兴趣的。

蟹工船是一种"工船"（工厂船），不是航船，因此不适用航海法。破破烂烂的跟"害梅毒"一样的轮船停泊了二十来年，除了沉没之外别无用处，却不害臊地大大打扮了番，就开到函馆来了。在日俄战争中的医院船和运输船早已"光荣"地成了瘸子，跟鱼肚肠一样被扔掉，也像鬼影似的出现了——蒸汽强烈一点儿，管子就会破裂冒汽。被俄罗斯的监视船一追，加快了速度（这样的事是常常有的），整个船身就吱吱发响，跟害中风病一样身体直哆嗦，好像马上

———————————
① 东京的银行和大公司区域。

19

就会一片片地散开来。

可是，这都没有关系，这是一切都应该为日本帝国起来效力的时候呀，而且，蟹工船完全是一个"工厂"，却又不受工厂法的限制，天——再没有比这个更方便的事情了。

调皮的老板说这种买卖是"为日本帝国"，可是意想不到的金钱却大把大把地装进口袋里。老板坐在汽车里想，为了保障这种好买卖，应该亲自出马去当"议员"。大概正在同一时候，一分钟也不差，秩父丸上的工人们，在相去几千公里的北海上，面对着碎玻璃一样尖利的风浪，和死亡战斗着。

……学生出身的渔工走下扶梯到"粪坑"里去，心里想：

"这可不是别人的事情呀。"

走下了"粪坑"的扶梯，在正面的墙上瞧见一张别字连篇的布告，用饭粒代替糨子，贴在那儿。

　　如有人找到杂工宫口，赏蝙蝠两包，手巾一条。

　　　　　　　　　　　　　　　浅川监督

三

潇潇的细雨下个不停，迷蒙在雨雾中的堪察加的海岸线像一条滑溜的鳗鱼似的伸展着。

博光丸在离岸四海里的地方下了锚，因为离海岸线三海里以内的洋面是俄罗斯的领海，"按照规定"是不能开进去的。

渔网都收拾好了，做好了各种准备，随时都可以动手捕蟹。堪察加在两点钟左右天就放亮了，杂工们穿好了衣服，脚上套着直到

20

大腿的高筒橡胶靴，爬进木板箱里，在打瞌睡。

受了荐人行的欺骗，被送到船上来的东京学生出身的渔工，嘴里嘟哝着："真岂有此理呀！"

"说得倒好听，可以单独睡觉！"

"没说错呀，这就是单独睡，打瞌睡呗。"

这种学生一共有十七八个。当时说定预借六十块钱，扣去火车票、宿舍钱、毡子、被头，还有介绍费，结果上船的时候，每个人身边只剩下七八块钱。当他们开始明白的时候，比握在手里的钞票突然变成枯叶还吃亏。开始，他们仿佛是被红脸鬼青脸鬼包围起来的亡魂，在渔工们中间结成了自己的一团。

从函馆开船后大概第四天起，因为每天吃的是粗米饭和永远同样的汤，学生们的身体就不舒服起来了。爬上床里，大家竖起膝头，互相一次次地用指头按小腿，每次看小腿上的肉按下去有洼没有洼，他们的心情就跟着忽好忽坏。再用手摸摸小腿，有两三个人觉得好像触了轻微的电流，有些麻木。把两腿挂在床沿，用手掌敲膝盖，看脚会不会蹦起来。更坏的是四五天不通大便了，一个学生到医生那里去要通便的药，回来的时候，气得脸都发青了，"医生说，他们没有这种高贵的药"。

"哼，这就是船医呀！"旁边一个老渔工听了这话，说了。

"哪里的医生都一样，咱们矿里的医生也是这样的。"煤矿里来的那个渔工说了。

当大家躺下的时候，监督进来了。

"大家睡着了吗？我告诉你们一个消息，刚收到无线电报，秩父丸沉没了，死了多少人，还不知道详细。"歪着嘴唇，呸地吐了一口口水，这是他的习惯。

学生立刻想起侍役给他讲的话。他想：亲手害死了四五百个工

21

人的性命，居然还装着没事的脸，这种家伙，把他扔在海里还不够。大家一个个抬起头来，马上乱哄哄地谈论开了。浅川说了这几句话，把左肩向前一摇，走出去了。

那个失踪的杂工，两天前从锅炉旁边爬出来被人捉住了。他躲了两天，可是肚子饿急了，又爬出来。捉住他的是一个已过中年的渔工。青年渔工们生气得很，说要揍这个渔工。

"讨厌的家伙，你是不抽烟卷的，也知道烟卷的滋味吗？"拿到两包蝙蝠牌烟的渔工津津有味地抽着。

那杂工被监督剥去衣服，光剩下一件衬衫，关进两间厕所中的一间，在门上下了锁。开头，听到隔壁哭叫的声音实在不好受，大家害怕上厕所去。到第二天，声音嘶哑了，只有唏唏的哭声，隔一些时候，才听到一声叫嚷。这天傍晚，渔工们干完活，心里惦记他，马上跑到厕所里去，已听不见里面打门的声音了。外边敲门探问，也没有回应。晚上，扑倒在厕所里，一只手托着坑板，脑袋倒在手纸箱里的宫口，被人抬出来了。嘴唇好像涂了蓝墨水，样子跟死了的一样。

早晨很冷，天虽然亮了，时候还只有三点。渔工们把蜷曲的手揣在怀里，驼着背，起来了。监督到杂工、渔工、水手、火夫的船舱里来巡逻，不管感冒的、害病的，全撵出去干活。

虽然没有风，可是在甲板上干活，手指头脚指头就跟木槌一般失掉知觉。杂工长大声怒骂着，把十四五个杂工赶进工房里去。他手里的竹鞭头上结着皮条，可以隔着机器架子从对面殴打那些在工房里不好好干活的人。

"宫口昨晚上刚抬出来，连话还不会说，今天早上就一定要他干活，刚才还用脚踢他呀。"

一个跟学生相好的身体很弱的杂工一边留心着杂工长的脸，一边把这件事告诉学生。"看看实在不会动了，后来，似乎也只好算了。"

这时候，监督连推带攘地赶来了一个浑身发抖的杂工。这杂工因为淋着冷雨干活，害了感冒，肋膜有了毛病，就是天气不冷的时候，身体也总在发抖。眉心上打着皱结，不像一个孩子，没有血色的薄嘴唇异样地歪着，目光中充满了憎恨。因为熬不住寒冷，他躲在锅炉间里偷懒，被发现了。

渔工们正用吊车放下川崎船，准备下海捕蟹。他们默默地瞅着监督和发抖的杂工。一个四十来岁的渔工扭过脸去，仿佛不忍心看，敢怒不敢言地把脑袋慢慢摇了几下。

"花了大钱雇他来，不是叫他来害感冒，来睡觉的。浑蛋，不干你的事，瞧什么！"

监督用棍子敲着甲板。

"就是在监狱里，也没见过比这里更坏的！"

"这样的事，回到内地去说给人家听，说破了嘴也没有人会相信。"

"对，天下真有这样的事！"

蒸汽发动的吊车嘎嘎地转动起来。川崎船吊在半空里摇晃着，一齐开始下海了。水手、火夫也被攘出来了。他们在甲板上怕滑溜，小心地跑来跑去。监督站在他们中间监视着，像一只竖起红冠的雄鸡。

活儿告一个段落的时候，学生出身的在货包后面坐下来避风，矿山来的渔工把两手拱在嘴边，呵呵地哈着气，从犄角上悄悄溜过来。"简直是卖命嘛！"这是从心里发出的真实的感觉，不由得触动了学生的心。"还是跟煤矿里没两样，不豁出一条命，就没法子吃饭。瓦斯吓人，海浪也吓人。"

过了正午，天色有点儿变化了。洋面上张起一层薄雾，颜色很淡，也许不是雾，仿佛用手指撮起摊开的包袱布，掀起无数三角形的波浪。风吹响着桅杆，急急地刮过去。盖货包的帆布垂在地面的布边，啪啪地打着甲板。

"兔子跳起来啰——兔子！"有人大声嚷着，跑到右舷的甲板上去。这嚷声被狂风吹散，听起来好像是没有意思地乱嚷。

洋面上三角波的顶上飞着白沫，仿佛无数的兔子在大平原上飞奔。这是堪察加飓风的前兆。海底的潮流突然很快地流过来。船身开始打侧，刚才在右边望见的堪察加，忽然到左边去了。留在船上干活的渔工和水手，心里慌张起来。

报警的汽笛立刻在头上响起来，大家站住抬头向上望。大概因为正站在烟囱底下，望见烟囱斜向后面，特别粗大，像水桶一样，在一晃一晃地摇动。从烟囱半腰中像德国帽子似的汽笛里发出来的叫声，在狂风中听去特别悲壮。远离本船出发捕蟹的川崎船，得靠着这个不断叫着的汽笛冲过风雨回来。

渔工和水手们挤在阴暗的机器房的扶梯口乱嚷嚷。每次船身倾斜着，从上向下一晃，就闪进一道薄光。渔工们的各色各样的兴奋的脸，一下子显出来，一下子又消失在暗处了。

"怎么啦？"矿工挤到人堆里来。

"揍死浅川这个浑蛋！"人群中腾起了杀气。

原来今天早晨，监督已经接到离本船十海里洋面上停泊的××丸打来预告飓风的电报，电报上还特地说：要是川崎船已经出发，赶快叫回来。那时候，他说："这点点儿事，也值得大惊小怪，那还特地上堪察加来干吗？"

电报员泄露了浅川当时的话。

第一个听到这话的渔工，把电报员当作浅川，劈面就骂："你想

24

过没有，这是人命呀！"

"人命？"

"对。"

"可是浅川并没有把你们当人呀。"

渔工还想说什么，可是结巴起来了。他气得满脸通红，跑到人堆那边去了。

大家呆呆地站着，阴沉的脸上现出了无疑是从心底里发出来的兴奋。一个父亲乘川崎船出发的渔工，在杂工们聚集着的人堆外边发愣。汽笛不断地响。渔工们听着头顶上的汽笛声，心里一阵阵发痛。

快近傍晚的时候，听见船桥上有人大声叫嚷。在下舱的人两脚并作一步从扶梯跑上来，有两条川崎船用缆索连接在一起开回来了。

川崎船靠近了，可是大浪好像把川崎船跟木船分放在跷跷板的两头，彼此一高一低地猛烈摇荡。浪头一阵又一阵涌在小船和大船之间，把船身摇晃得很厉害。明明已经到了眼前，就是靠不到一起，叫人看着又急又恨。缆索从甲板上扔下去，没有扔中，只白白溅起一阵水沫，落到海里，像一条海蛇。人们把缆索拉起来，重新扔下去，这样扔了好几次。大船上大家齐声叫嚷，可是小船上没有回答。渔工们的脸紧张得像石头一般一动不动，眼睛呆呆地瞪着，好像瞧见了什么。这种惨不忍睹的情景，深深地印进渔工们的心头。

缆索又扔下去了。开始是螺旋形的，接着像一条鳗鱼似的伸下头去，斜斜地打在伸出双手来抓缆索的渔工的脖子上。大家叫一声"啊哟！"那渔工一下子就倒下去了。可是，终于把缆索抓住了，结实地捆上了小船，滴着水点，拉成一条直线。在大船上望着的渔工，不觉大大地松了一口气。

汽笛不断地叫，顺着风势，一会儿高，一会儿远。到了傍晚，除了两条之外，全部川崎船都回来了。川崎船上的每个渔工一跨上大船的甲板，都昏过去了。有一条因为满船进了水，只好投进铁锚让它沉没，船上的渔工移到别的船上回来。还有一条，连渔工一起失踪了。

监督非常生气，几次走下渔工的舱房里来，又走上去，大家用恨不得把他烧死的仇恨的眼光，一次一次默默地送他的背影。

第二天，大船移动了，一边搜索川崎船，一边追逐蟹船。因为"五六条人命没有关系，可是舍不得一条川崎船"。

从早晨起，机器房忙碌起来。起铁锚的震动，把背靠着锚房的渔工们像炒豆子似的蹦起来。舱室的铁板都已经腐蚀，一震动就落下碎屑来。博光丸开到北纬五十一度五分的洋面抛下了锚，搜索第一号川崎船。流动的冰凌时时在摇荡的波浪中露出头来，跟活的一样。有时候，这儿，那儿，流动着的冰凌汇成望不到边际的一大片，冒出泡沫来，眼见得把轮船困在垓心了。冰上冒出一片水蒸气，仿佛被吹风机吹着一样，袭来一股"寒气"。船身的各部分突然吱吱地发响，被海水泼湿的甲板和船栏都冻了冰。船肚上结满了亮晶晶的霜花，仿佛扑了白粉。水手和渔工掩着两腭跑过甲板，船向前突进，身后留下长长的水痕，像一条平原上的大路。

川崎船一直没有找到。

将近九点钟的时候，在船桥上望见前面漂着一条川崎船。监督知道了这事，在甲板上跑着，很高兴地说："妈的，好容易找到了，妈的！"立刻把摩托船放下去。可是，这不是那条要搜索的第一号川崎船，它比第一号新得多，打着 36 的号码，还带着一个明明是×××丸的铁浮标。看来是×××丸移动的时候，为了便于找到原来的位置，特地留下的。

浅川用手指头咚咚地敲着川崎船的船身。

"这家伙挺不错呀。"他嘻嘻地笑了一笑，"把它拉上来。"

把36号川崎船用吊车拉到博光丸的船桥上。川崎船在空中摇晃着，水点滴到甲板上。"发了一票大洋财。"监督大模大样地望着吊起来的川崎船，自言自语地说，"一票大洋财，一票大洋财！"

渔工们一边收拾渔网，一边瞅着监督："瞧这只偷食猫，让链子断下来，打碎这浑蛋脑袋。"

监督用尖利的目光俯视每个正在干活的渔工，从他们身边走过，然后，急忙粗声大气地呼唤木匠。

木匠从另一边的舱口探出头来。

"什么事？"

监督唤错了方向，回过头来，怒冲冲地说："什么？浑蛋，把号码刨去，刨子，刨子！"

木匠还不知道是怎么一回事。

"蠢货，来啊！"

矮小的木匠腰里插着锯子，手里拿着刨子，跟在肩膀宽阔的监督的身后，像瘸子似的跨着小心翼翼的步子走过甲板。川崎船第36号的"3"字用刨子刨去，变成"第6号川崎船"了。

"这就行啦，这就行啦。嚯，瞧这样子！"监督把嘴歪成三角形，伸起身子呵呵地笑了。

船再往北开，看来也没有找到川崎船的希望了。因此拖起第36号川崎船而停泊的轮船就慢慢转了一个大圈子，准备回原来的位置。天开晴了，澄清得像用水洗过一样。堪察加的连峰发出晶莹的光辉，像明信画片上的瑞士群山。

失踪的川崎船没有回来，渔工们从失踪的渔工留下来的水坑似的空舱位上收拾他们的行李，找他们家属的地址，准备万一绝望时可以替他们料理后事。这不是令人愉快的事，渔工们好像被人瞧见自己的伤一样感到难受。在留下的行李中找出了封皮上写着同姓女名①收件人的小包和信件，那是准备有运输船来的时候捎回去的。在其中一人的行李中找出了一封信，是用舌头润着铅笔写的，夹杂着草体字母和正体字母。这封信，在渔工们粗糙的手里传递着。他们跟捡豆子一样一个字一个字热心地念完之后，像见到了不忍看的东西似的摇一摇头，递给第二个人看去——这是孩子写来的信。

一个身体魁梧，在北海道内地干过各色各样行业的汉子吸了一下鼻涕水，从信上抬起脸来，用沙哑的低音说："都是浅川的缘故，要是真的死了，就得给爸爸报仇啊。"

"只消一个就能把这家伙推到海里去。"一个年轻的、肩头耸起的渔工嗓音更低地说。

"唉，瞧了这封信真难受，叫人回想起往事来了。"

"唉！"第一个说话的又说，"咱们这么糊涂下去，迟早也得被这家伙治死，可不是别人的事情呀。"

一个跪坐在犄角上、咬着大拇指的指甲、眨着上眼、听大家说话的汉子，这时候"嗯、嗯"地点着头说："一切包在我身上，到时候，只消一推，我就把他推到海里去。"

大家不言语。虽然不言语，却透了一口大气。

博光丸回到原来的位置上，过了三天，突然那条失踪的川崎船兴高采烈地回来了。

他们从船长室回到"粪坑"里，马上被大家包围起来。

原来他们在"暴风雨"中完全失掉了驾驶的力量，就跟被人抓

---

① 日本人的习惯，妻子用丈夫的姓。

住了后领的孩子一样，毫无办法了。他们离本船最远，而且遇到顶头风，大家都准备死了。渔工是"习惯了"在随便什么时候"动不动"就准备死的。

可是，一个千载难逢的遭遇，第二天早晨，川崎船灌进了半船水，漂上堪察加的海岸。大家被附近的俄罗斯人救起了。

那俄罗斯人一家四口，对于渴望着有女人有孩子的家庭生活的他们，在那里感到一种说不出来的魔力。而且那人家很亲切，照顾他们很周到。不过，开头的时候，大家碰见那些言语不通、头发眼睛颜色不同的外国人，心里还是有些别扭。

可是，马上就明白了：怎么，还不是跟咱们一样的人吗？

村里人知道有遭难船，很多人都来了，这里是离日本渔区很远的地方。

他们在那里住了两天，把身体养好，就回来了。"实在不愿意回来。"谁愿意回到这种地狱里来呢？可是，他们的话还没有完，这里头还藏着"有趣的故事"。

就在回来那天，他们正围着炉子，一边整行装一边谈话，那时进来了四五个俄罗斯人——中间还夹着一个中国人——一个大脸庞、长着很多短短的红毛胡子、有点儿驼背的汉子，忽然大声地指手画脚地讲起来。船头①连忙对他做手势，表示自己不懂俄国话。俄罗斯人讲完了一句，旁边望着他说话的那个中国人就用日本话翻译。这是颠倒凌乱的日本话，一个字、一个字，像喝醉酒的人说出来的一样，断断续续，倒来倒去，反而把听的人头脑弄糊涂了。

"你们，钱，一定没有吧。"

"对。"

---

① 每条川崎船上，有一个船头，是管理渔工的。

"你们，是穷人。"

"对。"

"这样，你们，就是无产阶级——懂吗？"

"嗯。"

俄罗斯人笑着，在旁边走来走去，有时候停步看着他们。

"有钱人，把你们，这个（他学着扼住脖子的样子）。钱，渐渐多起来啦（他用两手比拟大肚子的样子）。你们，怎么也搞不过他，变成穷人了。懂吗？日本国不行。干活的人，这个（他蹙着脸，学着病人的样子）。不干活的人，这个，嘿嘿（他学着大模大样走路的神气）。"

这些话引起了青年渔工的兴致，说着："对呀，对呀！"笑起来了。

"干活的人，这个。不干活的人，这个（他重复着刚才的动作）。这个不行。干活的人，这个（现在，他反过来做挺胸凸肚的姿势）。不干活的人，这个（他学着老年乞丐的样子）。这个就好。懂吗？俄罗斯就是这样的国家，只有干活的，干活的，这个（学着挺神气的样子）。俄罗斯，没有不干活的人，没有坏蛋，没有扼人脖子的人。懂吗？俄罗斯并不是一个可怕的国家。那些人，那些人到处造谣。"

他们茫然地想：这就是"可怕的赤化"吗？如果这就是"赤化"，那也是没有"道理"的呀，就被这些话有力地吸引住了。

"懂，对的，懂！"

两三个俄罗斯人自己叽叽咕咕地谈开了。中国人听了他们的话，又断断续续地，用日本话一个字一个字地说了：

"有的人，不干活，发财。无产阶级，永远，这个（学着扼脖子的样子）。这个，不行！无产阶级，你们，一个人，两个人，三个人……一百个人，一千个人，五万个人，十万个人，大家，大家，这个（学着孩子们手拉手的样子）。强大起来了，靠得住（他拍拍胳膊）。

不会失败，不管对谁。懂吗？"

"嗯，嗯！"

"不干活的人，逃啦（学着逃跑的样子）。靠得住，真的。干活的人，无产阶级，威风啦（他学着昂头阔步的样子）。无产阶级，顶顶大。没有无产阶级，大家，没有面包。大家饿死。懂吗？"

"嗯，嗯。"

"日本，还，还不行。干活的人，这个（他学着弯腰屈背的样子）。不干活的人，这个（他学着威风地把人打倒的样子）。这个，都不行！干活的人，这个（他学着狠狠站起来，昂然扑过去，把对方打倒，踩在脚底下的样子）。不干活的人，这个（学着逃跑的样子）。日本，只有干活的人。好国家——无产阶级的国家！懂吗？"

"嗯，嗯，懂！"

俄罗斯人发出怪声，踏着跳舞似的步子。

"日本，干活的人，干呀（他站起来，学着挥刀的样子）。快活呀，俄罗斯，大家都快活呀，万岁。你们，回船上去。你们的船，不干活的人，这个（学着很威风的样子）。你们，无产阶级，这个，干呀（学着打拳的样子，以后又学着胳膊挽胳膊，向前冲去的样子）。靠得住，胜利！懂吗？"

"懂呀！"青年渔工不由得兴奋起来，突然抓住了中国人的手，"干，一定干！"

船头想：这就是"赤化"，是叫人干恐怖的事情。这个——俄国人就用这个手段骗日本人。

俄罗斯人讲完话，又大声地嚷着什么，使劲握他们的手，拥抱他们，把硬毛胡子的脸擦他们的脸。日本人发窘了，拼命把脖子往后仰，不知道怎样才好……

大家眼睛不时地望望"粪坑"的进口，连连催他们说下去。他们又讲了亲眼见到的俄国人的各种事情。这些话，仿佛吸水纸吸墨水，吸进大家的心头。

"喂，谈够了吧。"

船头见大家听得那么出神，拍了一下正在使劲谈着的青年渔工的肩头。

四

暮霭笼罩下来了。轮船的甲板上，一套严格刻板地装配着的通风管、烟囱、吊车的架子、挂起来的川崎船、船栏杆等等显出朦胧的轮廓，看起来从没有感到过这样亲切。柔和清新的空气拂拂地吹过脸庞，这是一个很难得的晚上。

靠近后艄舱口那儿，吹来一股蟹腥气。在山一样堆积着渔网的地方，映出两个高低不一的影子。

一个因为劳动过度害了心脏病、身体黄肿的渔工躺在床上，听心跳的声音总是睡不着觉，就走到甲板上来了。他靠在栏杆上，茫然地望着化成了面汤似的模糊的海水，立刻沉思起来，眼看自己这样的身体，迟早会被监督折磨死，死在遥远的堪察加，连陆地也踩不上，实在太凄凉了。

……

电报员收听别的船发出来的电报，把他们的捕获量一一报告监督。看了这些报告，知道自己的船好像是输定了，监督心里着急起来。这件事立刻加重了几倍分量，反映到渔工和杂工的身上。无论什么时候，无论什么事情，最后总要落到他们身上。监督和杂工长特意使"船员"和"渔工"、"杂工"之间发动工作竞赛。

同样干剥蟹的活，渔工和杂工们认为"输给船员"是不服气的

32

（虽然多干活对自己并没好处）。监督高兴得"拍手"了。今天输了，明天一定要争回来。一天又一天连续着狂势的竞赛，每天的工作量就比过去提高到百分之五六十。可是过了五六天，两方面都好像有点儿泄气了，工作量渐渐降低。一边干活，一边脑袋突然耷拉到胸口上。监督一声不响地动手就揍。他们挨了揍，不禁"啊"的一声惊叫起来。大家好像成了敌人，忘了谈话，只是不吭气地埋着头干活。活儿是那么紧张，连谈话的"闲工夫"也没有了。

后来，监督就开始对胜利的一边发给"奖品"，死灰就重新燃烧起来。

"这些家伙，要他们怎么样就怎么样！"监督在船长室里跟船长一起喝啤酒。

船长像胖女人一样，手背上长着肉窝儿，拿金头香烟在桌子上轻轻地敲打，用意义不明的笑脸回答监督。船长觉得监督在自己面前总是处处捣蛋，心里很不耐烦，光想渔工们也许突然闹起来，把这家伙扔到堪察加海里去。

监督除去发"奖品"，又出了布告，声言对于干活最少的人要使用"火烙"的刑罚。这是一种把烧红的铁棍烙在人身上的刑罚。这种"火烙"的刑罚永远像影子似的跟住那些干活的人，往哪里也逃不了。工作量又很快地上升了。

人的身体里到底有多少潜力，这一点，监督比干活的本人知道得更详细。大家干完活，像木头一样倒在舱棚里，就"不知不觉地"呜呜起来。

有一个学生，想起小时候祖母带他上寺院，在一座阴暗的大殿里见过"地狱"图，就跟这儿完全一样。那地狱图使小时候的他联想到在泥沼里蠕蠕爬行的大蛇之类，现在的活儿正跟大蛇一样怕人。过度的劳动反而使人失眠。半夜后，在阴暗的"粪坑"

里，到处发出磨玻璃一样的难受的磨牙齿声、说梦话和发梦魇的惊叫声。

晚上睡着的时候，常常有人忽然低声对自己活着的身体说："真不容易，还活着呢……"真不容易，还活着——他们这样对自己的身体说。

一个学生出身的人特别觉得"受不住"了。

"陀思妥耶夫斯基的《死人的家》①，从这里看来，好像也不过如此了。"这位学生已经好几天没有拉大便，脑袋上要不是用手巾紧紧扎住，就不能睡觉。

"可不。"跟他说话的那人，把从函馆带来的威士忌酒像喝药一样用舌头尖一点儿一点儿地抹着，"到底，这是一件大事业呀。要开发人迹未到之地的富源，是了不起的事情呢。这蟹工船，现在已经好得多了。开始创办的时代，既不能观测气候和潮流的变化，又不能真正控制地理，不知道沉没过多少船呢。被俄国船打沉、捉去、杀掉，还是不屈服，前仆后继，继续苦斗过来，这大富源才变成了咱们的……咳，有什么办法呢。"

"……"

正如任何时代的历史上写着的一样，事实也许就是这样。可是盘踞在他心底的一股郁气并不能因此感到轻松。他默默抚摸着自己的薄板一样发硬的肚子。在大拇指边上，好像触着轻度的电流，感到微微的麻木，心里觉得难受。他把大拇指提到眼前，用另一只手抹了一抹。

大家吃过晚饭，就围住装在"粪坑"中的一只上边有地图一般

---

① 俄罗斯作家陀思妥耶夫斯基，有一部名叫《死人之家》的小说，是写西伯利亚的牢狱生活的。

纵横裂纹的破炉子。各人的身体稍稍热一点儿就冒出水蒸气来，鼻子里冲来一股蟹腥味。

"不知什么道理，总不愿意叫人折磨死呀。"

"对！"

凝滞在头上的忧郁的气氛，跟雪崩一样向他们压下来。正在被人谋害呀！大家虽没有明确的对象，可是心里却越来越愤怒了。

"咳，咱们什、什么也得不着，妈、妈的，就叫人白白折磨死吗？"

结巴的渔工好像责备自己一般涨红着脸，急呼呼地大声说了。

一下子，谁都没有吭声，感到好像有一件什么东西"突然"升到自己的心头。

"真不想死在堪察加……"

"听电报员说：运输船已经从函馆出发了。"

"真想回去。"

"能回去吗？"

"听说也有人搭运输船逃跑呢。"

"啊……那倒不错。"

"听说也有人假装出发捕蟹，逃到堪察加陆地上，跟罗宋人一起搞赤化宣传。"

"……"

"是为日本帝国吗？说得多好听。"

学生解开胸口的衣服，露出跟梯级一样的一档一档的胸脯，打着呵欠，簌簌地搔着。干结的体垢像薄云母片一样掉下来。

"哼，光让公、公司的老板剥、剥削呀。"

一个已过中年的渔工从牡蛎壳一样打着皱纹的眼皮底下显出微弱而浑浊的目光，茫然地望着炉子，吐了一口口水，落在炉子盖上，一下子就烤成一个圆块，发出吱吱的响声，像豆子一样弹起来，一会儿变得很小，只剩下像油烟似的一粒小小的气体，就消失了。大家用漠然的目光望着这个过程。

"这说不定是真的吧！"

可是，那个船头，一边把水袜子的红绒里子翻出来在炉子旁边烤着，一边说："喂，造反可不行呀。"

"……"

"这是我们的自由，妈的。"结巴的渔工像章鱼一样鼓起了嘴唇。

水袜子的橡胶底被火烤热了，发出一股臭味。

"喂，老头儿，橡胶！"

"啊哟，烤焦了！"

海上好像有浪了，船边微微发响，船像摇篮似的摇晃。五支光的电灯像浑浊的海水围在炉边的人们身后，映出各色各样连在一起的影子。

静寂的夜，炉口的红红的火焰在人们的膝盖下映出闪烁的光。飘然的，完全是飘然的，而且只在一刹那间，使人回忆起自己不幸的经历——是出奇的静寂的夜。

"有烟卷吗？"

"没有……"

"没有？"

"没有了。"

"妈的。"

"喂，把威士忌拿过来呀。"

对方把方形的玻璃瓶倒过来给人看。

"咳，不要那么浪费吧。"

"哈，哈，哈。"

"真是岂有此理的地方，可是，大家都来了，咱也来了……"说
这话的渔工曾在芝浦①的工厂里待过，他就讲起工厂里的事情来。北
海道的工人都把"工厂"当作难以想象的"好地方"。据这人说：
"只要有这里的百分之一的情况，在那边，早就罢工了。"

　　从这话开头，大家都自然地讲起过去干过的活儿。"开公路的工
程""水利工程""修铁道""开港""开新矿""开荒""搬运工人"
"捕红眼鱼"……几乎所有这些活儿全有人干过。

　　在内地，工人们已经"强大"，非法的剥削行不通了。资本家把
市场大部分都开发了，可走的路都已经走尽，就把魔爪伸"到北海
道去，到桦太去！"他们在那里跟在所有殖民地一样，可以顺顺利利
地随便"虐待工人"。无论谁也说不出来的事情却能够明明白白干出
来。在"开公路""修铁道"的土工队里，土方塌下来压死人比扣
死虱子还容易。受不住"苦役"逃跑的人给抓回来就缚在木柱子上
叫马蹄踢，或是放在后院里让狼狗咬，而且还当着大家的面示众。
就是那些"非人"的土工，有人听见胸脯里肋骨剥落折断的声音，
也禁不住掩住面孔。人昏过去了，用冷水泼醒，这样死去活来好几
次，最后，像包袱一样，挂在狼狗的强壮的脖子上被摔死，被人狠
狠地扔到空场的角落里，尸体上的肌肉还在抽动。用火筷子狠狠烙
在屁股上，用六角棒打得直不起腰，这些都是"家常便饭"。正在吃
饭的时候，忽然听见屋后面发出惨厉的叫声，接着就传来一股烧人
肉的臭味。

　　"不吃了，不吃了，这种饭还吃得下去吗？"

　　大家把筷子一放，脸色阴沉地你瞧着我，我瞧着你。

　　因为强迫劳动的缘故，不知有多少人害脚气病死了。"死了人"，

　　————————————

　　① 东京工厂区。

也因为"没工夫",尸首搁上几天不收殓。有人到屋后面去,常常瞅见暗角落里胡乱用芦席包着的尸体,席边露出两只像小孩一样、干缩得很小的、又黄又黑的死色的脚。

"尸首满脸苍蝇,走过旁边,会不会一下子哄地飞起来!"

有人用手拍打着额角走进来,这样说。

大伙一早天没亮就上工地,一直干到十字镐的尖头砍出青绿的火花,连自己的手都瞧不见的时候,特别是朝鲜工人,受到队长和工头的,还受到同干苦工的(日本人的)"踩在脚底下"般的待遇。

驻扎在离那里二三十里地的村子里的警察,常常拿着簿册跑来调查,有时候傍晚才走,有时在那里过宿,可是从没有在土工跟前露过一次脸。只在回去的时候,瞧见他们满脸通红,一边走路,一边像救火队似的在路当中往四处洒小便,嘴里模糊地自言自语。

在北海道,铁路上的每条枕木,名符其实条条都是工人的青肿的"尸体"。在开港工事中,害脚气病的土工就跟"人桩"一样被活活埋在那里。这种北海道的工人外号叫"章鱼"。章鱼为了活命,吃自己的肢体,他们就跟章鱼一样。在那里,可以肆无忌惮地进行"原始的"剥削,而源源不绝地大发其财。而且用开发"国家"富源那样好听的口号,把这种剥削合理化了,一点儿岔子也不会出。为了"国家",工人就得"饿肚子",就得"让人活活揍死"。

"能够捡一条命回来,真是靠菩萨保佑,谢天谢地!要是在这条船上叫人折磨死,还不是一样吗?我×他妈的!"说这话的渔工毫不在乎地大声哄笑起来了。笑过之后,阴郁地皱皱眉头,转过脸去。

在矿山里也一样。资本家在新矿山开掘坑道,要调查明白哪里会冒出什么瓦斯,会不会发生意外的变化,以便采取一定的方针,便用乃木军神所用的方法①，把比买土拨鼠还便宜的价钱买来的"工人"一批又一批地赶进去送命，比使鼻纸还要随便。工人的肉片像鱼片一样，一层又一层地把坑道的墙壁胶结实了。因为离城市远，反正没有人知道，在那里一样可以干那种令人"毛骨悚然"的事情。用辘轳马运出来的煤块中，常常夹杂着血淋淋的大拇指和小指头。连女人和孩子见了这种东西也不会皱眉头，他们"已经习惯"了，毫无表情地把它推到下一个采煤场去——这些煤块就为资本家的"利润"去发动巨大的机器。

　　每个矿工都跟长期关在牢里的囚犯一样，有一张死色的、黄肿的、永远呆木的脸。阳光不足，煤屑、含毒瓦斯的空气，以及温度和气压的失常，不知不觉把身体搞坏了。"当上七八年矿工，大概有四五年都是在黑暗的地底下，见不到阳光，四五年呀！"可是，不管发生了什么事，资本家要雇用接替的工人，随便什么时候可以雇到很多。一到冬天，工人还是源源地流进矿山里去，因此对工人的健康就管不得许多了。

　　此外还有"外来农民"——北海道有一种"移殖农民"。资本家用"开垦北海道"、"奖励移民、解决人口粮食问题"、日本少年式的"移民暴发户"等等成功故事的电影鼓励那些土地快要被人抢去的内地贫农，奖励移民垦荒，把他们赶到掘下四五寸底下就是胶泥的土地上。肥沃的土地都已插上了界石。一家人埋在雪里，连土豆也吃不上，到第二年春天就饿死，这样的事情不知发生过多少次。直到融雪的时候，相隔五六里地的"邻居"跑来，才发现他们的尸首，嘴里还含着咽了半截的草屑。

---

　　① 日俄战争时，日本陆军大将乃木希典善用兵，被称为军神，他以牺牲多数兵士生命的战术夺取了旅顺口。

极少数的人好容易没有饿死，在瘠地上掏掘了十来年，刚刚有点儿像熟地，立刻就变了"别人"的产业。资本家——那些放高利贷的、银行家、贵族、大富翁，只放出一些骗人的贷款（切在那里），荒地就变成胖黑猫的毛皮一般的沃土，百发百中地成为自己的东西了。一些眼光锐利的人学着这个榜样，也都跑到北海道插进湿手来。无论在这里、在那里，农民都被人吞没自己的东西。最后，正如他们在内地时一样，又变成了一"佃农"。在那时候，他们才知道"完蛋了"！

他们原想多少搞点儿钱回老家，才渡过津轻海峡到冰雪的北海道来的。在蟹工船里，有许多这种从自己的土地上被撵出来的人。

搬运工人也跟蟹工船里的渔工一样，他们挤在有人监视的小樽的宿夜店里，被人用船送到桦太和北海道的偏僻地方。只要脚底下稍微一滑溜，就会被从山上隆隆滚下来的大木材压得比南部煎饼还扁。在水里泡涨了树皮的大木材用吊车嘎嘎地吊到船上去，一不小心被它撞着，撞破了脑袋的人就比一只跳蚤还轻地被打到海里去了。

在内地，不肯永远不作声地叫人杀掉的工人们团结起来向资本家反抗了，可是"殖民地"的工人对这种情况是完全"隔绝"的。

受着苦，受着苦，再也受不住了。可是跑来跑去，就跟滚雪球一样，身上的苦难越滚越大。

"怎么办呢……"

"叫人杀死，再明白没有了。"

"……"

想说什么，可是说不出来，大家都没吭声。

"叫、叫、叫人杀死以前，咱们得先杀人。"结巴的渔工气得冒冒失失地说。

浪头一阵一阵地、缓缓地撞到船肚上。上甲板上好像什么地方的气管漏了气，不断地、咝咝地发出像水壶里沸水似的柔软的声响。

睡觉以前，渔工们脱下脏得像乌贼干一样油腻腻的汗衫和绒衣，在炉子上张开来。围炉的人们像在被炉①上一样两手提起衣服来烘，等到烘热了，就使劲地抖动。虱子和臭虫落在炉子上，发出滴沥的响声，有一股烧人肉似的臭味。虱子遇到热气，待不住了，拼命地动着细毛腿，从衣缝里爬出来。把它捉起来，像皮肤上的脂肪粒一样，使身上有悚然的感觉。它们的像螳螂似的脑袋，胖胖的，好像懂事一样。

"喂，把这边拉住。"

叫人把裤子管的一边拉住，就摊开来捉虱子。

渔工把虱子放进嘴里，用门牙剥地一咬，或是用两只大拇指的指甲扣死。指甲上都染红了，就跟孩子把脏手在衣服上擦抹一样，在工服上擦一下，又开始捉起来了。可是仍旧睡不好觉，整夜被虱子、蚤子、臭虫攻击，也不知道是从哪儿爬出来的。不管怎样收拾，还是收拾不干净。站在阴暗潮湿的舱棚里，马上几十只跳蚤蠕蠕地爬到小腿上来，甚至想到自己身体上是不是有什么地方发烂了，发生一种很难受的感觉，好像这身体已经变成被明虫和苍蝇包围的腐烂的"尸体"。

开头，隔一天洗一次澡，身体又臭又脏，特别的难受。可是过了一星期，改为隔三天洗一次；又过了一个月，变成一星期一次；而且最后，变成一个月两次了。说是要节约用水，但船长和监督是每天洗澡的，那就不谈节约了。

身体被蟹沫搞脏了，一连几天不能洗澡，哪还有不长虱子、臭

---

① 一种放在木箱中的火钵，上边可以烘物，或盖上被服，原名炬燵（dá）。

41

虫的道理？

解开裤子，黑漆漆的体垢就索索地掉下来。系裤带的地方留下一条红红的痕迹，在腰里围绕了一圈，忍不住往这儿搔。在床上睡下后，到处听见簌簌地乱搔身体的声音。身体底下，好像蠕蠕地滚过一个小螺丝，立刻觉得刺痛。每刺一下，渔工们就把身体一缩，翻一个身。可是，一会儿又是一下，这样一直闹到天亮。皮肤就跟长了癣一样变得很糙。

"让虱子咬死呀！"

"哼，死了倒好。"

没奈何地笑起来了。

五

两三个渔工在甲板上慌慌张张跑过去。

他们在犄角上来不及很快拐弯，几乎跌了一跤，连忙用手抓住栏杆。一个木匠正在餐厅外边的甲板上修理什么，抬起腰来望着跑过去的渔工，眼睛被冷风吹出了泪，开头还瞅不清楚。他侧过身体狠狠地擤了一把鼻涕，鼻涕被风吹起来，画着一条斜线飞掉了。

后艄左舷的吊车在嘎嘎地响。这时，大家都已出去捕蟹了，吊车怎么会动起来呢。吊车上吊着一件不知什么东西在那里摇晃，往下垂着的吊链在垂直线的四周缓缓地晃成一个圆周。"这是什么？"这时候，木匠吃了一惊。

木匠发慌似的又转过身子擤了一把鼻涕，因为风向不对，黏腻的稀薄的鼻涕水沾在裤子上了。

"又干起来啦。"木匠用胳膊擦了擦眼泪，把眼睛鼓出来了。

从这边望过去，只见在雨后银灰色的大海的背景上，伸出了吊车的横架，一个杂工全身被捆起来吊在架子底下，显出一个黑影。横架一直向吊车的尖顶升上去，像挂着一团抹布一般。有好一会儿，大概是二十分钟的样子吧，就这样地吊上去，一会儿又降下来。那杂工蜷缩着身体，样子很痛苦，两条腿抽搐着，像落在蜘蛛网里的苍蝇。

一会儿，人的身体被面前的餐厅遮住，望不见了，只有拉成直线的吊链晃得像秋千似的。

木匠的眼泪好似流到鼻子里去了，不断地淌出鼻水来，他又擤了一把鼻涕，拿出鼓起在工服口袋里的铁链干起活来了。

他侧着耳朵听了一听，又回过头来看。吊链晃得很厉害，好像有人在下面摇动它，从那儿发出咯嘣咯嘣的钝重难听的声响。

吊在吊车上的杂工脸色完全变了，像死人一般发硬的嘴唇里流出白沫来。木匠下舱去的时候，瞅见杂工长腋下夹着一条木柴，耸起了一边的肩头，样子很别扭地站在甲板上向海里撒尿。木匠望了一下木柴，心里想：就是拿这家伙揍人的。尿线被风吹着，哗哗地落在甲板上，飞溅起来。

渔工们因为接连几天的过度劳动，早晨渐渐起不来了。监督在他们枕头边敲着煤油箱走过去，他拼命地敲着，一直敲到他们睁开眼睛从床上起来。一个害脚气病的抬起了半个脑袋说了些什么话（可是监督只装没有瞧见，还是敲着空油箱），听不见声音，只见嘴唇在动，好像金鱼探出水面呼吸空气一样。监督敲够了之后，吆喝道：

"怎么啦，快起来呀！不高兴也得起来，这是为国家干活，跟打仗一样，死也得干！浑蛋东西！"

病人都被揭开了被服，推到甲板上去。害脚气病的，脚尖在扶梯上一级一级地瘸着，一手抓着梯栏，歪斜着身体，一手把自己的脚搬到梯级上去。每跨一步，心脏就好像给人踢一脚似的跳得难受。

43

监督和杂工长对病人像对晚儿子一样狠毒，赶他们去装"蟹肉罐头"，赶他们到甲板上"剥蟹脚"。干了一会儿，又要他们去粘罐顶上的贴纸。在寒飕飕阴森森的工房里，害怕脚下滑溜，小心翼翼地站上一会儿，膝盖以下就麻木得跟假腿一样。一个不小心，膝头上的关节就好像脱了臼的铰链，不知不觉地软下来，几乎坐到地上去。

学生拿剥蟹的脏指甲轻轻敲自己的脑壳，突然身子一横仰倒在地上。堆积在他身边的罐头发出轰然的大声向他身上倒下来，依着船身的斜度，闪着光滚到机器和货物底下去了。同伴们正在慌慌忙忙准备把他抬到舱口去，恰巧碰上监督吹着哨子到工房里来，眼瞅见，就吆喝道：

"谁撂下活儿不干！"

"谁……"突然有一个人把肩头一耸冲过去说。

"谁？混账，你敢再说！"监督从口袋里拔出手枪，像玩具似的扬了一扬，然后，把嘴噘成三角形，挺起腰来，晃一晃身体，大声地笑起来了。

"拿水来！"

监督接过一桶凉水就向被扔在地上像一段枕木一样的学生的脸上狠狠地泼下去。

"这就行了！瞅什么，快去干活！"

第二天早晨，杂工们一进工房，就瞅见昨天的那个学生被绑在镟床的铁柱上，像扭断了脖子的鸡一样，脑袋耷拉在胸口上，脊梁顶上露出一块高高鼓起的骨节。胸口挂着一块跟孩子的围嘴一样的纸牌，上边写着字，一看就知道是监督的笔迹。

"此人调皮捣蛋，假装害病，禁止解开绳子。"

伸手去摸他的脑壳，脑袋冰得像铁一样。杂工们原是大声嚷嚷地走进工房里来的，可是现在谁也不出声了，听到背后杂工长到工房来的脚步声，连忙在绑着学生的机器边分两路走开，到自己干活的位置上去了。

捕蟹的活儿一忙，就出了许多事故。有人砸掉了门牙，整夜吐血水；有人劳动过度，在干活中晕倒了；有人眼睛里流了血；有人被狠狠地打了耳光，耳朵听不见了。大家疲劳过度，跟喝醉了似的糊涂起来。一到停工的时候，好容易抽一口大气——"这就好了"，一下子感到头昏目眩。

大家都收拾起来了。

"今天到九点钟停工。"监督大声吆喝着跑过来，"你们这班家伙，只有停工的时候手脚才快起来了！"

大家像高速度电影一样，又慢慢地干起活来，他们已只有这一点儿气力了。

"你们知道，这地方不是两次三次可以重新再来的。什么时候捉到蟹是没有一定的，光顾一天干十小时的活、干十三小时的活，到时候就停工，就会造成很大的损失。活儿的性质不同呀，你们知道，在捉不到蟹的时候，还不是让你们随便闲荡。"监督到"粪坑"里来，说了这些话，"只有罗宋人才那样，不管鱼群在眼前一群一群游过来，一到时间马上就停工，连一分钟也不差。所以俄罗斯变成那样的国家。咱们日本男儿决不学他们的样！"

"说什么屁话，你这个骗子！"有些人肚子里这么嘀咕着，不去听他的话。可是大部分的人听监督这样说，觉得咱们日本人到底了不起。于是，便把自己每天受灾受苦当作好像是一种"英雄的行为"，多少给自己一点儿安慰。

渔工们在甲板上干活的时候，常常望见穿过水平线向南行驶的舰尾上飘着日本旗的驱逐舰，兴奋得眼睛里充满了泪水，抓起帽子拼命摇晃，心里想：只有它才是保护咱们的。

"妈的，见了它就忍不住流眼泪。"

他们眼望着军舰渐渐小起来，小起来，最后被烟雾遮住望不见了。

干完了活，大家累得像抹布似的回到船舱里，都不约而同地、毫无对象地骂一声"他妈的"。在阴暗中，这种骂声像充满了仇恨的公牛的叫声。虽然连他们自己也不知道骂谁，可是将近两百来人每天蹲在同一个"粪坑"里，大家胡乱地叨咕着，不知不觉地，想的、说的、干的（纵使慢得跟蜗牛在地上爬），都渐渐变成一样。在同一潮流中，当然也有跟沉淀似的掉队的人，也有望别的方向走去的，像中年的渔工。可是不管谁，都这样不知不觉地走过去，又不知在什么时候，显然地分化了。

早晨，那个从矿山来的渔工，一边慢吞吞地跨上扶梯，一边说："实在受不了啦。"

头一天干活干到快十点钟，身体累得仿佛破机器似的摇摇晃晃，一边下扶梯，一边打起瞌睡来。后边的人一声吆喝，连忙搬动手脚，一脚没踩稳，身体就仆倒了。

在动手干活以前，大家走到工房里，都躲到角落里去。每个人的脸全跟泥人一样。

"我不行了，我得磨洋工。"矿工说。

大家都没言语，只动了一动脸皮。

过了一会儿，有人说了：

"不怕火烙吗……"

"我不是调皮，我干不了啦。"

矿工把袖子管捋到胳膊肘，把胳膊举到眼前像照透视似的瞅着。

"活不久了，我不是调皮才磨洋工呀。"

"对。"

"……"

这一天，监督像一只竖起红冠的斗鸡在工房里来回地走，嘴里连连怒叫："怎么啦，怎么啦？"可是慢吞吞干活的人不止一个两个，这边那边，几乎全部都是，他就只好怒气冲冲地走来走去。渔工跟船员第一次见到监督这副神气。在上甲板，许多蟹从网里逃出来，爬得满地沙沙乱响。活儿就像堵塞的下水道，渐渐淤积起来，可是"监督的棍子"没有用处了。

干完了活，大家拿湿透的手巾擦着脖子，慢吞吞回到"粪坑"里，彼此脸望着脸，禁不住笑起来了；不知道为什么要笑，就是觉得好笑。

这情形也传到船员方面去了。他们明白跟渔工闹对立，拼命去干活，只不过显得自己傻，就也时时磨起洋工来了。

"昨天干得太累了，今天得磨洋工呀。"

动手干活的时候，有人这样一说，大家就这样做了。不过虽说"磨洋工"，也只是少使一点儿劲罢了。

谁都觉得身体已经受不了啦，事到临头，"没有法子"只好干，反正一样"保不了命"。大家都有这样的想法，只是已经忍耐不住了。

"运输船！运输船！"上甲板上有人叫，连下舱也听到了。大家一个一个从"粪坑"的床架上跳下来，连身上的烂褂子也没换过。

渔工跟船员们想运输船比想"女人"还厉害。只有这种船没有咸腥味——却发出函馆的气味，发出已经几个月、几百天没有踩到的固定不动的"陆地"的气味。运输船还送来许多发信日期不同的信件、衬衣、裤衩、刊物之类。

他们用蟹腥味的粗硬的手跟老鹰抓小鸡似的抓着邮包，慌慌忙

47

忙地跑下"粪坑"去。然后在床架上伸腿坐下，在大腿中间打开邮包，拿出各色各样的东西。有母亲坐在旁边口授、由孩子执笔的字体歪斜的信，有手巾、牙粉、手纸、衣服，还找出夹在中间被衣服压平了的意想不到的妻子的来信。他们从这些东西上，努力想嗅到一些在"陆地"上的自己家庭的气味，找寻乳儿的气味和妻子的扑鼻的肉香。①

有人大声地哼着"斯东小调"②。

收不到任何邮件的船员跟渔工，两条胳膊跟棍子似的插在裤兜里，在旁边走来走去。

"你不在家，大概找到野男人了。"

大家跟他们逗趣。

也有人把脸冲着阴暗的角落，不管大伙大声地吵闹，独自扳着指头沉思，这人从运输船送来的信上得到孩子死亡的消息。孩子是两个月前死的，可是到现在才知道。信上说，因为没有钱，打不起无线电报。这人一直闷着声儿，简直不像一个渔工。

可是，也有跟他完全相反的，在信里送来了一张像水汪汪的小章鱼一样的婴儿的照片。

"就是这个吗?"那人发出惊喜的叫声，笑了起来。

然后说着"怎么样，这是刚养的"，特地送去给每个人看，脸上带着笑容。

在邮包中，也有收到一些东西，虽然不值钱，可是要不是妻子一定关切不到。这时候，谁见了都立刻在心里哄哄地骚动起来，而且，恨不得一下子就飞回家去。

---

① 在这后面，由译者删去歌词一节。
② 一种流行在关东地方的淫曲。

48

运输船上还来了公司派来的放映队，把制成的罐头全部装上运输船的那天晚上，就在船上放映电影。

两三个装束一律、微微歪戴着平扁的乌打帽、打着蝴蝶领结、穿着大脚管裤的青年找着累赘的箱子，到船上来了。

"好臭，好臭！"

他们这样说着，把上衣脱掉，吹着口哨，开始把银幕挂起来，按照一定的距离，开始架起放映机来。渔工们从这些人身上发生了很大兴趣，感到一种不是"海上"的，跟自己不一样的东西。船员、大家带着一种轻浮的气味帮他们布置。

一个看来年龄最大、品格不高、戴着粗金属边眼镜的人站在一旁擦脖子上的汗水。

"说明员①先生，你站在那儿，跳蚤会跳到你腿上去的呀！"

"啊哟！"他好像踩在火烧铁板上一样跳起来。

在旁边瞧着的渔工们哄笑起来了。

"你们这地方太糟了！"他沙哑地、嘎嘎地笑了，果然是说明员。

"你大概还不知道，公司到这儿来干这行买卖，你猜猜要挣多少钱呢？大得很呀。六个月五百万，一年一千万，在口头上说是一千万，就是这些，也已经大得很呀。股东可以拿两分两厘半的空前的空额红利，这样的公司，在日本也算数一数二。现在听说总经理要当议员了，那还有什么说的。要不是这样糟，也挣不到那么多了。"

天黑了。

为了附带"庆祝完成生产总额一万箱"，给大家分发了清酒、烧酒、乌贼干、红烧肉、蝙蝠牌、糖果。

---

① 默片时代，日本放映电影，均有专职说明员坐在银幕旁给观众讲解影片内容，同时模拟剧中人口吻，代作说白。

"喂，到老子这边来。"

杂工们变成了渔工和船员中间扯来扯去的风筝："我抱着你坐在我膝头上看吧。"

"危险，危险！到我这儿来。"

这样地吵闹了一阵。

坐在前排的四五个人拼命拍起手来，大家不知怎么回事，也跟着拍起来。监督走到银幕前来，他挺起腰，把两只手叠在背后。"诸位""兄弟"，说出了平常没有说过的话，又说了"日本男儿""国家财富"那种常说的话。大部分的人牵动着太阳穴和腭骨，咬着乌贼干，都没听他。

"停止，停止！"后边有人大声吆喝。

"用不到你，滚下去！有说明员呀。"

"你还是拿着六角棍去揍人吧！"大家哄笑起来，吹着口哨，拼命拍手。

监督到底不能在这儿洒威风，涨红着脸说了几句话（因为闹得厉害，大家都没听清），退下来了。接着，电影开映了。

开头是纪录片。宫城、松岛、江岛、京都……咔嚓咔嚓放映过去了。片子常常断掉，忽然两三幅重叠在一起，把看的人眼睛都搞花了，忽然断了片，变成一张刺眼的白幕。

接着，放映外国片和日本片。片子都有伤痕，"下雨"下得很厉害。又有些地方好像是断片接上去的，人物的影子常常跳动，但这些都没有关系，大家全看得出神了。银幕上一出现外国的健美的女子，就有人吹口哨，像猪似的哼鼻子，有时气得说明员暂时停止了说明。

外国片是美国电影，描写"开发西部的历史"，开发者遭受着野人的袭击和狂暴的大自然的破坏，依然不屈不挠地把铁道几丈几丈地修过去。在路上，一个晚上造成的"小镇市"，像长在铁路上的瘤一样成长起来。铁路越伸越远，镇市一个接一个向前建筑过去。在这工程中所发生的种种的困难的情境，结合着一个工人和公司经理的女儿的"恋爱故事"，有各种场面，也有内心描写。到了最后，说明员把嗓子提高了：

"由于许多青年的牺牲，他们终于胜利了，几百公里浩浩荡荡的铁路，像长蛇似的经过原野，穿过山脉，昨天还是一片蛮荒的土地，今天已变成国家的财富了。"

后来，那位公司经理的女儿和忽然打扮成绅士模样的工人互相拥抱，影片就完结了。

中间又放映了一个滑稽短片，没有什么意义，只是逗人发笑。

日本片的内容，写一个穷苦的孩子，怎样从"卖豆豉"、"卖夜报"，经过"擦皮鞋"、进工厂，变成模范工人，后来成为一个大富翁的故事。说明员说了字幕上没有的话："可见勤劳者，成功之母也！"

听了这话，杂工们认真地拍起手来，可是在渔工和船员之中却有人大声地说：

"骗人呀，照这么说，我就得当公司经理啦！"

大家就大笑起来。

后来说明员对他们说，这是公司特别命令他，要他在这种地方用力反复解说的。

最后又放映公司所属各厂和事务所的影片，出现了许多"勤劳"干活的工人的镜头。

电影放完，大家就被庆祝完成生产一万箱的赏酒醉倒了。

因为好一会儿没说话，疲劳过度，人都累得不行了。在阴暗的电灯光下，烟雾像云一般凝滞着，空气又热又臭。人们都脱掉衬衣，光在腰间围一条布卷，伸开腿子坐着，连屁股都光赤了，互相大声地嚷着。也时时有人打架。

吵闹一直继续到十二点以后。

一个害脚气病、老睡在床上的函馆的渔工叫人替他把枕头垫高些，望着大家吵闹，另一个同来的渔工——他的朋友，身子靠在他身边的柱子上，用火柴梗挑着留在牙缝里的乌贼干的残渣，发出吱吱的声音。

过了好一会儿，"粪坑"的扶梯上，像滚麻袋似的滚下一个渔工来，他的衣服和右手都是血。

"刀子，刀子！拿刀子来！"他趴在地上叫喊，"浅川这家伙，到哪里去了，他不在，我要杀他。"

这是一个被监督揍过的渔工。他拿起通炉子的火钩，眼睛变了色，又跑出去了。谁也没有拦阻他。

"瞧吧！"函馆的渔工抬头望着他的朋友说，"当渔工的人不会永远跟一块树根子一样傻，有趣的事在后头哪！"

第二天早晨，大家知道监督屋子里的玻璃窗、一直到写字台上的东西全部都打烂了。只有监督，不知到哪里去了，算他运气好，没有给"打烂"。

六

灰淡的阴空，到昨天止一直在下着大雨，现在开始停下来了。和阴空同样颜色的雨点在也是同样颜色的海面，不时地打起缓缓的圆圆的波纹。

是过午时候，驱逐舰开过来了。闲着没事的渔工、杂工和船员们靠在甲板的栏杆上望着，大声谈论着驱逐舰，他们觉得挺新奇。

舰上放下一条小艇，乘上一群军官，望这边的船开过来了。船长、厂代表、监督、杂工长在斜吊在船边的吊梯的踏板上等候着。艇子靠拢船边，双方行了举手礼，由船长带头，一齐走上船来。监督向上边瞅了一眼，把眉毛和嘴角一歪，摇着胳膊吆喝道："瞧什么，走开，走开！"

"要什么威风，王八蛋！"甲板上后边的人推着前面的人挨个儿陆续走下工房去了。一股腥臭的气味留在甲板上。

"好臭，好臭。"一个留着漂亮小胡子的青年军官很高雅地皱了一皱眉头。

跟在后边的监督慌忙走上前去，连连地点着头，说了些什么话。

大家远远望见军官的带流苏的短剑挂在屁股后边，走一步碰一下、跳一下。他们认真地议论着哪个官儿大，终于变成跟吵嘴一样。

"见了那些大官，浅川这种家伙就算不得什么了。"

有人学着监督呵腰哈背的模样，大家都哄笑起来。

这一天因为监督跟杂工长都不在跟前，大家干起活来就舒服多了，有的人唱歌，有的人隔着机器高声谈话。

"这样干活，可不坏呀。"

大家干完活，走到上甲板来，经过餐厅跟前，听见里面喝醉了酒的、放肆地高声乱嚷。

侍役从里面跑出来了。餐厅里烟雾腾腾。

侍役脸色很得意，脸上爆出一颗颗的汗珠，两手捧一大堆空啤酒瓶，用下颏指一指裤子兜里的手绢说：

"帮我擦一下脸。"

渔工帮他拿出手绢来擦了脸，眼望着餐厅问："他们在干吗？"

"啊哟，不得了，大吃大喝，你说谈些什么啊，原来是谈女人的那个，这么样呀，那么样呀。倒害老子来回奔了百来次。农林部的官儿每来一次也醉得差不多从吊梯上滚下去!"

"来干什么的?"

侍役摇摇头表示不知道,急忙奔到厨房去了。

渔工们吃饭了,是筷子夹不起的糙米饭,和上边像纸片一般漂着一点儿豆瓣的、咸苦的豆豉汤。

"那许多从来没有吃过、没有见过的西菜,光送到餐厅里去呀。"

"妈的——"

食桌边的墙头上,贴着字体粗劣、旁边注上草体字母的标语:

一、食厌粗粝者,不能成伟人。

二、粒米皆珍贵,汗血之结晶。

三、须耐劳,须忍苦。

底下的空白处,跟公共茅厕一般乱写着猥亵的字句。

吃完了饭,在临睡前的短时间内,大家围着炉子,从驱逐舰谈到兵士。渔工中有许多秋田、青森、岩手的农民,因此一谈到兵士,就莫名其妙地兴奋起来。有好些人是当过兵的,对于当时极其悲惨的兵士生活,现在回忆起来,却觉得恋恋难舍了。

大家一睡静,餐厅里的闹声立刻通过甲板和船边传到他们的地方来了。有的人偶然醒过来,听到那声音"还在那儿吵闹"。

天都快要亮了,咯吱咯吱的皮鞋声在甲板上跑来跑去,不知是谁,大概是侍役吧。果然,一直闹到天亮。

可是军官们倒好像已经回到舰上去了,吊梯还在船边吊着。梯级上,接连五六级,级级留下黏腻腻的呕吐出来的饭粒、蟹肉等等黄沉沉的脏东西。一股腐烂的酒臭冲到鼻子里来,叫人胸口发呕。

驱逐舰像一只收住翅膀的灰色水鸟,睡意蒙眬地浮在海面上微微晃动着身体。烟囱里冒出一缕轻烟，像烟卷上的烟雾，在无风的空中，毛丝似的向上升去。

监督跟杂工长他们，到中午还没有起床。

"放肆鬼！"渔工们一边干活，一边嘴里嘀咕着。

厨房的犄角里堆了一大堆还没吃完喝光的空蟹肉罐和空啤酒瓶。到了早晨，连亲手端过这些东西的侍役也大吃一惊，没想到吃喝了那么多。

侍役因为工作关系，跟上级接近，知道许多渔工和船员们没法知道的船长、监督跟厂代表的赤裸裸的生活。同时他们是下级人员，也很熟悉渔工们的悲惨情况（监督喝醉的时候，就把渔工们叫作"猪仔，猪仔"），能够把两方面做一个明显的对比。公平地说，上边的人骄傲自大，为了挣钱能够"毫不在乎"地想出种种毒计。渔工跟船员都糊里糊涂落在他们的圈套里，这叫人看了实在难受。

侍役常常想，还是什么都不知道的好。他心里有底：一定要出些事情，绝不能不出事情。

下午两点钟光景，船长跟监督他们穿着大概叠得不好、有许多皱纹的衣服，叫两个船员提了一大捆罐头，坐上摩托船到驱逐舰去了。在甲板上剥蟹的渔工和杂工们，一边干活，一边像望"送嫁队"似的望着他们。

"干什么去呀，真莫名其妙。"

"咱们做出来的罐头，简直跟大便纸一样随便乱送人！"

"可是……"一个快过中年、左手只有三个指头的渔工说，"他们特地开到这儿来保护我们，送点儿礼也应该啰。"

这天傍晚，驱逐舰的烟囱里忽然冒起浓浓的黑烟，水兵急急忙忙地在甲板上跑来跑去。约莫过了半小时，开始起碇了。风吹着舰尾的旗子，发出嚯嚯的声音。在蟹工船上，由船长带领，高呼

"万岁"。

吃过晚饭，侍役跑到"粪坑"里来了。大家正围在炉边闲谈。有人走到暗淡的电灯底下捉衬衫上的虱子，有人在灯边走来走去，很大的黑影斜斜地落在涂了漆的、被煤烟熏黑了的舱壁上。

"听军官、船长、监督他们谈，这回准备偷进俄罗斯的领海里去，约定驱逐舰时时刻刻在旁边守护。大概送了这个了（他把大拇指跟食指围成一个圆形）。

"听他们大家说，堪察加和北桦太岛，遍地都是黄金，这一带眼看就会变成日本的领土。日本的那个，不但在中国的东北，这儿也是一个非常重要的目标。而且咱们的公司好像跟三菱①搞在一起，把政府捏在手里了。这回，总经理要是当上了议员，这样的事干起来就更加便利呢。

"说是派驱逐舰保护蟹工船，但是目的还不单单为这个，最大的目的是在详细测量这一带的海洋，一直到北桦太岛和千岛附近的地势和气候，以备万一发生了那个，可以有个准备。这大概是很机密的话，好像在把炮弹和汽油偷偷运到千岛群岛的第一个岛上去呢。

"我刚听到很吃惊，原来日本每次的战争，实际上，归根到底，都是几个有钱人（大富翁）出的主意，硬找些理由发动起来的。他们看上一个有希望的地方，一心想插进手去，想着种种办法。这些家伙——好险呀。"

七

吊车嘎嘎地响着，川崎船吊下来了。下面有四个渔工，因为吊

---

① 日本的财阀集团。

车的横架短，得有人把吊下来的川崎船往外推才能落到海里去，这活儿常常发生危险。旧船上的吊车，像害脚气病的膝头，常常拐来拐去。绞铁链的滑车一出毛病，有时突然只有一边的链子像瘸子似的伸下来，川崎船就跟熏青鱼一般完全歪着下来。这时候，在下边的渔工出于不意，常常会受伤。

这天早晨就发生了那样的事。"啊，危险！"有人这样叫了一声，川崎船从顶上狠狠地撞下来，底下一个渔工脖子就跟木桩似的夯进胸膛里去了。

渔工们把他抬到船医那里。其中有几个平素仇恨监督的，要求医生出一张"诊断书"，因为监督好像一条披着人皮的毒蛇，他一定要推脱自己的责任。将来向他抗议的时候，就得拿一张诊断做证据。而且船医对渔工和船员们是比较有同情心的，他很惊心："这条船上，绝大多数受伤和害病的人都是由于被迫和挨打，不是由于干活的事故。"他曾经说过，他要一一记在日记上，将来可以做证据。因此对伤病的渔工和船员们比较还肯照顾。

有一个人提出来，请他写诊断书。

开头，他有点儿吃惊的样子。

"嘿，诊断书吗……"

"请你照实写一张吧。"

他很遗憾地说：

"这船上规定不许写这样的东西，好像是他们自己规定的……他们怕以后发生事情。"

一个性急的、结巴的渔工在嘴里"嘿"了一声。

"上次有一个渔工被浅川打聋了耳朵，找我来看，我随便给写了一张诊断书。这就不得了啦，对浅川留下了一个永远的证据……"

他们从船医的屋子里走出来，到这时候，才想到原来船医并不是自己人。

"真奇怪!"那渔工没有死。可是他躺在那个连白天都会叫人摔跤的暗角落里,整整叫了好几天。

当他渐渐好起来,再不叫唤得使人难受的时候,早先躺倒的那个害脚气病的渔工却断气了。他刚二十七岁,是从东京日暮里的荐人行里来的,一起同来的有十来个人。监督担心妨碍第二天的工作,只准许不上工的病人给死人"守夜"。

给死人洗身时,将衣服解开来,发出一股令人呕恶的臭味。又白又扁的可怕的虱子慌慌张张地爬出来。长着鱼鳞似的泥垢的身体,像一段倒在地上的老松树,胸口露出一条条的肋骨。自从脚气病厉害以后,自己不能行动,大小便好似也躺在床上拉,床铺里臭得要命。衬衫裤都变了赭黑色,用手一提,就像洒过硝镪水一样,变成一片一片的。泥垢把肚脐眼都填得瞧不见了,肛门旁边像干土一般黏着干结的粪便。

"我不愿死在堪察加。"当他临死以前,好似说过这样的话。可是在他断气的时候,大概旁边一个人也没有。谁都不愿死在堪察加。渔工们想着他断气时候的心情,有人哭出声来了。

到厨房去打洗尸体的开水,火夫说:"真可怜,多打点儿去,身体一定很脏了。"

可是开水提到半路上,碰上了监督。

"拿到哪里去?"

"洗尸的。"

"还要那么讲究吗?"还说了一些什么,就跑过去了。

回来的时候,那提水的渔工说:"那时候,我真想把开水泼到他的脑袋上!"他兴奋得身子直哆嗦。

监督老是跑来瞧看大家的动静,可是大家都决定了,不管明天会打瞌睡，不管干活的时候会跌倒，也不管照例的"磨洋工"，都准备大家"守夜"。

到八点钟模样，一切都准备好了，点上香烛，大家坐在死人床前。监督到底没有来，船长跟船医跑来坐了个把钟头。有一个渔工断断续续记得一点儿经文，经不起大家的请求，"反正只是一点儿心就是了"，他就念起经来。在念经的时候，四周静悄悄的，有人哭鼻子了，到快念完的时候，所有的人全哭鼻子了。

念完了经，每个人都上了香。之后就散了座，各人东一堆，西一簇，谈着这样的话："瞧见同伴死了，想到自己还活着。可是仔细想想，活着也很危险。"

船长跟船医回去以后，那个结巴的渔工走到死人面前那张点着香烛的桌边，说：

"我不会念经，我不能拿念经来安慰山田的灵魂。可是我仔细想了一想，我觉得山田是不愿意死的。说得明白一点儿，他是不愿意叫人折磨死的，可是，山田就是被人折磨死了。"

听众像被压迫似的静寂无声。

"那么，是谁把他折磨死的呢？不用说就明白了！我不能拿念经来安慰山田的灵魂。可是，咱们可以向折磨山田的人报仇，拿报仇来安慰山田的灵魂。咱们现在，一定要向山田的灵魂发誓……"

"对呀！"首先说的，是船员们。

在充满蟹臭和人气的"粪坑"中，线香的香气像香水似的凝滞着。到九点钟，杂工们回去了。有些困得打瞌睡的人，跟装石块的麻袋一样站不起来了。过了一会儿，渔工们也一个两个地睡着了。

海上起浪了，轮船摇晃一下，蜡烛火就像要熄灭了似的细小起来，然后又重新亮起来。盖在死人脸上的白棉布索索地动着，好像要掉下来似的溜开来了。大家看了这个，觉得毛骨悚然。

船壁上响起了浪声。

第二天早晨，因为八点多以前要干完这件事，监督派定四个船员和渔工到下舱来。由头一天晚上的那个渔工念了经之后，除了派定的四个人，还有三四个病人，大家动手把尸体装进麻袋里。有许多新麻袋，可是监督说马上要扔在海里的，太浪费了，不许使新的。船上线香也没有了。

"可怜，真不愿这样地死呀。"

好不容易把僵硬的胳膊叠好，眼泪落进麻袋里。

"不行不行，眼泪不能落在尸体上……"

"不能想法子带回函馆去吗……你瞧这脸，好像在说，不愿扔到堪察加的脏水里去呀……他不想给人扔到海里呀……"

"海里已经够难受，何况是堪察加的海，到了冬天——一过九月，整个都冻起来，连一条船也见不到，是极北地方呀！"

"嗯，嗯。"有人哭了，"就这样葬在麻袋里，船上有三四百人，却只有咱们六七个人送葬！"

"咱们这种人，死了也闭不了眼睛的……"

大家要求休半天假，因为头一天捉了许多蟹，不准许。监督说："不要把私事跟公事混在一起。"

监督在"粪坑"顶上探进脸来问："好了没有？"

没有办法，他们只好说："好了。"

"那就扛出来吧。"

"可是昨天说过，船长还要致悼词啦。"

"船长？悼词……"他嘲笑地说，"傻瓜！还有那么费事的玩意儿？"

那么费事的玩意儿不能干，蟹都堆在甲板上，蟹爪子索索地搔着舱板。

于是，哄哄地扛出去，跟装着撒门鱼和红眼鱼的蒲包一样，胡乱地装上吊在船尾的摩托船里。

"行了吗?"

"行了……"

摩托船轧轧地开动起来，船锚拨弄着海水，泛起了泡沫。

"那就……"

"那……"

"永别了。"

"真凄凉……可是忍着点儿吧。"有人低声说。

"那就，拜托你们了!"

本船上的人向搭上摩托船的人说。

"嗯嗯，知道了。"

摩托船向海心驶去了。

"那么，唉……"

"走了。"

好像听见死人在麻袋里说:"我不愿走呀，我不愿走呀……"

渔工们捕蟹回来，听到了监督的"独断"的处置，来不及生气，就觉得全身一阵发凉，好像自己的身体也变了尸首，给扔到堪察加的黑暗的海底去了。大家都没有吭声，闷闷地走下扶梯去。"知道了，知道了!"嘴里喃喃地念着，脱下了被咸水浸透的工作服。

八

外表上什么也没有显露，只好像不留意似的把干活的手渐渐松下来。不管监督怎样到处乱嚷、跑来跑去打人，大家都不吭气，样子也很"老实"。这种情形一天隔一天地重复着（开头还有些提心吊胆），"怠工"就这样继续下去。

自从海葬以后，大家的步调更加整齐了。工作效率眼看着低下去。

那个已过中年的渔工，他身体坏，干活的时候最受不住，可是一说"怠工"就表示不愿意，虽然他觉得奇怪，自己暗地里担忧的事情并没有发生，但见到"怠工"果然发生了效果，也就听从青年渔工们的话，一起怠工了。

最苦恼的是川崎船的船头们。他们在川崎船上要负全部责任，地位处在监督和一般渔工的中间，每天"捕获量"的多少，由他们直接向监督负责。这使他们非常为难。结果有三分之一的船头"没有办法"，只好跟渔工站在一边，其余的三分之二却是监督的小小的"代理人"，小小的尾巴。

"这活儿累死人，不能跟工厂一样干多少活都有一个定规。蟹是活的，它不能照人的意思来一阵歇一阵，没有办法，只好这样干呀。"这口气完全是监督的留声机。

有过这样的事：在"粪坑"里，睡觉以前，大家随便闲谈。有一个船头说话偶然凶了一点儿，也不是怎样特别凶，可是有一个"普通"渔工就生气了。那普通渔工已经喝了一点儿酒。

"你说什么?"他突然吆喝了，"你是什么东西，不要那么凶，出渔的时候，我们四五个人把你扔到海里去是很便当的。说扔就扔了，这里是堪察加，谁会知道你是怎样死的?"

这种话从来没有人说过，他却大声地说出来了。旁边没有一个人作声，正在谈着别的话的，也不谈下去了。

可是这不是顺口放出来的空大炮，这是从来只知道"屈服"的渔工，完全出于意外地感到背上有一种大力在那里推动。受了这个推动，他开始还有点儿懵然，不知道这就是漠然地存在自己身上的力量。

62

咱们真能这样干出来吗？当然，咱们能！

大家明白了这一点，就变成一种奇异的诱惑力，在心里渗透了反抗的情结。因为从来遭受残酷的劳动的剥削，这种反抗情绪就有了最好的地盘。只要这样干，还怕什么屁的监督！大家心里开朗了。一旦发生了这样的情绪，好像突然间亮了电棒，清清楚楚地照见了自己的蛆一般的生活。

"不要凶，这家伙！"这句话变成了流行的口头禅。动不动就说："不要凶，这家伙！"碰到别的事情，也立刻用上。凶的家伙，当然在渔工中是一个也没有的。

这类事情发生了不止一二次，每次都提高了渔工的"觉悟"。这样一次两次重复下去，渔工当中就有固定的三四个人露出头角来了。这三四个人并不是由谁推举出来的，实在也没有推举过。只是发生了什么事，或是要干什么事，那三四个人的意见总是跟大伙的一致，大伙就照他们的意见行动起来。这三四个人，两个是学生出身的，一个是结巴的渔工，还有一个是说"不要凶"的渔工。

学生用嘴润着铅笔，仆着身子，在纸上整夜地写——这是学生拟订的方案：

方案（责任分配表）

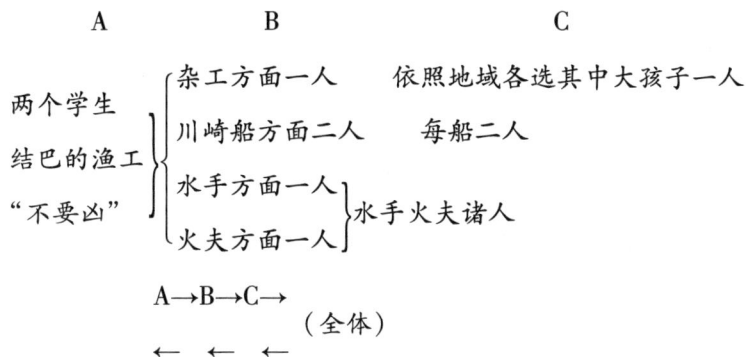

A	B	C
两个学生 结巴的渔工 "不要凶"	杂工方面一人 川崎船方面二人 水手方面一人 火夫方面一人	依照地域各选其中大孩子一人 每船二人 水手火夫诸人

A→B→C→
（全体）
← ← ←

63

学生自言自语地说，不错。不管发生什么事，从 A 发生，或是从 C 发生，就能立刻变成"全体的问题"，比电气还快，丝毫不差。他得意了。于是，就这样决定了，虽然实际上并不是那么容易。

"不愿送命的人团结起来！"这是那学生的得意的宣传口号。他引用毛利元就折箭的故事，和在内务部的宣传画上见过的"拔河"的例子。①"咱们有四五个人，把一个船头扔到海里去还不容易，把力量使出来。"

"一个对一个不行，太危险。可是对方从船长起一共不到十个人，而咱们这边却有四百来个。四百个人团结起来，胜利就是咱们的了。十个对四百个！要摔跤，就摔摔看。"于是，最后，就是"不愿送命的人团结起来！"不管怎样"愚蠢的人"，不管"酒鬼"，都明白自己过的是被慢性杀害的生活（也明白眼前就有被杀害的同伴）。而且辛辛苦苦举行了的一次一次的"怠工"，又有出于意外的效果，因此，大家都很相信学生和结巴的渔工的话。

一星期前发大风暴，摩托船的推进机坏了，杂工长和四五个渔工一起下船到陆地上去修理。回来的时候，一个年轻的渔工偷偷捎回了许多用日文印刷的"赤化宣传"的小册子和传单。他说："有许多日本人在干这个工作。"大家见上面说到自己的工钱，说到劳动时间过长，公司获得暴利和罢工等等的话，感觉很大的兴趣，就互相阅读着，讨论着。可是其中也有人见到写在上面的文句起了反感，说咱们"日本人"怎么能干这种无法无天的事情呢。

有的渔工拿了传单到学生那里来问："我看它说的都对呀。"

---

① 日本战国时代的武将毛利元就因其三个儿子关系不和，就命他们三人每人将一支箭折断，然后又将三支箭束在一起，结果三个儿子都不能折断，于是他借机教训儿子，要想强大而不被人侵犯，兄弟三人必须团结一致。次例"拔河"，也是教人必须合群的意思。

64

"当然对呀，虽然说得过火一点儿。"

"可是不这么干，浅川的本性是改不过来的！"他笑了，"那些家伙，还要让我们吃更大的苦头，这样干是应该的！"

渔工们说这玩意儿实在出乎意外。大家对这种"赤化运动"发生了兴趣。

跟发风暴的时候一样，海上发大雾的时候，为了招集川崎船，本船上也不断地拉汽笛。粗大的、牛叫样的汽笛声在水一般浓雾中，一小时两小时地继续响着。可是有的川崎船还是不回来。

那时候，有的人因为干活太苦，故意装作迷失方向，漂流到堪察加去。他们因为常常秘密偷进俄罗斯的领海去捕蟹，预先看定了陆地的方向，所以很容易就漂流到岸上去。这种人也有听到一些"赤化"的道理回来的。

公司每次招收渔工是很小心的。他们托招收地的村长、警察局长送"模范青年"来，选拔那种完全不关心工会的、"忠诚老实"的工人，认为这样就可以"百无一失"万事如意了！可是蟹工船的"活计"，终于恰巧相反地把这些工人团结起来、组织起来了。任何"百无一失"的资本家，可没有注意到这个奇怪的发展。这是很滑稽的，好像资本家特意招来那些无组织的工人和不可救药的"酒鬼"，教育他们怎样团结。

九

监督发慌了。

根据过去渔期的捕蟹量，跟往年同一时期比较，百分比显然地减低了。打听别条渔船的情况，成绩似乎都比去年好。有两千落后了。监督想：照过去那种"阿弥陀佛"的样子可不行了。

本船移动了地位，监督不断地偷收无线电报，不管是别条船放的渔网，碰到了就叫拉起来。约莫南下了二十海里，第一次拉上的网里满网都是蟹，蟹爪子在网眼里挣扎，大概是××丸放的网。

"这是你的功劳。"他不像平常那种摆架子的样子，拍拍电报员的肩头①。

有时正在偷人家的网，被人发现了，摩托船就慌忙逃回来。因为见了别条船的网就偷，活儿就跟着忙碌起来。

如有在工作中稍稍偷懒者，处火刑。

如有结伙怠工者，罚做堪察加体操②。

凡受罚者，扣除工资，回函馆后送警察局。

如有胆敢反抗监督者，格杀勿论。

浅川监督

杂工长

一张大告示贴在工房的进口。

监督随身带着实弹手枪。有时大家正在干活，突然头上一声枪响，是监督对着飞过的海鸥或是轮船的什么地方在打枪，好像"示威"一样。他瞅见渔工们吃了一惊，便嘻嘻地笑了。这使大家在一刹那间受到好像真被打死了一样的不快的感觉。

水手跟火夫全部被动员起来，让他随便支使。船长对这件事什么也没有说，他只要做一块"招牌"，就算尽了责任。曾经有过这样

---

① 此处原文是"拍拍局长的肩头"，但全文中并没有局长，疑误。

② 把人淹在海水里。

的事：他强迫船长把船开进俄罗斯领海里去捕蟹，船长根据《国际公法》的立场，坚持不能侵犯别国的领海。

"随你的便吧，我不求你！"监督这样说着，就自己下命令，把船开进领海里去了。可是被俄罗斯的监视发现了，追上来，受了讯问，就慌张起来，"卑怯地"躲开，硬要船长去出面："在船上，这种事情当然应该由船长去答复。"因此这样的招牌也有用处，只要这样就够了。

自从发生过这事以后，船长几次想把船开回函馆。可是有一种力量——资本家的力量，还是把船长紧紧抓住了，不让他这样做。

"整条轮船都是咱们公司的，你明白吗？"监督把嘴歪成三角形，挺起了腰，放肆地哈哈大笑了。

回到"粪坑"里，结巴的渔工仰天翻了一个筋斗，心里懊丧得不得了。渔工们对他和学生们都表示同情，可是大家心灰意懒，一句话也不说。学生所计划的组织已经等于废物，没有用处了。可是，学生还比较有信心，他说：

"一有机会还是可以动起来的，问题是要好好地抓住机会。"

"还动得起来吗？"说"不要凶"的那个渔工说了。

"吗？吗什么哟！咱们人数多，咱们怕什么？他们愈是胡闹，大家的仇恨愈深。这种仇恨填满大家的心中，比火柴还要厉害，咱们就是依靠这个。"

"光搭台子是没有用的！"说"不要凶"的那个渔工向"粪坑"四周扫了一眼，牢骚似的说，"我看没有这种角色，谁都……"

"咱们都要发牢骚，那就完蛋了。"

"你瞧，有信心的，只有你一个人。再闹起事来，要出人命了。"

学生阴沉着脸说："对……"

监督率领着手下人一夜巡逻三次，一见三四个人聚集在一起，就大声吆喝。这样做还不够，又秘密派自己的心腹睡在"粪坑"里。

大伙的身上戴上了"铁链子"，只是眼睛瞧不见就是了。每个人走一走、动一动，实际上就有一寸粗的铁链子沉重地拖在脚后面。

"我这条命一定保不住了。"

"嗯，所以，知道反正是活不了的时候，咱们就得干。"

"傻瓜！"芝浦来的那个渔工在旁边吆喝道，"你怎么知道什么时候要死？现在，不是让你一下子就死，不过是一点儿一点儿地死呀，他们本领可大着呢！随身带动着手枪，装作随时要开枪的样子，可是他们不会乱开的，这是他们的'手段'。你懂吗？他们把咱们打死，对他们并没有好处，目的——真正的目的，就是要咱们使劲干活，拴在榨床上让他们榨，让他们发财。咱们每天每天，就是这样地受着榨取。你瞧，这多么凶，简直跟蚕吃桑叶一样，咱们的命一点儿一点儿被他们吃掉。"

"对！"

"还说什么对不对的。"他在粗厚的手心上弹着烟灰，"好，等着吧，马上给你颜色看，畜生！"

船开得过于往南了，捕起来的多半是瘦小的雌蟹，便移动位置，重新开回北方去。因此大家都要加钟点，偶然（很难得的）早一点儿干完了活。

大家回到"粪坑"里。

"一点儿气力也没有了。"说话的是芝浦。

"你瞧，眼睛瞧着地，腿却是硬邦邦的，连梯级也跨不动了。"

"辛苦，辛苦，可是干得太拼命了呀。"

"你说谁！没有法子呀。"

芝浦笑了："人家要你的命，你也没有法子吗？"

"……"

"唉，这样下去，你可活不到四五天了。"

对方听了这话，皱了一皱半边黄肿的眼睑，然后默默地走到自己的床铺上，把小腿吊在床沿下，用手掌敲着关节。

芝浦在下床挥着手说话，结巴晃着身体做他的对手。

"……你想，资本家花本钱造船，假使有了船没有水手和火夫，能不能动呢？海底下有几万万只蟹，即使资本家花了本钱，做了许多准备，把船开到这儿来。可是，咱们要是不干，那就一只蟹也不会到他手里去的。你想，咱们在这儿干一个夏天，归根拿到多少钱，可是资本家一条船就可以挣四五十万。因此，出钱，只为了从'没有'生出'有'来。明白吗？一切都靠咱们的力量，咱们可不能再像过去那么愁眉苦脸了，咱们要站起来。归根结底，不是胡说，他们只是吓唬人，咱们用不到害怕。

"没有水手跟火夫，船不会动。没有工人劳动，资本家一个钱也挣不到。刚才说的买船、买工具、做一切准备的钱，也是吸了别的工人的血才挣来的，靠剥削咱们挣来的。资本家跟咱们好比儿子跟老子①……"

监督进来了。

大伙装作愣生生的样子，偷偷地溜出去了。

十

空气又寒冷又明净，跟玻璃一样，连一颗尘土也没有。两点钟，天色已经放亮。堪察加的群峰罩上一层紫金色，离海两三寸高的地平线向南方长长地伸去。海里掀起小小的波浪，早晨的阳光照在浪

---

① 此处原文是"资本家跟咱们，好比老子跟儿子……"

69

面上，闪灿出黎明时候的寒冷的光棱。这些光棱乱闪着，重叠着，又破碎开来，发出刺眼的光芒。听见一声声海鸥的啼叫（不知道在哪里，只听见声音）。

是晴朗的寒冷的天气。盖在货物上的油腻的雨布被风吹得哗哗地响，不知什么时候，起风了。

渔工们像稻草人似的把胳膊伸进工作服的袖管里，走上梯级来，从舱口探出脖颈，立刻像爆裂似的叫起来。

"啊，兔子在跑，马上会发风暴啦！"

渔工们在堪察加海已经有经验，海上起了三角波，知道立刻就要起风暴了。

"太危险了，今天停工吧！"

约莫一小时之后。

在降落川崎船的吊车底下，东一堆、西一堆，每堆团聚着七八个渔工。川崎船都放下一半在空中摇晃。大家摇摆着肩头望海，互相说着。

过了一会儿。

"停工了，停工了。"

"见他妈的鬼！"

大家好像在等候下停工的命令，互相挤在一块儿说："喂，把川崎船拉上来吧！"

"好。"

"好，好呀！"

有一个人眯着眼抬头望望吊车，"可是不行……"他踌躇起来了。

另一个人开始走开，把半边肩膀一耸，煽动地嘟哝了一句："不想活的人就自个儿去吧！"

大家都紧张地走开了。有人低声说："真能不去吗?"有两个人迟疑不决地落在后边。

在第二架吊车底下，船员们还站在那里。他们瞅见第三号川崎船的人向自己这边走过来，就明白了来意。有四五个人摇着胳膊叫嚷：

"停工，停工!"

"对，停工!"

两队人合成一起，勇气就来了。有两三个落在后边不知怎样才好的人站定下来，懵然地望着他们。大家走到第五号川崎船旁边，又集合在一起了。落在后边的人见大伙又集合起来了，就在嘴里嘀咕着，从后面走过来了。

结巴渔工回过头来，大声嚷道："好好儿干呀!"

渔工们的集团跟堆雪人一样堆起来，越堆越大。学生、结巴在人堆前后来来去去跑着。"记住，最要紧的是不要掉队。现在，靠得住了，现在……"

围坐在烟囱边修理缆索的水手们，抬起身来问道：

"喂，你们怎么啦?"

大家向他们那边挥手，大声呼唤。水手们从上面望下来，瞧见胳膊摇得像树林一样。

"好啊，不干活了!"

他们把缆索收拾起来："等一下!"

渔工们懂了他们的意思，又一次大声呼唤了。

"先回'粪坑'去啊，去啊。好狠的家伙，明知道要发风暴，还叫出船，简直是刽子手嘛!"

"谁愿意让那种家伙杀死!"

"这回可得叫他们明白明白了!"

71

差不多全体一个不漏地回到"粪坑"里。其中也有"没有法子"跟着来的。

睡在暗角落里的病人听见大伙闹哄哄跑进来,吃了一惊,忙抬起木板似的上半身。别人把原因告诉他,他眼里淌出泪来,连连点头。

结巴渔工和学生走下机器房里的像绳梯般的梯子。又性急,又不惯,几次踩不稳脚险险地用手攀住。机器房里,由于锅炉的热气又热又闷又阴暗,他们立刻全身爆出了汗水。

走过汽锅炉子的铁格板,又走下下一层的梯子。下面有人在大声说话,发出嗡嗡的反响。感到一种阴森森的气氛,好像走到离地面几百尺的地狱般的竖坑里了。

"这活儿也够呛的。"

"嗨,还要给撺到甲板上去剥蟹,你说受得了吗?"

"靠得住,火夫是咱们自己人!"

"嗨,靠得住!"

穿过汽锅边,又走下再下一层的梯子。

"好热,好热,受不了啦,简直把人都烤熟了。"

"不简单呀,这会儿还没有生火,已经这样热了,要是生起火来!"

"嗯嗯,不错呀。"

"过印度洋的时候,每三十分钟换一次班,还把人烤得一点儿劲也没有。不小心说一句怨言,就被人用煤铲子一顿乱揍,结果也有给扔在锅炉里烧成灰的。就是这样还得干呀!"

"嗯……"

锅炉跟前有一堆退出来的煤渣,好像刚泼过水,腾起了蒙蒙的煤灰。那旁边有几个半裸体的火夫,嘴上叼着烟卷,正抱着膝头讲话。从阴暗中望过去，完全像蹲在那里的大猩猩。煤仓的口子半开着，露出怕人的黑沉沉的内部。

"喂。"结巴招呼了。

"谁?"他们抬起头来望，"谁? 谁? 谁?"四处发出回声。

他们就走下去。火夫们见了他俩，其中一个人大声地说：

"你们走错了路吗?"

"咱们罢工了。"

"白，白什么工?"

"不是白工，是罢工呀!"

"罢了吗?"

"好啊，咱们快生火，开回函馆去，多有意思呀。"

结巴想："成啦!"

"大家团结起来，跟他们去交涉。"

"干得好，干得好!"

"不是干得好，是要大伙干呀。"

学生插嘴了。

"啊，啊，我说错了。去干，去干!"火夫点点沾满煤灰变成白色的脑袋。

大家笑了。

"你们这边，归你们全部团结起来。"

"好，明白了，放心好啦。咱们这儿的人全是老早就想干一家伙的。"

这样，火夫方面就联系好了。

全部杂工被带到渔工的地方来了。过了约莫一小时，火夫跟水手也都加入了，大家集合在甲板上。结巴、学生、芝浦、"不要凶"

拟定了"要求条件"，准备当大家的面向监督们提出。

监督他们知道渔工们闹起来了，就躲着不出来。

"真怪!"

"这才怪呢!"

"这样一闹，拿着手枪的也没有用了。"

结巴渔工跳上高处，大家鼓起掌来。

"各位朋友，时候终于到来了，咱们已经等了好久啦。虽然咱们叫人整得半死，咱们还是等着。可是现在，这时候终于到来了。

"各位朋友，第一件事，咱们要团结一致，不管发生什么事，决不许出卖朋友。只要大家团结得好，捏死那些家伙比捏一条虫子还容易。还有，第二件是什么呢? 各位朋友，第二件事也是团结一致，不许有一个人掉队，不许有一个叛徒、一个投降的人。咱们一定要明白，假使有一个人投降了，就等于害死三百个人的生命。有一个人投降了……"（"明白了，明白了。""靠得住!""放心干吧!"）……

"咱们这一次交涉，能不能把他们打倒，能不能完成任务，全看咱们大家团结的力量了。"

接着，火夫的代表站起来说了话，水手的代表也站起来说了话。火夫代表说了平时从来没有说过的话，把自己都愣住了。愣一会儿涨红一会儿脸。又拉工作服的大襟，又把手指头探进衣服的破洞里，完全手足无措了。大家见了这神气，都跺着甲板笑起来了。

"……我的话完了。可是，朋友们，咱们一定要把他们打倒!"他说着，走下台来。

大家故意大声鼓掌。

"就是这一句说得好。"后面有人揶揄着说。大家又哄然大笑了。

火夫身上的汗比夏天在锅炉边使长铲子的时候还流得多，两条腿也有些站不稳了。他从台上走下来，向同伴们问："我说了些什么呀？"

学生拍拍他的肩头，笑着说："说得好，说得好。"

"就是你不好，有那么多人，为什么一定要我说……"

"各位，我们一直等着今天的到来！"台上站着一个十五六岁的杂工，"各位都知道，在这条工船上，咱们的朋友在怎样受苦，怎样被人整得半死。晚上，裹在一条薄薄的被服里，咱们想家，常常想得哭。你们问问在这里无论哪个杂工，没有一个人一夜不哭的，而且没有一个人身上没有伤疤的。有一种人，这样的生活只要过三天，就一定活不下去了。像我们这样年纪的孩子，假使家里稍微有点儿钱，还不是正在学校里天真地游玩，可是我们跑到这么远的地方……（他的嗓子暗哑了，话接不上来，像屏住气一样静寂了一会儿。）可是，现在好了，靠得住了，大人帮助我们，我们一定能够向那些可恨的、可恨的家伙报仇……"

这些话引起了暴风雨般的掌声。那个已过中年的渔工一面拼命地拍手，一面用粗大的指头偷偷擦眼角。

学生、结巴把写上了大家名字的宣誓书拿出来，请大家盖上指印。

两个学生、结巴、"不要凶"、芝浦、三个火夫、三个水手拿着"要求条件"和"宣誓书"到船长室去，约定大伙在外边示威。一切进行得很顺利，出乎意外的顺利，不像在陆地上那样住得四散，而且基础很稳固。

"真奇怪，那恶鬼不露脸啦！"

"他还想跳出来开他那得意的手枪吗？"

由结巴带领，三百个人一齐叫了三次"罢工万岁"。学生笑着说："监督那家伙，听见了这声音一定会发抖吧！"大家涌到了船长室。

监督一只手握着手枪，迎接了代表。

船长、杂工长、厂代表等等都出来迎接代表，看样子刚才已经商量过了。监督很镇定。

代表们走进去。

"你们干起来啦！"监督冷笑着。

外边，三百个人挤成一团，大声叫嚷着，跺着脚。监督低声说："闹死人啦！"代表们好像没注意，兴奋地说了一通，他听完之后，形式地把"要求条件"和"宣誓书"看了一眼，然后慢条斯理地说："不会后悔吗？"

"混账！"结巴突然冲着监督的脸怒喝了。

"嚯，好吧，不会后悔吧！"

他这样说着，换了声调："好，听着，这样好不好，明天早晨以前，给你们满意的答复。"可是说时迟，那时快，芝浦打掉监督的手枪，一拳打在他的脸上。监督一惊，忙用手去掩脸，结巴提起菌子形的圆凳子，望他腿上扫过去。监督身体望桌子上一仆，毫无抵抗地倒下去了。桌子四脚朝天翻倒了。

"什么满意的答复？混账，谁给我闹着玩儿？是死活的问题呀！"

芝浦激昂地颤动着宽大的肩膀。水手、火夫、学生把他们两个拦住。船长室的窗子咔嚓一声被打破了。就在这一刹那间："宰了他！""揍死他！""揍，揍死这家伙！"外边的叫声立刻高起来，听得清清楚楚。船长、杂工长、厂代表早已躲到角落里去，挤在一堆，像扛棒似的站着，脸上没有一点儿血色。

门打破了，渔工、水手、火夫像潮水一样涌进来。

76

过了中午，海上起风暴了。到快近傍晚的时候，才渐渐平静下来。

"打倒监督！"一向认为这样的事情是不可能的，可是，现在就用自己的"手"打倒了监督，连平常拿来吓人的手枪也没有开。大家激动地吵闹着。

代表们聚在一起，商量进一步的行动。要是没有"满意的答复"，就得叫他们"看颜色"。

天色昏暗的时候，在舱口守望着的渔工望见驱逐舰开过来了，慌忙跑进"粪坑"里来。

"糟啦！"一个学生像弹簧似的蹦起来，脸上突然失了血色。

"你不要想错呀！"结巴笑了，"咱们把咱们的情况、立场和提出的要求详细向军官们说明，请求他们援助，这会使咱们的罢工得到有力的解决，这是很明白的。"

"对，对！"别的人也同意这个意见。

"咱们帝国的军舰，当然是帮助咱们老百姓的。"

"不，不……"学生摇摇手，他好似受了很大的刺激，嘴唇直发抖，说不出话来了。

"帮助老百姓……不，不……"

"你真傻！帝国的军舰还有不帮助老百姓的，有这种道理吗？"

"驱逐舰来了！""驱逐舰来了！"大伙兴奋的情绪把学生的话有力地压倒了。

大伙闹哄哄地从"粪坑"跑上甲板，突然齐声地叫唤"帝国军舰万岁！"

在吊梯口上，结巴、芝浦、"不要凶"、学生、水手、火夫们，跟手脸都扎着绷带的监督和船长，面对面地站着。昏暗中，看得不十分清楚，驱逐舰上放下三条汽划子，横靠到船边。划子上满满地装着十五六个水兵，一下子都从吊梯上来了。

一声吆喝，水兵一齐在枪头上了刺刀，把帽带扣在颏下。

"糟啦！"结巴心里暗暗叫了一声。

第二条汽划子又是十五六个水兵。最后一条汽划子，也是枪头上了刺刀、帽带扣在颏下的水兵！他们跟冲上海盗船一样，气势汹汹地冲上来，把渔工、水手、火夫们包围住了。

"糟啦！妈的，干得好呀！"

芝浦、水手、火夫的代表也叫起来了。

"嘿嘿，瞧吧！"说话的是监督。罢工开始以后监督的暧昧态度开始明朗了。可是，已经迟了。

不让申辩一句话，痛骂了一顿"捣乱分子""叛贼""学罗宋人样的卖国贼"，便用刺刀迫住九个代表，押送到驱逐舰上去了。大家莫名其妙，茫然失措地望着，在一个短促的时间内，连一句申辩的话也不让说。好像看着一张报纸被火烧掉，没有一点儿抵抗的办法。

事情简单地"结束了"。

"现在明白过来了，除了咱们自己，再也没有人帮助咱们的了。"

"帝国军舰，叫得倒好听，原来是资本家的走狗。帮助老百姓？真可笑，见他妈的鬼！"

水兵为了防备意外，在船上驻扎了三天。这期间，军官们每晚在餐厅里跟监督他们一起喝酒——"就是这样的家伙呀！"

不管渔工们多么愚蠢，这一回，凭着切身的体验，到底也明白了"谁是敌人"，而且这些敌人（完全出乎意外地）是怎样勾结在一起的。

每年，照例在渔期快要终了的时候，就特制给天皇"进贡"的蟹肉罐头。可是很"无礼"的，特制的时候，从来不特地斋戒沐浴，平时渔工们都认为监督这样干是很不敬的。可是，这一次却不同了。

"是用咱们的血肉做的，哼，吃起来大概特别鲜吧。吃了可不要肚子痛呀。"

大家都是抱着这样的情绪做的。

"放点儿石头进去，也没有关系！"

"除了咱们自己，再没有帮助咱们的人了。"

这句话深深地、深深地印进大家的心底——"等着瞧吧！"

可是说一百次"等着瞧"又有什么用呢。——自从罢工失败以后，工作更加紧了。"妈的，这回可明白了吧。"在过去的残酷上，再加上监督的报复，变得更加残酷了。残酷到超过了限度，到了不能容忍的程度。

"错了，咱们那样办可错了，不该让九个人全都出头露面。好像告诉他们，这九个就是咱们的头儿。咱们大家应该一起出头，那么，监督就不会给驱逐舰打无线电报，到底他不能把咱们全体都抓走呀。全体都抓走，就没有人干活了。"

"对！"

"对！现在这样干活，咱们可真正活不成了。咱们大家一起'怠工'，不让有一个人牺牲，用以前一样的方法。结巴说过，最要紧的是团结一致，团结一致就什么事都能干，这回也明白了。"

"假使他们叫驱逐舰来，大伙儿就团结起来，叫他们把全体都抓去！那他们就没有办法了。"

"也许是这样。你想想，这样一来，在公司面前，第一个惊慌的是监督。从函馆再派工人来可来不及了，生产量一定少得不成话……好好儿干，一定靠得住。"

"靠得住，大家心里都有了一股仇恨，谁也不会莫名其妙地害怕了。"

"说老实话，结果怎样咱们现在不去管它，这是眼前死活的问题呀。"

"好，再来一次！"

这样，他们起来了。再来一次！

附　　记

这里再附记几件后事：

甲　第二次全体"怠工"完全成功了。监督出乎意外，想不到"又来了"，慌忙跑到电报房去。可是他在门口愣住了，不知道怎样办才好。

乙　渔期完毕回到函馆的时候，才知道闹"怠工"、罢工的船原来不止博光九一条。有几条船上还发现了"宣传赤化"的小册子。

丙　公司因为监督和杂工长们在渔期中惹起罢工之类的不幸事件，使生产受了很大的影响，就很"无情"地把这些忠实的走狗开除了，连一个钱也不给（比渔工还悲惨）。最有趣的是那监督，他叫嚷了："啊，啊，真懊悔！妈的，我一向被公司欺骗了！"

丁　还有，渔工和年轻的杂工们第一次接受了"组织""斗争"这个伟大的经验，他们从警察局的大门口走出来，就深入到各种劳动部门里去了。

这是"资本主义侵入殖民地史"的一页。

1929 年 3 月 30 日

安子

〔日〕小林多喜二

1．审判的一天

（1）

化雪的泥泞的路很难走，走到札幌法院前，阿惠跟她妈都冒了一身汗。

走进门口，有二十来个穿外套的警察，两三个一起，四处站着。见她俩进来，一个毛胡子、紫膛脸的警察慌忙跑过来。

"大娘，你们来干吗？"

阿惠跟她妈吃了一惊，站下来，马上摘去头上叠成三角的头巾，连连哈腰。

"嘿……这个……"

母亲说着，使劲把手探进怀里，拿出法院的通知书来。

警察随手接过，大概是近视眼，送到鼻子边瞅了一瞅，然后明白是怎么回事，马上把通知还她了：

"到那边候审室去！"

"是，谢谢您。"

两人透了一口气，低了一下头，走向指示的那边去。可是在混凝土铺地的长廊下来回了两三次，才找到了候审室。两个人都显出害怕的神气。

过了一个过不完的冬天，春天好容易到来了。在向阳的窗边坐下，不知不觉地，感到背上一阵发热。阿惠在候审室的小角落里紧靠她妈坐着，光睁大着眼向周围打量，听窗外冰柱不断滴落水滴，有节奏地发出轻快的跳跃的声音。

候审室除了她俩之外，还有像医院护士一样穿着白外衣的小卖部的女售货员，一个代书人坐在一张放着许多文件的大桌跟前，装着目不旁视的样子，时时打量这两个衣服泥污的乡下女人。

约莫过了一小时光景，穿法衣的律师、法院的听差，一次次急急忙忙地、粗暴地推开门来，伸进脑袋向屋子里扫了一眼就跑走了。每次都使妈和阿惠像被捉住的孩子一般吃了一惊，缩着肩头向他们瞅。

"嘿，这些家伙忙些什么呀！"

代书人自言自语地说着，点着烟卷，然后走到屋子中间的火炉边。这是一条腿短了一点儿的人。

"今天可热闹着呢！"

小卖部的女售货员在玻璃柜里陈列着面包和牛奶，好像已经听见代书人的自言自语，便说了。

"哼！"

瘸腿的代书人把羽毛纱的前摆撩起来，跨开两腿，站在火炉跟前。

那时候，进口的玻璃门尖声地嘎响了一声，进来一个眼光锐利的穿长靴的高个子男人，向阿惠和她妈注意地打量着。他在屋子里来回走了两三次。阿惠把身体向妈妈靠得更紧一点儿，偷偷抓住妈的袖子。这汉子马上又走出去了。

代书人这回转过身子抓抓背脊，而且不时地用下牙齿咬着挂到

86

嘴唇上的髭须，沙沙地发出清脆的声音，这大概是他的习惯。

“你们是来听公审的吗?”

代书人突然地，几乎使人吃惊地发出重浊的声音，这是一种爱喝酒的人被酒精烧坏嗓子的声音。

阿惠吃惊地向自己四边扫了一眼，知道他是在对自己说话。

“是的……这个……”

妈略略抬起身子，点了点头。

“是本城的人吗?”

“不，是乡下……嘿。”

妈又慌忙地使劲把手探进怀里，拿出了那张通知书来：

“这个……就是……”

代书人看了通知书，鼻子里哼了一下，正想说什么话。

这时候，有五六个人闹哄哄地跑进候审室来……

(2)

闹哄哄跑进来的人旁若无人地大声啰唣着，满不把法院的候审室当作一回事。阿惠跟她妈都惊呆了，两眼直向他们望，阿惠心里害怕得很，她把毛茸茸的围脖儿拉到下颏上，遮住了自己的脸。

这些人戴着油腻的、走了样的鸭舌帽，和皱瘪肮脏的呢帽子，穿着有裂缝的短外套，全是年轻小伙子，可是脸色都不十分好看，全披着长头发。一个高大朴实的青年，脸上有一条长长的伤疤，这使阿惠看来觉得人相可怕。另一个穿着破旧的灯芯绒服，从短外套口袋拿出一个有馅子的面包来。别的人就向他伸过手去。那人嘻嘻地笑着，又把面包藏进衣袋里去了。

开头的时候，阿惠没有注意。这中间有一个披着全黑的大氅，脸像孩子一般的瘦小的姑娘。这姑娘话说得很少，可是挤在男人中间随便说话，使阿惠觉得非常奇怪。她便好奇地光瞅着这位姑娘。

这班人结成一伙，占据在炉子的周围，好像正在讨论着什么事情。一个以前进来过的眼色可怕的穿西服的汉子，走进他们的圈子里来了。原来在大声谈论的人们，立刻把话停下了。

现在使阿惠感到惊奇的，是这个眼色可怕的男子了。

"怎么样……"

眼色可怕的汉子说了。

"没有怎么样。"

这样不客气地回答的，就是那位像孩子的小姑娘。

阿惠又吃了一惊，忙去瞅那姑娘。她拉拉妈的袖子：

"你瞧，妈，这个女的!"

"是，这是些什么人呀?"

"是干什么的?"

"多英气啦!"

"嗯，真是……"

在两重装的窗户外，飘飘地下起了淡淡的春雪。雪花一朵朵落在玻璃上，一会儿便化成水，流下来。柔和的阳光在混凝土的地面落下光彩，一绺跟窗口大的光线斜斜地射进来，映出空气中的浮尘。有一个人把手伸在光线中，像孩子似的晃着手掌。

过了一会儿，进来了一个包着头巾的四十来岁的女人。

"啊，深谷的妈妈来了。"

脸上有伤疤的那人说了，大伙回过身去，立刻，这些人变得跟刚才完全不一样，显得很和善地众口齐声地说：

"啊，辛苦，辛苦!"

阿惠默默地看着这一切，觉得没有一件事是她能够了解的。

披大氅的孩子脸的姑娘跑过去，走到那女人身边，跟她并排坐下，亲密地谈起话来。那个眼色可怕的穿西服的男子也走到她们跟前去纠缠，披大氅的姑娘却没有理会他。

忽然，门砰地给打开来，法警探进头来叫道：

"……的公审开庭了！"

那嘈杂的一群闹哄哄地出去了。阿惠跟她妈没有听清他说的是什么公审，只当是自己的案子，慌忙站起来。

"不是你们的案子。"

那瘸腿的代书人说了。

"不是吗？"

"那些人，全是学俄罗斯人的红党呀。"

代书人说的，依然是她们听不懂的名词。

（3）

知道不是自己的案子，阿惠又安心坐下。

"可是，全是些精神饱满的人。"

代书人向她们望了一眼，便又沙沙地嚼着髭须。

"那些人都叫同志。"

"桐子？"

"就是同党呗。"

"嚯！"

干坏事的同党，还跑到这儿来，而且堂堂正正的样子！阿惠跟她妈这次为了自家人的事，不知心里感到多少别扭。那么，这些人到底干了什么呢？这是阿惠最后的一个谜。

"那些人想打出一个没有财主、只有穷人的天下，他们认为自己

89

并没有干坏事。"

"嚯!"

代书人在火炉跟前搬动了两腿，因为一条腿短一点儿，肩胛便摇晃得厉害。

"田口三吾的公审!"

一个矮小的老耄的法警又来叫唤了。

"嗨!"

母亲大声答应着，慌忙站起来。

"嗨，在这儿!"

阿惠心里反复想过，是有了准备才来的，可是仍然感到胸头一阵激动，把绒围脖儿跟头巾一把抓在手里，向廊下走去。混凝土的长廊还是一股冷气。约走了十几丈路，拐过一个弯，瞧见走廊两边站着几十个警察，正把手伸进刚才那班人的衣袋里抄身，又把上衣翻过来，把他们手里的包裹打开，然后一个一个放进法庭里去。

"你们的案子是这边。"

法警又向横边拐了弯。

从走廊的窗口可以望见法院大门外的广场，那儿跟刚才同样站着许多警察，帽带扣在下颏下，正把十五六个人往大门外推出去，听见那些被抓着上褂领子、给使劲推出去的人说：

"衣服撕破啦!"

"出去，出去，不能再进来啦。"

警察嘴里都这样说着。

走到写着"第二庭"牌子的门前，那法警说：

"是这儿，等一等。"

说着，自己先进去了。

从走廊下传来对面争吵的声音，每次都夹着锵锵的佩刀声。阿

90

惠跟她妈现在一心光惦着自己的事，站立在寒冷的赤裸裸的混凝土走廊上。

忽然，廊下骚动起来了。那个脸上有伤疤的高个子被两个警察扯住两边的胳臂，一边剧烈地争吵着，一边被带到这边来。

"废话少说，去了就明白！"

"呸，去了就明白吗？"

这有伤疤的人被摘掉了帽子，刷白的脸上挂下长长的乱发，两只手给抓住了，他就不息地晃着脑袋把头发甩开。走过阿惠面前的时候，好像还微微做了一个笑脸。

被允许进庭了，阿惠跟她妈坐在一个角落里。以前见面谈过一次话的那位律师，背脊冲着她们在翻阅文件。法警把老花眼镜摘下来，用手帕擦着，所看到的就是这一些。旁边生着一个炉子，还刚刚生起，整个屋子里很冷。

母亲已经拿出手帕来偷偷抹眼泪……

法警瞧了一下表，站起身来。

（4）

当法警瞧着表站起来的一刹间，阿惠心里猛地一跳，好像看见哥哥三吾的影子正从门外向那边走进来。

法警把门打开，阿惠不禁把脸低下去了。可是一种不可抗拒的力量又使她把脸抬起来。法警马上回来了，可是后面的门并没有关上。阿惠跟她妈忙向法警的身后望去。

听见脚步声。

当三吾走进来的一刹那，他用铐着铐子的手把斗笠①的边缘略略抬歪了一点儿，一眼就望见了母亲和妹子。他那双跟母亲相似的稍微突出的眼睑，轻轻地露出了笑意。阿惠使劲抑住了自己的胸口。

一个脸色不大好看的、略微有点儿驼背的看守，从后面牵着绳子。

"阿惠，那个……绳子！"

进来以后，门又关上了，看守替三吾摘去了斗笠。在乡下的时候，披在额上还擦发油的头发，现在完全剃光了，头皮上发出一股青色。摘掉斗笠，三吾便清楚地看见阿惠和母亲。他把脑袋动了一动，嘴角牵了一牵，像打招呼的样子，这是孩子们哭里带笑的表情。可是阿惠完全了解哥哥这时候的心情，这是阿惠的一个好哥哥。

三吾两手伸在看守前，一边伸手，一边又向她们瞥了一眼，这眼色含着许多意思。现在，暂且不要看我吧！看守弄响着钥匙，把手铐打开了。

这时候，三吾第一次露出白色的牙齿笑了。他的脸色比在外边劳动的时候白了，脸庞瘦了一点儿，显得好看了。

律师把椅子移了一把，从后面对三吾说了几句话，又立起身向她们走过来。

"大妈，案子今天审判，就要判决了……也许是六个月……你得心里有个底……"

律师的肿肿的脸好像没有睡够的样子，他只说了这几句话。

"曬……？嘿，谢谢你。"

母亲手里抓住一条发咸的日本手帕，连连点头。律师觉得不对头，又向阿惠瞥了一眼，另外补充了一句：

---

① 斗笠，原文作"编笠"，日本囚犯戴的竹帽，形如斗，把脸部掩住。

"这还是轻的……实在是轻的。"

阿惠听到六个月，好像心口被胳臂肘撞了一下。可是至少（这是有许多理由的）用刀子砍了一个人，这样判决到底是免不了的。而且阿惠她们也不能对律师说什么客气的话，她觉得，这三天以来，为了三吾的事，他已经费了许多口舌。

阿惠默默地对律师鞠了躬。

法官从正面法坛上的边门里走出来，坐在法官席，对面门口走出了检察官。

宣布判决，简单就完事了。六个月徒刑，如果不服，可以上诉，审判长最后说了。阿惠瞧着哥哥的背影，好像瞧见哥哥的肩头动了一下，也许并没有动。这一刹那间，阿惠产生了一阵悚然的感觉。

法官退庭的时候，三吾回过身子向后面望了一眼，在紧张的半边脸上，露出微微的笑意。这在阿惠看来，好比冷天的暗淡的阳光，只是使人感到更加寒冷。

重新戴上手铐，系上腰绳，戴上斗笠……然后，走出去的时候，母亲把脸掩住了。门打开来，走到门口，看见三吾把斗笠抬起来，眼里已经含满了眼泪。

"啊，啊，啊啊啊……"

母亲突然跟发疯一样大哭起来了。

（5）

瞧见儿子走出法庭时的眼泪，母亲一直抑制着的胸头的痛苦，再也抑制不住了。听到这声音，三吾两脚好像被什么东西绊住似的，跟跄了一下站住了。现在儿子的脸是真正的哭脸了，向后面回望了一下，就把下颏埋在右肩上，肩头微微地抖动了。

阿惠不自觉地两手使劲抓住前面的椅子背。

"三吾，保重身体！"

儿子自己把斗笠往前拉下，整个地遮住了脸。

门关上了。

阿惠跟妈走到廊下。三吾曳着一只没穿好的草鞋，绒裤脚管拖在外衣底下，捂住了袜子。他没有抬起头来，也没有回过脸来。走了几步，大概带子松了，他回过手来扭动着身子，把带子重新系过。

可是，他始终没有回头，拐过弯走了。三吾一走，混凝土廊下的冷气立刻向脚边袭来。

律师站在后面，轻轻地敲着皮鞋尖等待她们。

"现在你们可以上监狱里去，好好会一次面，也不用上诉了，让他早点儿服刑，反正时间很短……"

"嘿……谢谢你。"

阿惠她们回到了候审室里。路上走过"第三庭"门口，四个警察把手揣在挺大的外套口袋里，轻轻地跺着脚站在那里。屋子里漏出慷慨激昂的演说的声音，但听不清说的是什么。

两人在候审室里等候律师去领"探监证"。

母亲忽然留意到系在腰里的小布包，她肚子饿了，可是她一点儿也不想吃东西。

"阿惠，你饿吗？"

阿惠默默地摇了摇头。

"妈妈呢……"

母亲直发愣，过了一会儿说：

"……怎么吃得下呢……"

代书人伏在桌子上坐着，正用毛笔写着什么，他已经戴上了眼镜。看见她们俩，又沙沙地嚼着髭须说：

"怎么样?"

"嘿……"

"一年吗?"

"嘿……六个月……"

听这么一说,他把毛笔望耳朵上一搁,又使劲地咬着髭须。

"嗯,六个月!便宜,便宜!"

小卖部的女售货员正在面包片上涂黄油,搁在炉顶的铁杆上烤。

"干了什么事啦?"

她把脸冲着代书人和母亲问了。

"就是闹孩子气呗。"

代书人满有把握地说:

"为了女人。"

女售货员笑了一笑。

"为了女人,砍伤了别的男子。"

"果然。"

"砍了人,没砍死还是运气的……"

阿惠憋不住了,走到廊下去。

恰巧这时候,第三庭的旁听人正闹哄哄地走出来。在另外的门口,八九个戴着斗笠的被告,每个人腰间都被绳子拴着走出来。这些人甩着肩头,把斗笠推在脑后,举起戴着手铐的两手摇晃着。

"好好儿干啊!"

"坚持到底!"

大家互相激励着。

阿惠想着哥哥退庭时凄凉的情景,完全不明白眼前的事情,呆呆地站着。

2. 哥哥的遭遇

（1）

正是四个月以前，一个晌晚的时候。

从后院子旁边的马房里，听见马蹄子不断地踢板墙的声音，母亲记起是该给马喂料的时候了，把正在编绳索的碎布条往前面一推，拍打着衣服的前襟就走出去了。离后院子约七十来丈，有一丛杂树林，杂树林过去，便是石狩川，绿色的浓浓的川流缓缓地纡曲地流着。早晨下过雪，杂树林、庄稼地的田垄、大地，已是一片白色，可是过午就融化了。杂树露出头来，田垄也露出隆起的行列，形成美丽的平行线。牛在叫着，好像从河对岸向这边叫唤。

正在这个时候，外边有谁进来了。

母亲当是阿惠回来了，满身沾着草屑，抱着草料，把头探出去望。

"兼大妈在家吗?"

"嗨!"

因为在门板后面，不知道是谁。

"在后面吗?"

来人这么说着，绕到后院去了。听见有佩刀锵啷的声音，是挂刀子的。阿兼不禁吓了一跳，一只手托在门板上。

是警察。

"是大爷吗?"

她说了。

她连忙打开马房门，把草料放进料桶里。鬃毛长短不齐的马伸出脖子来，掀起上唇完全露出了上颌的牙齿，哼哼地响着鼻子。

走出马房，正看见穿着不合身的长外套的派出所的警察，用手帕擦着脖子和面孔，站在那里。那是紫膛脸、爱喝酒的很和气的警察。

阿兼和村子里的人们，每次有应时节的时新蔬菜之类，常给他送去。

"啊，大爷吗?"

阿兼掸落身上的草屑，弯下了腰。

"家里还有人吗?"

"不，谁都不在家，闺女跟三吾都上街去还没回来。"

"嗯!"

警察在嘴里嗯了一声，说:

"到屋子里说话吧。"

阿兼带路走进阴暗的屋子里。在有砂土的炉子里，有两条粗柴在冒烟。烟冒过煤黑的屋梁，郁积在屋顶下。

阿兼拉起身上的围裙擦了擦席子，便请"大爷"坐下。

"近来三吾常常上街去吗?"

警察还在那里擦面孔。

"是。"

阿兼估量警察就是为这件事来的，心想，他来得正好。她的脸

97

上便现出一向担着的心事，说：

"从今年秋天，常常上街，这是从来没有的事，不知道有什么事情，咳。"

"嗯，找到了女人嘛！"

"女人？"

母亲吃了一惊，望着警察的脸。他不是还是小孩子吗？可是，近来养起了长头发，还用两只手抹发油，难道真长大了吗？

"就是为女人。"

警察把脖子一歪，特别说明了。

"咳！"

"这两三天内没有看出他有什么变化吗？"警察把胸口的扣子打开，用手帕往里面擦着，自言自语地说："走一点儿路，满身都是汗……大概是喝酒的缘故。"

阿兼想了一想说：

"嗨，没有呀……"

"嗯……大妈，你听了可别发慌……"

警察这样说着，合了一下眼睛，便不说话了。

（2）

听警察叫她别发慌，阿兼张口想说什么话，动了一动嘴，却没有说出话来就闭住了，只有失了劲的嘴唇嗦嗦地发抖。

警察吃惊地抬起脸来。母亲的脸色愈来愈苍白了。警察没往下说，只是摇了摇头。

"出了事啦！"

警察自言自语地说。

"大妈，刚才从街上警察局来了电话……"

警察留心着阿兼的脸，慢慢地说出来了。

"从街上警察局……"

母亲在心里无声地学着警察的话。

"是啦……出了事啦，三吾拿刀子砍人……"

阿兼默默地站起来，昏昏蒙蒙地向门口走去。警察吃了一惊，把板着的脸放下来，紧望着母亲的后影。母亲把门打开，愣生生地向外边望着。

"啊，啊，阿惠怎么啦，到哪儿去啦?"

她这样说着，嗓音完全变了。

"喂，大妈!"

警察担心起来了。

"阿惠在干吗?"

母亲又这样说了。

警察把手帕往腰里一揣，伸手扳住阿兼的肩头直摇晃。

"喂，大妈! 哎哎，大妈!"

阿兼忽然在地上坐倒，两手掩着脸伏在板墙上哇的一声哭出来了。

"啊，啊，大爷，怎么办呢? 怎么办呢?"

"怎么办，我还没有对你说明白呢。哎，大妈，你说三吾砍了谁? 是上学校时候的同学，现在一起在青年团①的吉峰呀。"

"见不得人了啊，见不得人了! 砍了吉峰家的健少爷! 砍了那样和气的健少爷!"

吉峰是"街上"杂货店的儿子，跟三吾是好朋友，常常骑自行

---

① 日本农村中的青年团，是受统治者控制的反动团体。

车上家里来玩。他俩都是砂田村青年团的干事。

派出所的警察称作"君"的人，在村子里就只有吉峰、田口几个人。警察常常上家里来喝茶，说一定要给"三吾君"找一个出挑的媳妇。

"现在，大妈……"

这个和气的警察现在含着另外一种心情，独自擦着汗，迟迟疑疑地说不出话来了。他低头瞅着像一团破布似的、伏在阴暗潮湿的土间里抽抽噎噎地哭着的老大妈，不知道要怎样说才好。

"大妈，喂，兼大妈……我是来叫你，叫你马上……去一趟呀。"

阿兼蹦起身子来，杂着白发的蓬乱污秽的头发披落在脸上，她嗳嗳着，发出迫紧嗓子的声音。

"嚯！到那边——到警察局去？"

"对，对，就在街上的。"

"警察局……"

"不会难为你的，我同你一起去，会替你说话的，你自己也说一说……吉峰君的伤也不是那么重呀！"

母亲好像没有听见他的话，光向他睁大着眼。

"警察局！啊，啊，还有什么脸见人呢？"

"已经向山馆家的婆婆借好了爬犁，我们这就去，快准备一下，哎。"

警察跑到土间隔壁的厨房去喝水，嗓子咽咽地响着，一边喝水，一边心里鼓捣：三吾这一回可垮了，娶媳妇的事就不用谈了。

那时候，外边的门打开来，阿惠回来了。

（3）

太阳下去，天气更加冷了。已开始融化的雪又变成各种形式在路面上冻住了。好像寒流快要到来的样子，一点儿风也没有，寒气直往鼻子里刺来。满天星斗，水样的天空展开在黑幢幢的防雪林和落尽叶子像扫帚一般的路边白杨树上。

山馆老婆婆家的爬犁搭着阿兼、阿惠和警察，沿着有行道树的黑暗的道路，铃声锵锵地响着。是晴朗的夜天，可是没有月光，显得阴暗。

阴暗的石狩川的水面，映在星光里，泛着浓蓝色，静悄悄地没一点儿声音。在道路拐角和在行道树断行的地方，爬犁边突现出江水来。一会儿，又被土冈子遮住了。

铃声在冻结的干燥的夜空大声锵锵地响着，这响声一直传到很远的地方。有时候，遇到提着灯笼从"街上"回来的人。

"辛苦，辛苦!"

赶爬犁的山馆家的儿子向来人发声招呼了。

"辛苦辛苦。这么晚了还……"

对方一脚踩在路边的雪堆里，举起灯笼照看。

阿兼害怕那灯光，把头巾蒙着脸，躲在警察背后缩成拳头似的一团。她怕人家见到警察的脸，心里直发慌。假如人家说，田口家的老妈妈跟警察一起上"街上"去，母亲便会觉得心窝里给人剜掉一块肉那样难受。

和气的警察把帽檐深深地拉到眼睛上，只装作没有看见熟人的样子。

爬犁常常摇晃得很凶，几乎把人扔出去。路边相去几十丈的地方，从农民的村舍里透出灯光来，村里的马听到爬犁的铃铛声——远远地传来了叫声。山馆家的年轻的马也便伸起脖子嘶叫着应和。

约莫赶了半程的样子，四处都是黑暗的地平线，只有一个地方透露灯光，那边便是"街上"了。

阿惠什么话也没说。她不知应当说什么，也不知道对这件事应当怎样想法。她想着对自己这样亲爱的哥哥，却会出去"杀"吉峰，这会儿他坐在警察局的阴暗的拘留所里，心里不知道什么滋味。想到现在离开自己的身边，被人带到手也伸不到的远远的地方去了的哥哥，觉得眼睛面前的什么东西也瞅不见了。

"咳，大妈，我觉得伤心的，只是以后娶不上好姑娘了。"

警察把心里老在嘀咕着的念头慢慢地说出来了。

母亲没有吭声。

"说实在的话，我觉得三吾君可不像现在那些青年，动不动就沾上坏脾气，他一定是上了别人的当。出了这样的事，真没有意思。"

"是呀。"

母亲吸了一下鼻子说了。

"青年人真可惜。这回的事，后面一定有坏女人，这是一定的，他为什么不跟人商量商量呢？真可惜！……一定有坏女人。"

说到末了，好像在自言自语。

可是阿惠从哥哥那里听说过，知道一点儿事情的真相。她也认识这个女子，仔细想想这女子可不是什么"坏女人"。不久以前，哥哥贪玩了，又喝起酒来，可是阿惠并不觉得哥哥变坏了……

嘎拉，嘎拉，爬犁突然摇晃起来，正走过铁路的杆道口，到了街口了。

（4）

从黑暗的田野走进"街上"，电灯光刺得人眼睛发痛。东一盏西一盏的没有罩子的街灯，因为周围空气中的水蒸气，显出一道道的光轮，寒气从四面迫过来。杂货店的学徒在店门口的被炉上弓着背打盹。

爬犁又走过一排黑暗街房的缺口。来到一家酒店门前，空地上的电杆柱和堆放的木材上，拴着几匹架着爬犁的马。山馆家的爬犁走过去，那些马便在暗中嘶叫起来，前蹄搔挖着冰冻的道路，发出马具和橇架的声音。准备回村的老乡们正在酒店里喝酒。

这街道跟北海道其他深山中的街道一样，是为了移民——外来百姓的需要，临时兴起来的靠近铁路线的梳子形的长街。

爬犁马上停在警察局门前。警察局是小小的平房，门口挂一只红红的门灯，这使母亲看了觉得非常难受。

拘留所只有两间屋子，里面没有电灯，只有看守在的土间里有一盏发红色的五烛光的电灯射出浑浊的光线。看守常常走出去，给人买烟卷，端茶水，谁要是有钱，他也可以替他们买有馅子的面包和大福饼。

只要有一个女人走进来，男人们就得被挤到一边去。尽管要被挤，大家还是巴望有个女人进来。

因为市镇很小，难得有个陌生面孔进来。三吾进来的时候，在里面的那些醉鬼和小偷，便"嗨！"了一声，弄得莫名其妙。

"啊，这是田口家的老三呀！"

在阴暗中，身体摇摆不停的醉鬼擦了擦眼睛。

"这可不是你这种人来的地方呀！"

在原来想不到有人的暗角落里，有谁说了。

三吾默默坐下，双手抱着两膝，把脑袋低到膝头上。他很奇怪地觉得自己情绪非常平静。

因为怕犯人自杀，平时只有一个看守值班，现在又添了一个临时看守。两个看守轮流往拘留房里面张望。

"怎么回事？"

103

醉鬼移动过身子来。这人叫作阿源，是一个无赖，一个贫农，因为三吾当青年团干事，两个人关系很坏。有时那人上街来，喝醉了酒，便在街上晃晃荡荡地走。可是现在在这地方，听他问"怎么回事"的时候，这是三吾第一次听到的亲切的言语。三吾对自己这种感觉吃了一惊，抬起脸来，不知道要说什么才好。

"嗯嗯?"

可是他觉得在醉鬼阿源面前说话是很大的耻辱。"你也来啦"，他好像觉得他会这样说他。现在在他面前，阿源是一个不容易对付的家伙。他从来没有这样窘过。

"嗯……"

三吾含糊地嗯了一声。

"是当干事的人，当然不会敲诈勒索，是模范团员，也不会闹女人案子，是抗租吗，更加不会……真不明白了。"

如果在平时，三吾被人这样说他，立刻就会冒火。可是这会儿，他只好闷着头不作声。

"不像是喝醉酒呀，真怪!"

阿源摇摇头。

那时候，看守吆喝了:

"喂，你在说什么呀?"

"嗨!"

阿源"嗨"了一声，把舌头伸出来了。

(5)

吃晚饭的时候，特别给他送来了盖浇饭。可是三吾只吃了两三口，就把筷子放下了。别的人很羡慕地瞅着他的嘴，见他不再吃了，便露出想吃的神情，回头望望正在外边张望的看守。

"怎么，不吃了吗？"

"哎。"

"勉强多吃点儿吧。"

三吾因为办青年团的事，认识警察，其中有许多熟人。

"多吃点儿好吧。"

一起进来的一个钻空房的小偷知道他不吃了，故意这么说了。

"浑蛋，你自己想吃吧！"

看守一吆喝，那钻空房的把脖子一缩，嘻嘻嘻……笑了。

约莫七点钟时候，司法主任把三吾叫出去了。在一间小小的屋子里，角落上生着一只圆圆的炉子。司法主任是一个矮胖子，生着一张毛胡子的黑脸，头皮剃得跟和尚一样，绰号就叫作和尚。文书正在桌子旁边磨墨，不时地抬起眼来向三吾望。

"你把一切都老实说了，问题已经非常明白，你做得很对。跟吉峰和佐佐木清的口供也完全相符，不过……"

司法主任向天花板看了一眼，把眼睛闭上了。

"你近来常常上街……又喝起酒来啦，这个……这一定有什么原因吧？"

三吾因为带子被收去了，便叠合着前襟，想了一想。他自己知道这个原因，可是他不明白，为什么后来会闹出这样的事。

"这个……"

"你家里是种吉峰的地的。"

"是的。"

"地租都已经缴了吗？"

司法主任口气很和善，一边想着一边慢慢地说。

"收入的一半都缴了地租了。因为日子难过，近来，从前年起欠下了一点儿。"

"日子难过，你对吉峰说过吗？"

"没有说过。"

"你应该对他说呀！"

"我想使一把劲，也可以过得去的。"

"嗯！在没有佐佐木清的事以前，你跟吉峰是合得来的呀。"

"是的。"

"嗯，对地租的事，你对吉峰没有意见吗？比方，心里有什么不满什么的。"

"是。"

"嗯！你老上街喝酒，是不是因为日子不好心里苦闷呢，有没有这个原因？"

三吾不明白他为什么要问这些话，这跟案子有什么关系呢？他想了一想。那个当文书的警察用笔尖蘸着墨，又向他瞅了一眼。

"这个……"

"你认为佐佐木清是被吉峰夺去了吗？"

"是他夺去的。"

说到这事情，他突然兴奋起来了。

"可是据我们听人说，这件事，不单单因为吉峰夺走了女人，而且因为吉峰是你的地主，所以你更加恨他。"

三吾听了这话，不觉吃了一惊。

（6）

当三吾被司法主任问到，夺走女人的仇恨是不是还夹着对地主的仇恨时，他虽然平常连想也没有想过，却不觉吃了一惊。

106

每次他干完了一天的活跑到阿清那里去，常常碰到整天没有固定劳动的吉峰正在阿清家里闲谈。那时候，他认为阿清的心的确是向自己的，因为有确实的证据，他只是羡慕吉峰有闲工夫。

司法主任的话正如好几天解答不出的算术题，忽然被人轻轻点了一点，真只是轻轻一点，便自然而然地很顺利地解决了。他像被人摘去了眼罩的人一样，愣生生地望了望自己的心的周围。

吉峰对他或是对阿清，从没有摆过地主的有钱人的架子。不但如此，而且无论谁（所有村子里的人）都没有说过吉峰的不好。可是，过细想想，搞女人是要有闲工夫的，像三吾那样的黄泥腿，也许是不该搞什么女人的。

自从三吾跟阿清的关系疏远以后，常常到街上喝酒，那时他结识了一个小面馆里的女子。那女子是三吾村子里的人，她家没有土地，父亲山二是给人家干零活的，她听了吉峰跟阿清的事，曾经对三吾说过，"搞女人是要有闲工夫的呀！"

他现在想起这句话来了。

三吾每天从早到晚得上地里干活，地里的活有一天空闲就给人家去干零活，冬天赶着爬犁去砍木材，春天往小樽近海的渔场去干活，只有这样勤勤苦苦才能过日子。所以在他看来，有闲工夫，无疑地就是有钱。当三吾要阿清跟他一起的时候，阿清好久没有出声，过了一会儿才说："怎样过日子呢？"

阿清的家里，要失掉阿清这个劳动力，马上就吃不上饭。他明白这种情况，可是想不出好办法来解决这问题。

想到渺茫的前途，无疑地在两人的感情中打上了一个眼睛瞧不见的结。因此，仔细一想，这位比谁都要好，一向互相信任的吉峰，即使当初不参加进来从三吾手上夺走阿清，他和阿清关系的破裂也是注定了的。即使阿清不讨厌三吾，不想把三吾抛开，这中间仍有一种不是大家的意志所能决定的力量在那里作梗。这种力量，开头他以为是一种不可了解的、无法战胜的迷雾一样的东西，可是看明白了的时候，就知道这是由于一种无法可施的（在三吾是认为无法可施的）与吉峰之间的距离而来的。他有时也同情这个和自己陷入没有前途的关系中的女子，看见她的颓丧的脸色，感到完全是自己的责任。他觉得自己的"恋爱"正跟在小说中或是偶然见到的电影中所见到的一样，不是什么"幸福"的恋爱。因为阿清马上想到今后的日子，所以不管三吾对她怎样好，她总不会跟他过度地亲热。对于这两个贫穷的爱人，过日子与谈恋爱并不是两回事。可是，正因此，却使两个"年轻人"互相不满了。从内心中饱满地溢出来的感情，一味地、毫无考虑地拖延下去，就不会有好结果。不管阿清是好心，是恶意，总不自主地把心向到吉峰那边去了……

现在，三吾记起了，中元节那天晚上，他正去找阿清，忽然发现她正在黑幢幢的草地上跟吉峰喁喁情话。那时他不但感到"女人被人夺去了"，而且感到一种别的——自己也不了解的复杂的感情。

在他猛吃一惊的刹那间，他感到突然要哭一样的软弱的感情。是仇恨吉峰吗，不是（直到现在他还觉得吉峰是一个可靠的朋友），他只是面对着无法可施的事实，感到手脚瘫痪一般的感觉。现在看来，这正由于吉峰是地主，而自己是一个不足道的穷人的缘故。

司法主任注视着他的脸，没有作声。

（7）

"怎么啦?"

司法主任一只手玩弄着铅笔，催促着。

从司法主任所说的话引起了头，三吾感到自己和吉峰的事情很明白地带着一种完全不同的意义，可是他对于吉峰从来没有想过他是地主这一层关系。因此他回答道：

"不……"

"嗯!"司法主任搔搔光头，接着又急忙嗖嗖地擦着毛胡子的脸。

"大概是这样的，我也是这样想，不过近来这样的问题闹得很凶。"

说着，又停了一停说：

"贫农当中就有人抱着不稳的思想……"

现在，他明白司法主任问话的意思了。

但司法主任很明白，当砂田村的邻村月形村闹佃租斗争的时候，吉峰和三吾曾带头领导青年团站在稳健的思想立场，尽力调解这一次斗争的。

"这件事您可以安心，我的性情还不至于坏到这样田地。"

事实上，三吾从来就没有抱过这种思想。

"嗯，你也没有想过，因为自己是穷人，所以女人被吉峰夺去了。"

三吾沉默了一下，又说：

"吉峰还不是这样的人——因为自己有钱，对人作威作福，夺人家的女人呀!"

"嗯，这是对的，他是一个好青年。可是结果却造成了这样的事实。"

他又第二次吃了一惊，向司法主任望着，他对司法主任害怕起来了。这一回，他一直没有作声，觉得说出什么话来不知会造成怎样的结果。

"……不过这种事，反正怎样都可以。"

之后，司法主任便瞅着他跟那个当文书的警察说：

"这一点搞明白了，这就行了。"

他便拉了一下叫人铃。

立刻，进来了一个值班的警察。

"把田口送回去。"

说着，司法主任把下颏抬了一抬，又嗖嗖地擦脸上的胡子。

派出所的警察带阿惠和母亲来的时候，正在这个审问之后。他们走进电灯光暗淡的那间屋子里，正中的火炉边，有一个警察，正张开了两腿，仰着身子烤火。派出所的警察给他一张小小的纸条，这位正在迷迷糊糊打盹的警察立刻睁开眼来，向她们两个注视了一下，然后，打开门走出去了。

三个人在那里等候了一阵。外边好像正在下着又干又细的雪珠，一静下来，便听到雪珠打在窗户上的沙沙的声音。有人在走廊里打着短短的哈欠，皮鞋声叽咯叽咯地走过去。每次，阿惠和她妈都以为三吾来了，心里别地一跳，把怯生生的眼光向门口望去。

阿惠对哥哥这次的事，事前实在是知道的。每发生一件事，哥哥的情绪愈来愈坏，陷入到无法逃避的境地上去，从旁看来是明白的。由于女人的敏感，她比哥哥自己看得更明白。像自己这种穷人家的人，处在这样的关系和立场中，这个恋爱会造成怎样的结果呢？阿惠好像感到自己就是当事人，有一种局促不安的感觉。这次哥哥的事，因此在阿惠心头深处刻上了一个永远抹不去的痕迹。

这时候，刚才那个警察匆匆地跑回来了。

（8）

警察进来以后，光把母亲带到隔壁屋子去了。阿惠默默地目送着母亲的瘦削的背影。

派出所的警察和阿惠两个人留在屋子里。两个人眼望着火炉，没有作声。警察慢慢地摘开了外套的扣子，从制服口袋里拿出皱瘪的朝日牌烟卷的包儿，用手指头抖索着的没有准头的手势拿出一支皱曲的烟卷含在嘴上，然后把火柴杆子在火炉上吱地一划，点上了火。烟雾慢慢地向上冒。

两个人的影子从土间的地上延伸到墙头上，歪歪地落上窗档子上一动不动。雪沙沙地打着玻璃窗。

"啊哟！"

门打开来，进来一个紫膛脸的高大个儿，满身雪花，冷气冲着人的鼻子。

派出所的警察站起身来，把吸了一半的烟卷在火炉上擦灭了。

"您好，您好……"

这人常上阿惠家来，因此阿惠认识他，他是在乡军人吉熊，砂田村青年团的团长，穿一双高到膝头上的软皮长筒靴，每走一步便发出叽咯的声音。

"出了事啦。"

那人摘掉帽子，头顶上冒出蒙蒙的汗气，好像是急急赶来的样子。

"是啊……唉。"

派出所的警察照平时的习惯，嘴唇不动地说。

"我老早就知道的。我发愁的，山田君，是青年团的问题。我想的，是从田口君个人的问题更进一步的问题呀。啊，真恼人！"

"对啦……"

"哎，我想到有两点关系重大，第一点是关于青年团的优良风气。另外一点……老兄，这里发生了贫农向地主动刀的事情，不管是什么原因……对于社会的影响总是不好的。"

团长用惯于演说的口气说了。

一直到现在，眼睛望着火炉的派出所的警察，好似被谁抓住了肩头，惊慌地站起身来。

"……?"

"嘿，就是这样。你看那边月形村，有人在地主门前扔粪。闹共产党案子，出了两个坏蛋。只有咱们砂田村一向保有宝贵的传统……田口这一向就不大管青年团的事，老到街上喝酒，这不单单为了女人，我想，其中还有个思想的原因。"

团长用手帕使劲地抹着脖子。

"这个，这个，吉熊先生，恐怕是牵强附会的吧。"

和气的警察急忙小声地说。

"不，绝不是附会。你看目前混乱的世面和青年人的情况就知道了，不，事实如此!"

他好似替自己所说的话打上重点，把长筒靴弄出叽咯叽咯的声响。山田警察偷偷向阿惠望了一眼，又把眼光落在火炉上了。

阿惠一直注视着自己的天蓬靴①的尖头，不禁在肩头上使了一把劲。

"局长不在了吧，我想找司法主任谈谈。"

吉熊把门打开，准备出去了。那时候好像有新犯人逮进来了，廊下发出忙乱的脚步声。忽然，有女子的哭声，其中夹着警察不许她哭泣的吆喝声。一会儿，只有一个年轻的警察，一边脱着手套，一边走进来，见到山田警察，做了一个苦笑，说了：

"私娼，年成不好，这种家伙就多起来了。"

---

① 这是怎样一种靴子，没有查考出来，姑从音译。

（9）

门没有全合上，从那儿吹进一股冷风。山田警察探头向廊下望了一眼，一个包着头巾披散着头发的年轻女子，双手掩着脸抽搐着两个肩头，在廊下暗角落里哭泣。

"从月形村佃农斗争失败后，上街来的山上家的闺女呀……"

"山上家的阿芳姐？"

阿惠吃了一惊，这个人她是有点儿认识的。

"是的，叫阿芳。干这种事，活该倒霉。不过听起来也实在可怜……"

"嗯，是吧！"

"从那以后，山上好像就过不了日子，到哪儿去找活，因为小地方，大家都知道他闹过事，谁也不愿意要他，就靠阿芳出来挣些钱养活一家人呢。"

值班的警察拿着簿子出来领收犯人。领收之后，就拉着在暗廊下哭泣的女子到拘留所那边去了。女的知道要进去，急急忙忙地说着什么，忽然大哭起来了。

"臭婆娘，哭什么！反正，是你自己干的好事！"

听到这个声音，那个把女子逮来的警察在一刹那间做了一个阴郁的脸，接着，便自言自语地说：

"好像已经挣了一块五毛钱了……"

阿惠静静地听着向拘留所方向渐渐远去的哭声……

一听到这声音，她不由自主地感到自己的身子索索地抖了起来。女人卖身的事情她虽然也听人说过，可是还不知道究竟是怎么一回事。她想到哥哥如果要坐几年牢，自己是长女，就得负担养家的责任。哥哥活儿干得那么苦，家里日子还不好过，一点儿没有好吃的，还欠上了租，堆积了债务。秋天收杂粮的时候，市价就跌，租佃的人家要是不出卖就过不去，偏偏这时候，市价就是一直往下落。以后到了冬天，再到春天，杂粮的价钱便一定往上涨，从农民那儿收了租的地主和街上的粮食店，到那时才抛出来卖。阿惠他们就是处处吃亏，没有抓拿。阿惠的哥哥要弥补这个青黄不接的季节，便只好出去给人干零活，挖沙土、砍木材、到水利工程上当土工。一旦没有了哥哥……阿惠好像就在眼前看见今后就要遇到的日子。

山上家闺女的哭声一声声像玻璃屑一样刺痛着阿惠的身子。

"拿了钱，快乐了，这要哇啦哇啦哭什么呀！"

她听见有人这样说，实在有点儿听不下去，茫然地站起身来，一会儿又坐下去了。过了一会儿，母亲回来了。

说是会面会使对方神经太兴奋，无论如何不允许。因此阿惠就跑出去，买了鸡蛋和橘子，托看守送进去了。

之后过了四个月。这期间三吾已押解到札幌的监狱里。

这年的冬天，对于阿惠跟她妈是黑暗的、寒冷的、漫长的冬天。每天每天下着又细又干的雪粉，雪堆积起来，掩灭了树丛，埋住了马房，石狩平原一望无际，又平又广，四处只看见地平线。

每天早晨，路上积满了雪，一直连接到公路上。阿惠用破草袋做了两只包脚的草鞋，用毛线围脖儿紧紧包卷着头脸，鼻尖和两耳冻得发红，踏着雪出去，到街上的小工厂去编织军用手套。

母亲跟阿惠每天重复几句同样的话，已变成了习惯。

"这时候，三吾在吃饭了吧。"

"这会儿，三吾已经睡了吗？"

晚上睡不着的时候，母亲把阿惠叫醒说：

"这时候，三吾一定也没有睡着呢。"

114

3. 母女的道路

(1)

母亲和阿惠从公审庭回来，坐在候审室原来那个角落的时候，才第一次想到：啊啊，是了，从此三吾要六个月不在家了。

约莫过了一个钟头，律师进来了。他左肩头略略耸起，身体又瘦，律师服斜挂在身上像和尚的袈裟。

"田口君也决定不上诉了。现在，是最后一次会面，两个人都去吧。说是最后一次，也不过是六个月，可别太伤心啦！"

说着，便从口袋里拿出两张会见许可证交给她们。

"刚才跟田口君谈了许多话，他是一个很难得的坚强的人，叫人佩服。"

律师说了这些话，好像忙着别的事，便说：

"好吧，再见……"

说着，便出去了。阿惠跟她妈送他到门口，一次次地向他哈腰。

监狱就在法院对面，隔一条化雪的泥泞的马路。厚厚的混凝土高墙映着快到春天的和煦的阳光。墙底下有带刀的看守不时地来回巡逻，混凝土的墙头上露出红砖建筑物的顶部。

走出候审室，外边的光线意外炫眼，也还是由于春天快要来的缘故。她们拣冰雪较硬的地方走过去。路边的下水道不断地潺潺作响，流着化雪的水。

监狱入口是粗大的铁栅门，旁边有一座电话间似的守卫房。阿惠向站在那里的看守出示了会见证，看守瞅瞅证件又瞅瞅她们两个人，便叽咯一声拉开小铁门。进了门，旁边是一间阴暗的等候室，叫她们在这边等着。那位老在哼鼻子的矮小的看守老人，嘴里喃喃地嘀咕着什么，响着嚓嚓的脚步声向正面的房子走去，那儿大概是监狱的办公室。

母亲在长椅上坐下，弯着腰，几乎把脑袋耷拉到两个膝头的中间，用手帕掩着面孔。

"妈，您肚子痛吗?"

可是母亲没有出声。

等候室很冷，因为晒不到阳光，冷得刺骨。屋子里已经有一个年轻的女子正在那里不停地走来走去，手里捧着一本书看。她在站下来的时候，也不停地跺动两只脚。这是一个眉清目秀、好像是有知识的女子。

"肚子痛吗?"

"不……"

可是母亲还是弯着腰一动不动。

那女子好像想起了什么，从等候室门口探出头去叫唤了："门卫! 门卫!"

那门卫进来了，她便不高兴地说：

"怎么回事? 太慢了，我已经等了半个钟头。"

门卫愣了一愣，说：

"你对我说，我怎么知道呢?"

"请你报告一下所长，故意为难吗？"

"不，快了快了！"

门卫这么说着，便走开了。

那女子嘀咕了一下，又开始溜起步来。她读着的一本书，上边夹着许多横行的外国文。阿惠吃惊地向那女子望了一眼，心里想，这是不是刚才说的"共……"什么党的朋友，她想，这一定是的。

阿惠她们先许可会见了，那时候，母亲忽然说：

"阿惠，你一个人去会见吧！"

（2）

阿惠会见了约十分钟模样就回来了。她红着眼，脸上留着泪痕。母亲见阿惠回来，也没有马上抬起头来。

这天傍晚，她们在札幌车站搭上了到旭川去的下行车。这样，一切就决定了。两个人也没有往车窗外边张望，呆呆地坐在车厢里。火车穿过札幌市外的工厂区，开到遍地白雪的石狩平原。田野上的雪光反射到火车的顶板上，不绝地闪烁着白色的光点。

那时，母亲第一次开口了：

"阿惠，三吾怎么样？"

"他很好。"

阿惠的小小的脑袋里，充满着一天中各式各样的印象。

"他说了什么？"

"嗯，让妈担了那么多的心……真对不起老人家。"

"……"

母亲打算说什么话，只是动了一动嘴唇，没有说出什么话来。

"……他说，他干了傻事，以后决不干这样的傻事。"

"啊……"

"在里边每天有运动。回监房的时候，在走廊下碰见了月形村闹事时候认识的人。那时候，哥哥到那里去过，叫他们不要再闹事。现在见了面，觉得很害臊，非常害臊……那个闹事的，听说也是共……产……党。"

"嗯……"

"后来他又说，叫妈再种吉峰家的地，心里也难受，不如到小樽安子那里去，想法子过日子。等哥哥出来，一定好好干活，报母亲的恩。"

"嗯，到小樽去吗，也没有别的路可走了……"

"他说还是这样好。"

"现在，也不愿再和吉峰见面了……可是到了小樽，怎么办呢?"

"借一个小房子，想法子过日子呀。"

"哎!"

"给小林家商量，叫安子出来，我跟她两个人干活，总可以过日子的。"

"唉……我也不想活多久了。"

自从发生了哥哥的事情，母亲和阿惠，这四个月来的日子过得都是局促不安的。她们两个几次三番到街上吉峰家去谢罪，觉得无论怎样谢罪总是不够。肩头被砍了一刀子躺在床上的儿子，对她们两个还表示客气，这个人真是一个好人。可是吉峰家的父亲，因为自己的独子叫自己家的佃户砍伤了，见她们来谢罪，也没好脸色给她看。阿惠跟她妈有时好久好久站在外边寒冷的雪地上，竟不知道要怎样才好。

不但吉峰家，连村子里的人也对田口家冷眼相看了。到了春天要种地的时候，可怎么办呢? 阿惠感到就是哥哥不说，也得另外想

118

个办法才行了。

哥哥的事情已经决定了，现在回到家里去，就只有上小樽去的准备。阿惠对于离开老家倒没有什么好大的留恋，可是母亲的心里却老在嘀咕着这件事。

自从哥哥的事情发生以来，阿惠头脑里想过种种念头，把脑袋都弄昏了。当她静静坐下的时候，眼前便一幕一幕出现新的形象，深深地刻进她闭塞的心头。哥哥，阿清和吉峰，吉峰的父亲……青年团团长，山田警察，山上家的闺女，这四个月来的编织军用手套的活计，共产党的人们，看书的那个女子，在法院廊下给抓起来的那个男人的奇怪的笑脸，律师，代书人，还有村子里的人……仅仅在四个月之中，她知道了一些从来不知道的事情，在她的身边滚滚乱转。

火车隆隆地响着，在一片积满了白雪的雪林中，发出沉闷的回音，不断地前进着。

（3）

阿惠她们离开村子的一天，是和她们的情绪很不相称的晴和的日子。

春天真正地到来了，公路上、田野中，到处都流出许多临时的小河，发出潺潺的水声，满满地流着化雪的水。河对岸，杂乱地传过来牛鸣、马嘶和鸡啼的声音。在雪底下埋了半年的黑土和荒草，还有点缀在四周的农家的茅屋顶，都从潮湿的外表上冒出蒙蒙的蒸汽。

农家的人们都从屋子里走出来了，他们把门板摘下来，修理着仓房。当阿惠她们的大车隆隆驰过的时候，那些人便停下手里的活计，伸起腰来，举手招呼。山馆家的儿子从这边举起胳臂来答应他们：

"啊囔！"

走过河边杂木林边的时候，忽然听见啪啦啦一声，好像是今年第一次出现的小鸟儿飞到别的树上去了，还唧唧地叫出声来。

阿惠不时地抬起怯生生的目光眺望着已经有了春天气息的轮廓模糊的辽阔的石狩平原。这是熟悉的风景。自从内地搬到这儿以来，这种风景已经看了十年。可是从今天的阿惠看来，却好像第一次发现的一般。她想到这个好像现在才发现的风景，以后再也见不到了。这样想时，眼睛里好像吹进沙子一般，痒痒地流出眼泪来了。

化雪的路很不好，每次轮辙落进水沟里的时候，阿惠跟她妈妈好像要从车子上给扔出去一般地蹦起来。

一同搭在大车上的一个月形村的跟母亲认识的四十来岁的妇人，老在同情着她们两个。母亲可是不管她说什么，都把脑袋耷拉在胸口上，一句话也不说。阿惠只好搭上腔来。

"啊哟哟！"那妇人说，"你们村子里的人都瞅着你们不吭气吗？"

这妇人在月形村佃户闹事的时候，曾经跟别人一起上地主家门前扔粪。

"你们走掉对他们还不是更好，不用打一个招呼，就有人来种你们的地……"

"种庄稼的，没有地就没有吃的。那些人不该瞅着你们不吭气，你们的村子真是……"

她不断地用男子的声气谈论着：

"你们三吾哥平时总是跑青年团，跑吉峰那儿，光跟有钱人在一起，这就不行……那些人归根结底不能当我们贫雇农的朋友，眼前

120

的事情便是很好的证据。要是平时不那么老上派出所，上青年团团长那儿，上吉峰家去跑，跟穷老百姓好好当朋友，遇到现在这样事情，你们就不会跟偷食猫一样叫人撵出来……"

"喂，老大妈……"坐在赶车台上的山馆家的儿子突然回过身来大声地说了，"在你们村子里，你可以随便说话，你在砂田村，可不能乱宣传！"

月形村的妇人哈哈地笑起来了：

"我知道，我知道！你几时也变了正派青年啦！现在你可以替代三吾进青年团，好好干事啦！"

她这样说着，又哈哈地笑起来。她一笑，就露出满口的又黑又脏的牙齿。

又过了一会儿，月形村那个妇人自言自语地说了：

"唉，你们上城去吃过苦头，就会明白了……"

4. 安 子

(1)

"请进来!"

"请进来!"

"谢谢你,下次请再来!"

"请进来!"

客人一个个地进来,一个个地出去。安子急忙忙地端着装白饭、酱汤和咸菜之类的盘子,在厨房的柜台和客人的食桌间来回跑转,嘴里不自觉地使劲地叫着。

她把空盘子两个三个叠在一起,两手端着,跑进厨房的水槽边去,又手快脚快地擦抹吃过饭的脏桌子,因为旁边正等着新来的客人。

钟上还不到六点,外边,雾一般的早晨的冷空气流动在没有行人的街道上,和人们还在睡觉的密阵阵的屋顶上。上码头去的搬运夫和上工厂的工人,就在这时候陆陆续续地进来,吃一毛钱一顿的早饭。每天早晨来的大半都是固定的客人,见了安子都认识。

"小安,今天的酱汤不鲜呀!昨晚上干了坏事吧!"

一个穿短靠的工人，酱汤的热气笼罩着他的毛胡子，笑着说话了。

"浑蛋，我不知道！"

安子使劲把这工人的肩头敲了一下。

"不痛呀，再打重点儿！"

别的人都哄笑了。

安子跟她姊姊阿惠不同，是一个皮色白净、长眉大眼的快活姑娘，个儿也比阿惠大一些。客人们都喜欢她，大家叫她小安，叫她安姐儿。

到了八点钟左右，客人都散了。那以后，大多只是偶然一个两个，像记起什么一般，单独进来。因此，安子就在厨房里帮助洗碗碟。洗过碗碟，一直到十一点左右都闲空，那时她便把衣服稍微撩上一把，坐在店堂的椅子上看破破烂烂的旧杂志和客人借给她的书。因为早晨起得早，她老爱打盹，手里的书不时地掉到地上。可是她爱读书，虽然老板老说她，却还是不肯把书扔了。开头只要是书，拿来便看，有了书，晚上上了床还要看，可是渐渐地她看书的方法改变了。每天正午前有一个来吃饭的客人，经常给她带书来，她对那些书发生兴趣了。

这位客人，实在说，安子也看不透他是怎样的人。他穿一套磨光了的灯芯绒服，一双破旧的沾泥带土的皮鞋，看来当然像是一个工人，可是听他说话，却跟上这儿来的别的工人、搬运工和干零活的人不一样。开头，她想这是一个有学问的人，大概是落了魄的。可是后来她明白了，他是"搞工会的"。这人很会说话，每次来就跟安子谈许多事情。

所谓"搞工会的"，就是近来在小樽兴起来的"工人团体"里的人。工会离这饭馆很近，除了他，还有别的工会里的人常常上这儿来吃饭。

工会是干什么的呢？这客人对安子谈得最多的，都是这事情，可是不管他谈了多少次，安子还是不十分明白。比他所谈的话更使安子发生兴趣的，是这个人很有劲儿，脸上有一股迫人的光辉。

安子干完了上午的活计，坐在店堂的椅子上，把叠了角的书啪啪地翻开来。连她自己也不知不觉地在等待那个客人的到来。

（2）

安子干活的这家山福饭馆，是在小樽的一条工人街上。这条街一直通到有各种工厂、仓库、运输行的海边。

正在看书的眼睛觉到忽然闪进一条光，有人打开布帘子走进来了。

"请进来！"

这句话对于安子已经不需要动脑筋，像反射一般脱口而出了。她把书合上搁在一边，站起身来。

抬头一看，是工会里的人。

"请进来！"

现在她的声音更有劲，不是从反射而来的脱口而出的"请进来"，这样的"请进来"，安子是对谁也不说的。

那客人一进来，照例坐在右边旮旯上的椅子里。

"今天有什么菜？"

"今天菜特别好！"

露出满口的洁白的牙齿，她开玩笑似的把脖子一扬。

"一毛钱还有什么好菜？"

那人笑了。

灯芯绒的衣服穿得很合身，是一个英俊的男子，帽子戴得稍微往后一点儿，长头发披到额上，脸型是瘦长的，很清秀。

照例，安子眼望着厨房那边，叫了：

"上等饭一客!"

叫了之后，便把刚才看的书拿过来，放在那人面前，抬着把指甲刻了记号的地方问他。

书上有许多这样的字句："组织者""工代会议""产业别""流动本部""支部""分会""纲领"……如果另外没有别的客人，在那人吃饭的时候，安子便坐在旁边听他解释。

每天看报纸，意外地碰上这样的句子："厂内发展了支部的组织……""被警察当局发现，于某日清晨袭击了他们的流动本部……""这个人是某某地区的组织工作者……"等等。安子明白了意义，就发生兴趣了。特别是第一天刚了解，第二天就在报上遇到了。

开头，安子只是为了认识一些单字，懂得一点儿新名词，对这种书发生兴味，才去读它，还没有超出这样的范围。可是渐渐地发生变化了，连她自己也这样地感觉到。

父亲死后，她就到吉峰家去看孩子，她也常常跟姊姊阿惠一起背着萝卜、小豆之类上街去叫卖。后来为了帮助家庭，到小樽来，在她的生活中，这些事情就像快到冬天时的雨点一样，一点一滴，留下了冷冰冰的回忆。这些回忆，也成为安子了解一切新事物的基础，当然，她是不自觉的。

"你，明白这种事吗?"

安子露出满口洁白的牙齿说：

"从春天到秋天，一家人全都下地，耕地、耩地、锄草……这样地好容易打来一些粮食，可是一大半就叫人白白拿走。这时候的心情，不是租地来种的人是不能够了解的。"

之后，她留意着守在柜上的老板，像平时闹着玩儿的时候一样，把大拇指轻轻地伸出来。

"这儿的老板也是一样的货色！一天干到晚，能够挣到多少钱是可想而知的，我一个月只挣十块钱。剥削人嘛，所以长得这样胖！"

最近，安子记住了"剥削"这个字眼，常常使用上来。

工会的人一边吃饭，一边时时地想着什么。他向四边打量了一眼，压低着嗓子说：

"安姐，有一点儿事情想跟你商量一下……"

（3）

"商量？什么事？"

安子黑晶晶的眼珠子转了一转，把自己的椅子拉近一点儿。因为没有旁的客人。

近午的阳光越过玻璃窗映出棋盘形的影子，落在地上。

"是那样的……"那人想了一想，"听说安姐家里的人都上小樽来了，借了一间房……"

"嗯。"

"我们的工作，这一向越加困难了，现在得找到一个没有人知道的地方。"

"啊，是这么回事？"

"对。"

"一个六铺席的屋子住了两个人，姐姐跟妈，这个成吗？"

"成……不过你得跟妈妈、姐姐好好说一说，说明我们干的工作，要不说明白，可不行。"

这样说着，又把嗓音压低些。

"这是当秘密地址的。"

"我明白了，去跟她们说说看。"

"那就拜托你啦。"

"去说说再讲。乡下刚出来，什么也不懂，也许说不通呢。"

"乡下人也懂的呀。月形村农民斗争是有名的，不就是你们的邻村吗?"

安子听了这话，笑了一笑说:

"可是我家哥哥是一个青年团的干事，人倒是个好人……"

"你哥哥不是为了女人的事砍伤了地主的儿子吗?"

"对。"

工会的人脸上浮出微笑说:

"他不是很勇敢吗?"

"是为女人呀! 青年团的干事就是这样的人。"

"嚯，你真厉害!"

"可是，还有更害臊的事呢。月形村闹事的时候，哥哥还到月形村去，到处劝人说，闹事不好，叫人家不要闹。这还是好哥哥吗?"

"你这话是不错的，可是我们所想的事情，许多人不是一下子就明白的。所以我们需要拼着命去干，即使小樽的工人也是这样的，比你哥哥更难搞的人也有的是。"

接着，带着作弄的微笑说:

"首先，说你吧，你还不是一样。你到这儿来了整整一年了，整整一年了!"

安子像玩笑似的缩了一下脖子，可是立刻低下眼皮深思起来了。

"对啦。"

他举起和善的眼光，看了一眼低下着长睫毛的安子的美丽的脸。

"世上的女人，不明白的人可多着呢……"

"对啦。"

"近来，我每次想到的时候，觉得这样过下去真是不耐烦。"

"……"

那人好像发现了珍奇的东西，不禁把眼睛大了。

"我想，我难道一天到晚就是这么'请进来''谢谢你''一客上等饭''一客鸡丝蛋炒饭'……这样过下去吗?"

安子依旧低着眼皮，用指头擦着桌上的污渍说。

"也许是我年轻不懂事，我总觉得我还应该做一些别的事情……"

（4）

"也许你会笑话我，你们干的事情，我也有点儿明白的呀!"

她低着脸，用指头擦着桌上的污渍说。

安子在村里上小学的时候，成绩很不错，比她姐姐阿惠好。阿惠拼命大声地念书用功，安子可不把姐姐当一回事，她去捉鱼，拿上了色的酸浆草做的哨子，呜呜地吹着，把嘴唇染得血红，挨妈妈的骂。可是只要听姐姐念书，她就不知不觉记住了，反而比上一级的阿惠成绩更好。只有算术课，她赶不上姐姐。

在学校里，同学们、比她班次高的学生、先生们都喜欢安子。她能说会道，人缘好，又长得漂亮。跟她比起来，阿惠不爱说话，不但自己不会找朋友，别人要接近她也困难，只不过因为她是安子的姐姐，有时候被拉来一起参加。阿惠个儿长得小，脸也长得小，两个人一起出去，人家常常把安子错认成姐姐。

安子知道一点儿新的名词，就到处使用起来。有一天，安子从

128

学校回来，忽然说家里吃得太坏，每天差不离都是"青菜汤""臭豆豉"，有时没有大米，便三天四天光吃"土豆馍馍"，她就说这种东西没有"营养"。她听先生说过，便对母亲和阿惠说出"维他命"的话来。还说应该吃肉、鳝鱼、西红柿什么的。

"先生尽教你这些干吗？"母亲说了，"他教你挣钱的本领，那么肉啊鱼啊就都有啦。"

阿惠笑起来了，可是安子还是好几天不高兴。以后阿惠给妹子开玩笑的时候，就叫她"维他命"，这一叫，对安子很有效果。

可是安子还有另外的一面。因为家里是贫农，她们上学校去的时候，常常带着烤土豆当饭。她们的小学校是在外村的，北海道种五町十町日子过得比较好的庄稼户相当多，那些孩子看见安子她们带烤土豆当饭，便笑她们。有时还追赶正在吃烤土豆的安子，故意作弄她，把土豆抢走吃掉。阿惠害怕他们作弄，常常不敢拿出来吃，带回来偷偷吃了，有时被人瞅见抢走，她就哭起来。可是安子却立刻板起脸来，跑到老师那里一五一十都告诉了，作弄她的孩子，便被老师罚立壁角。第二天，她还是吃她的烤土豆。学生们吃饭时习惯把饭盒盖子遮住食物不让人看，安子却不这样。

月形村佃户闹事的时候，有过这样事情：两姐妹出外有事，从公路上回家，碰见一个不认识的人（不认识的人，便是外村人）骑着自行车从对面过来。那人见了她们，一只脚从蹬板上探下来踩在地上，把车子停下了，说：

"你们是砂田村的吗？"

安子回说是的，那人就从怀里拿出传单来，托她们在村子里散发。阿惠害怕，不敢接受，安子却问了一声：

"光是发一发吗？"

便收下来了。

129

回到家里被母亲和哥哥骂了一顿，传单被没收了。

（5）

可是安子在村里小学的时候，却留下了忘不掉的记忆。

她接连当了几年级长。那时候她还在当级长，快要毕业了，有一次校长调查升学的人数。从砂田村和月形村来上学的二十个学生中，准备升学的却只有三个人。只有这三个人举了手。

其他的学生，全是贫农的孩子、粗点心店的孩子、小酒店的孩子，他们脸上都显出羡慕的神色，回过头去看那三个孩子。这三个孩子被大家的目光一齐瞅看，有点儿脸红，可是还是显出得意的神气。看那三人，成绩全比安子差，而且除开副级长下面的一个，其他的还是中等以下的成绩坏的孩子。那时候，安子简直不明白了，产生一种奇怪的心情。她觉得实在不愿意来解释这事情的原因。比自己成绩低得多的人却可以升学，那当然因为家里有钱，可是明白了这点，安子的心里还是不能服气。

一向，像这类的事也曾经有过。比方，北海道厅的长官到学校里来视察，代表学生致欢迎辞的，照例应当是当级长的安子，可是因为没有好衣服穿，便由有钱人家的孩子来代替。又如运动会和远足会，也因为没有衣服、没有钱，只好不参加。可是遇到这类事情，安子跟阿惠不同，她总是装出瞧不起的神气。听有钱孩子念欢迎辞，她就假笑着听，她说参加远足和运动会的人就是那些有闲工夫，光对这种事情有兴趣的人。阿惠又跟妹子不同，遇到那种事情，她就哭得很伤心，说大家一样上学，却碰上这种可怜的、不公平的事情。

可是关于升学的事，却使安子受到了极大的屈辱，好像她被人一脚踢开了。

130

准备升学的学生开始在每天下课以后留在学校里温课了，他们带着《升学指导》《算术解题》之类的书，故意让别人瞧见。安子见了，一肚子都是气。可是这些学生，在平常上课老师问问题的时候，能够举手的次数还不到安子的一半。这一晌安子变成了满心不快，不愿说话的孩子了。而且常常向家里闹着要让她升学，虽然明知道这是办不到的。

阿惠看着突然变了性格的妹子，心里非常难过。她看妹子的成绩好，愿意自己多干活，想法子让妹子升学。她对母亲提出了自己的意见，可是母亲连考虑也不考虑就说："庄稼人，反正就是摸摸马屁股，要学问干什么。"而哥哥呢，就是闷着不吭气。当然，安子升学是没有希望的。安子再也不吹酸浆草的哨子了，她闷着头光是想。

有一天，安子出外回来，在路上，碰到了三个准备考试回来的同学。安子便站下来，恶狠狠地瞅着他们。

那三个便靠紧了肩头说：

"怎么，升不了学，心里难过吗?"

安子不说话，捡起路边的石头就向他们扔过去，接连扔了好几块，有一个碰破了鼻子，出血了，倒在地上。

安子刷白了脸跑回自己家里，一脚跨进门口，哇的一声哭起来了。

（6）

月形村闹事的时候，门口被人扔了大粪的那家地主的女儿就是升学的学生中的一个。那女孩就是在副级长下面的，在学校里功课还算好。安子听说她家被人扔了大粪，高兴得不得了。

"听人说，做梦梦见手捞大粪，便可以得到黄金!"

131

在下课休息，大家聚在一块的时候，安子这样对大家说，故意让那个学生听了难受。大家明白了安子的意思，哗的一声嚷了起来。就是安子不那么说，大家也正想出这口气。

"做梦见到大粪，一定也臭得要命吧?"

一个从月形村来的家里参加抗租运动的贫农家的黄头发的女孩附和着安子，更大声地说了。

"当然，臭得鼻孔往上翘呗!"

大家哈哈地笑了。

"黄金跟大粪是分不开的!"

"对啦，颜色也一样!"

地主的女儿受不住，向风雨操场跑去了。

瞧呀，龟孙子。安子想。

月形村在砂田村隔邻，那儿土地贫，石砾多，黑土薄，每亩地的产量比砂田村差得多，可是地租却没有差别。这一点，地主们是商量好了的，因此，月形村常常发生抗租运动。运动一起来，安子她们的哥哥三吾就代表青年团每天到那边去。青年团中，以吉峰为首，地主的势力是很大的，他们巴望运动赶快结束，不让坏影响传染到自己村子里来。三吾到地边是去"调解"的，安子并不知情，她光想运动拖得愈久愈好，让地主遭灾。

就在这时候，有一次，安子被睡在身边的母亲推醒了，吃惊地睁开眼来。原来安子正在做梦，在梦里大声地嚷嚷。

她梦见她在公路上拼命地跑，一手抓着大粪，在她前面，是那个副级长下面的女孩，披散着头发，一边嚷一边逃。看看快要抓住了，可是总抓不住她。龟孙子，龟孙子!安子咬紧牙齿拼命追。风吹响她的耳朵，呼呼地从两边脸腮上吹过去。安子把抓着大粪的右手举得高高的，跑着，跑着，最后，左手终于碰到了那女孩的后领子，她一把抓上去。就在这一刹那，那女孩回过头来，一口咬住了安子的手腕，安子不觉噢的一声叫了起来。那时候，她被母亲推醒了……可是安子心里还老大懊丧，为什么在梦中没把大粪扔到她的脸上。

安子在黑暗中睁开着眼睛，这样那样地发着孩子气的幻想。她想象这女孩被佃户们扔进沟里，头先下去，她想，这才痛快呢。因此，她就升不成学了……安子做着各种幻想，想到最后，总是这女孩变成残废，升不成学。想象到这儿，她就放心了。

因此，当安子知道哥哥上月形村去，是为了调解运动，她就想：这种哥哥，算什么哥哥呢。

（7）

当升学的同学们分别出来住在札幌、小樽的宿舍里的时候，安子也到小樽来上这家饭馆干活了。可是，这是两个完全不同的方向。

安子把看旧了的丢了封面的书和杂志，和阿惠给她的书，包了一大包，这就是她的全部行李。她想：虽然进不了学校，可是书一定要不比升学的人看得少。

上饭馆的有各色各样的人，大部分是工人，他们急急忙忙吃完就走。安子长得讨人喜欢，性子又和气，不仅工会里的人，还有一些人，都爱跟她说说笑笑，聊个天儿。有的请她去看电影，有的给她带《新青年》《皇帝》① 来。安子得到这些便一篇也不漏地贪心地看。也有的人一边抽烟卷，一边给她讲小说，讲聂赫留朵夫② 的故

---

① 《新青年》是日本当时的侦探小说杂志，《皇帝》是一种娱乐杂志。
② 聂赫留朵夫是托尔斯泰小说《复活》中的人物。

事。在这种近市郊的工人区里常有的一班年轻二流子，成群结队地闯进来。可是，安子却不知不觉地，特别跟工会里的人合上拍子，渐渐接近起来了。

每月一次的"第三个周日"，工会的人叫安子去参加演讲会。开头只是半开玩笑答应了人家，不去不行了。只好一半勉强，一半担心地去了。会场上只有四五个女的。安子挤在男子们中间，局促得很。

每上来一个演讲的人，会场上就拍起手来。她看见女人也在拼命地拍手。再看上来的，都是上饭馆来吃饭的相识的人，他们讲的，又都是在饭馆吃饭时常常讲的话，大半她都懂。"工人，农民……""工人，农民！"这些话，跟记号一般，反复地说着。这是很平常的话，可是很奇怪地，却直接地打动了安子的心。

到安子身边的那些人，和看电影的时候不一样，都是跟在村里时同样的干活的穷人。这儿没有一个因为可以升学就向人骄傲的人。安子好像回到了几年没回去的惦在心上的自己的家乡，觉得很舒服，一点儿也用不着拘束了。每天在饭馆里跟老板一起过活的安子，已经好久没有这样的感觉了。

过了一会儿，那个工会里的人走上讲台来了（安子不知道他的姓名，就随便叫他山田或是佐佐木）。那人走上讲台前，喝了水，一只手把长头发往后一掠。因为大家都在拍手，安子也跟着拍了手，拍完了，她突然觉得害臊。

强烈的电灯光从左边屋顶上照下来，照出他的轮廓显明的脸，他站在满贴着标语和演讲题目的面前，给安子留下很深刻的印象。他讲演跟别人不一样，不那么声色俱厉，常常说得叫人发笑，说得有条有理，句句搔到人的痒处。安子听得很明白，不过见他不是那么让人听得捏紧拳头的说法，好像感到一些不满足。但他没有被警察喝令"停止"①，讲完了才走下台来。听完之后，群众鼓掌却鼓得特别多。这一回，安子拼命拍手，却不觉得害臊了。

会场上到处都是警察，都把帽带扣在下颏上，腰里挂着短剑。讲台底下，坐着一个制服上绣金线的监场，把指挥刀挂在两膝中，一股威风凛凛的样子。

"停止！"

金线发出吓人的大声。

会快完了，每个上台的演讲人，讲两三分钟就被喝令停止。每次，听众都一齐站起来。其中出头吵闹的，立刻被警察从群众中拉出来，两边两个警察抓住他的胳臂，逮捕起来了。

有的演讲人被喝令停止之后，还继续往下讲，便被赶上台去的警察拉下来。在动荡着的群众的肩头中间，可以望见这样的情景。

安子兴奋地咬紧着牙齿，挤在人群中，向大门口涌出去。

会议被解散了。

（8）

会议被警察解散了，群众从会场里涌出来，变成一股大流，涌到大街上。安子挤在人堆里，惦记着那人不知怎样了，给逮起来了吗？看那样子，是很危险的。

汽车上装满了被捕的人，不断地响着喇叭，可是谁也没有把道路让开。只有汽车的引擎突突地响，可是开不动。

"谁也别让路！"

---

① 日本群众集会时，警察临场监视，演讲的人说了激烈的话，便被喝令"停止"，不让他讲完就赶下台去。

"龟孙子，要碾就碾吧！"

工人模样的，穿短褂的，全都挺起了粗大的肩膀。看过去，群众当中还夹着许多学生。

回到饭馆里，老板正把算盘放在账簿边算账。他问："电影好看吗？"安子对老板说是到公园电影院去看电影的。她只好信口答应着，走上楼去。在没有天花板的屋顶房里，白天当着西晒的太阳，就热得透不过气。安子第一次好久好久没睡着，脑子里东想西想，回想着演讲会上一个一个的场面，想起那人端着玻璃杯喝水，把长头发往后掠去的样子……

月形村闹抗租的时候，在砂田村曾经举行过一次"反对恶地主演讲会"。砂田村没有农会，月形村的农会和旭川村的农会在月形村发起抗租的时候，也准备在砂田村播下种子。那时候砂田村的青年团便来捣乱演讲会，结果跟农会的人打起架来。安子她们一年只能看到一次两次"下雨式"① 的电影，她想赶热闹，去参加这个会，被哥哥三吾喝住了。现在想起来，那个会大概也是这个样子的。安子认识了工会的人，听他们讲种种的话，而且又亲身参加了这样的会，对在村子里时自己生活的"真相"，觉得有点儿明白了。这是那么清楚，连她自己也觉得奇怪。

安子向来——想起来，就是很小的事情，比方"维他命"的事情，一旦心里明白了，就非实际去干不行，不肯袖手旁观。事实上，她自己也不知站在什么立场，怎样去干，总之，一想到，她就非去碰一碰不行。从安子口里，对山田或佐佐木这些工会的人说出自己想干点儿事，而且非干不行。这已经跟她平时的脾气不一样，是想了又想才说出来的。

---

① 破旧的影片，放映时出现许多纹影，像下雨一样。

"我们早就等着你了。"

那人听安子这样说时，眼睛里发出光来了。

"不过，我什么也不懂，况且我是一个女子，这样说也许冒失……"

"没有这样的话，咱们组织部浅田的太太，背上背着一个孩子，手上又扯着一个，还在贫民窟里跑来跑去呢。"

"是吗……"

安子又用指头抹着桌上的污渍，默默地想了。

"你要工作，你还有家，一下子不能专门来干……你帮帮我们，先干些小事情，好吗……"

"好，一定就这样办！"

安子抬起热烘烘的脸，瞅着那人的脸。

"那么，刚才托你的事情——借用一下屋子，你一定得好好对你妈和姐姐去说……"

5. 阿惠的负担

（1）

等饭馆关门之后，安子便到母亲和姐姐租赁的那个房子里去。阿惠每天回家很晚，这时候去恰巧正好。

由安子的老板介绍，阿惠一到小樽马上到输出青豌豆的拣豆厂去干活。工作时间是早上六点到下午五点，或是带做夜工到晚上九点。工厂老板为了要人多干活，用的是计件工资，有的人一天就干十四五个钟头的活。每天做到下午五点，平均可以挣七毛钱，做到晚上九点，大概可以挣到一块。不过每天干到九点，身体是吃不消的，勉强干下去，第二天没有精神了，活儿干得反而少。

工作是很简单的。从监工的人那里领到一定数量的青豌豆，倒在平面的台子上，眼快手快地把碎豆、烂豆拣出来，分别扔到另外的箱子里，再送到监工那里去检查，检查通过了，又领另外的一份。工作看起来是容易的，可是碰到被监工拒收，或是被脾气不好的监工故意刁难，那就一天只能挣半天的钱。

开头，母亲也上拣豆厂去干活，可是身体不好病倒了。假如阿惠好好干，一个人干两个人的活倒好了，可是一向干庄稼活，手指

138

又粗又笨，不及别人那么轻巧。直到干了三个月，才追上别人的效率。从母亲不干以后，就得完全靠阿惠挣钱过日子。安子每个月至多给家里五六块钱。阿惠感到自己负担的沉重。

阿惠默默无声地，每天勤勤恳恳上厂去。厂在港口的运河旁边一排仓库（主要是杂粮仓库）的楼上。大的有两三百工人，普通的约莫百来个人（最小的是二三十人），全是十四五岁到四十五六岁的女工，码头工人手提着垫肩和铁钩子在窗户底下接连地走过去，回头向楼上打着招呼。中午休息的时候，女工们便挤到窗口上，倒过来向下面走过的码头工人开玩笑。

"喂，掉了东西啦！"

码头工人明知是她们故意开玩笑，仍旧站下向后边望一望。

"掉了什么啦……"

女工们便齐声哈哈地笑了。

"掉了顶紧要的东西啊！"

年纪大些的女工便不害臊地说着这样的话。

十七八岁的女工听了这种话显得很高兴，使阿惠感到吃惊。

因为工厂里并没有危险的机器，有的只是几张台子，所以许多有孩子的女工便带了孩子来，让他们在台子边、走廊里玩儿。孩子们跑着、吵闹着、嚷着，和不断地沙沙的拣豆的声音混在一起，把屋顶很低的工厂闹得沸腾翻天。女工们一边拣豆，一边摇摆着身子，合声儿唱歌：

> 不要瞧不起，
>
> 拣豆的女工，
>
> 回到家里去，
>
> 就是花姑娘，

139

到那个时候，

你再瞧瞧吧。

一到中午，那些带孩子的女工就在尘土蒙蒙的屋子里，打开胸口，拉出大奶子来，抱起孩子喂奶。

阿惠干完一天活回家，已经累得不行，连跑上那黑乎乎的楼梯也感到吃力。在屋子里斜躺着，好久不想动弹。她脑子里什么也不想，既不想看书，也不想在屋子里走动。母亲已经睡了，也不想对母亲说什么话……

母亲在薄棉被底下紧紧地缩紧了两条腿睡着，变成小小的一团。枕头边搁着几只碗，是白天自己弄吃的时候留下的。

安子跟楼下人家打着招呼，噔噔噔噔上楼梯来看她们的时候，阿惠正坐在母亲的枕头边闭目养神。

（2）

阿惠跟母亲住的那个房子是在从大街拐过两个弯的小胡同里，那小胡同就是一连遇上几个晴天，仍旧是非常潮湿，路面上铺着木板，得一脚脚踩着这些木板才能走。这房子，除了阿惠一家，另外还住着三户人家，自己烧饭吃。

安子进去的时候，几个在公用厨房烧饭的女太太都很注意地瞅着她。正在吵闹的孩子们也突然沉默下来，扯紧了妈妈的衣服，也同样地望着安子。这些住户家孩子很多。

"你好！"

安子招呼了一声，轻轻摸摸身边一个孩子的头。

阿惠见安子来了，不觉振起了精神。近来她感到身体累，不单

140

为了干活辛苦。一向在村子里过活，对于小樽的城市生活，不是一下子就能习惯，生活上不习惯，无形中损害了她的身体。

"妈妈，怎么样？"

安子把路上买来的橘子搁在母亲的枕头边。

"啊，妈妈，好得多了。"

阿惠重新看一看习染了城市风气，打扮得漂漂亮亮的安子。在姐姐看来，安子是漂亮得多了，而且口音也跟在乡下的时候不一样了。

"忙吗？"

"也不怎么忙，就是过不惯……"

"对，找到合适的地方，再换一个活儿干吧。"

"有那样的地方吗？"

安子笑了，说：

"小樽那么大，怎么会没有！"

"可是，要我会干才行呀！"阿惠把自己的指头提到眼睛边瞅瞅，说，"你瞅！"她把手指给妹妹看，"手指这么瀚，怎么拣得好豆子呢？"

"世界上就是干庄稼的指头最瀚……"

安子笑得满屋子都响——依然是过去的老脾气。

"你看我，一天到晚跑腿，在厨房里洗东西，可是，指头还是那么漂亮呢。"

安子把自己的指头伸到姐姐面前，那是红得发亮，皮肤非常粗糙的指头。不过比起阿惠来，也许漂亮一点儿。

母亲听见安子的声音，抬起头来了。之后，三个人便把包橘子的纸包打开，一同吃起来。安子很熟练地剥了皮，送到母亲的嘴里。

"啊，酸啦！"

阿惠跟安子每吃一口，便接连地皱了皱眉头。大家你看看我，我看看你，互相咯咯地笑。

"两个傻孩子，尽笑什么啊？"

被母亲这样一说，两个人笑得更厉害了。

"安子就是办这样的事，挑也不挑一挑，把酸橘子买来了。"

"怎么挑呀？谁知道它酸不酸，妈，对吗？"

三个人碰在一起，安子不知不觉地说出乡下的口音来了。

"对啦，你就是一张嘴会说！"

母亲见了安子，总是驳不过她的。可是一股好久没有的祥和的心情出现在母亲的脸上了。阿惠也默默地笑着。

忽然，母亲的脸色阴沉了：

"唉，假使三吾在一起……咱们一家人就团圆了！"

这是三个人都故意不去想他的人。

（3）

约莫过了一个钟头，安子说：

"姐姐，我请你吃一碗面条吧！"

安子准备把要说的话先到外边跟姐姐一个人说通，便要拉姐姐出去。

"今天我挣了八毛钱，让姐姐请你吧……"

阿惠跟从来不一样地高兴地说。

"你那么辛苦干活得来的钱，我哪好意思吃你的！"

"你胡说，你的钱挣来也不容易呀！"

两个人这样说着。

"那么，我送你回去吧！"

阿惠把带子重新系过之后，两个人一起走到外面去。走出昏暗的、脚踏下去看不到的小胡同，到了光亮的河边的大街上。因为这一带是工人区，晚上时间迟一些，路上就不大有人了。

沿着河岸的半边街，约莫走百来丈路，有一家可以坐的面店。

"就在这里吧！"

安子弯下腰去向里面望了一望。

里面一个客人也没有，看来正合适。

可是阿惠从来没有上过这种地方吃东西，有点儿迟疑，安子却满不在乎地撩开布帘就进去了。阿惠只好拘拘束束地跟进去，刚把身子探进一半，连忙向里面四处瞭望。

"进来好啦！"

安子露出白牙齿笑了。

走进里面，阿惠尽量找一个靠近角落的地方坐下来。

"难得上一次馆子，咱们不吃光面条，来两客加炸面虾的吧。"

阿惠听安子这样说，便去看定价表，找了一下，找到了："炸面虾，一毛五。"

"贵一倍啦。"

"没有关系，阔气一下吧……"

安子便要了炸面虾。可是，要说的话怎样说开头呢？突然要说这样的话，对安子来说，还是有困难的。

"姐姐……今天有一件事要跟你商量……"

听妹子改变了口气，阿惠吃惊地瞅着她的脸。

"……"

"想经常借用你们住的屋子……"

"屋子……"

"对……有人想借。"

143

"嗯？不是你自己吗？"

"是常常上饭馆来的人……"

"……"

阿惠是知道安子的脾气的，她预感到妹子一定在干什么想不到的事情了。

"这是搞运动的人……"

"嗯？"

"运动……就是搞工会的人。"

"工会……"

"……月形村不是有农会吗？在小樽，是工会……"

"是他们找你的吗？"

安子不明白阿惠问这话是什么意思，一下子没有作声。

"是的，他们找我的……"

"光是找你这件事吗？"

安子露出慌张的表情了。

"光是找你，还没有什么……这工会……可不是……那个……那个……叫共……产……党的吗？"

（4）

安子吃惊地睁开眼来。

"共产党？"

姐姐怎么会知道这个名字呢？

"就是……办一些工会的事情！"

"嗯，那些人为什么要借我们的屋子呢？"

"要干工作嘛！他们要商量商量，找一个别人不知道的地方，可

144

是一直没有找到。"

这时候，安子觉得应该把他们干的工作详细对姐姐说明白，要姐姐答应下来。她一边想，一边说。阿惠一边留心着安子的脸色，一边听她讲。那些话，有些地方她听着也不十分明白。阿惠心里暗暗吃惊，妹子到小樽两三年，样子完全变了。

"那么，安子，你入了他们的党了吗?"

阿惠悄然地问。

安子听姐姐这样说，抬起头来看一看姐姐的脸:

"不……可是……"

"有些我也懂，有些我不大明白……可是月形村的农会里，有两个人就是共产党……我有点儿担心你。"

阿惠的头脑里，很清楚地记起了在三吾公审时瞧见过的那些头上戴着斗笠、身拴绳子的人们。这些人，照法院候审室中那个代书人的说法，都是想打出一个"只有穷人的天下"的。现在，她听妹子说出同样的话来，好像看见妹子也在那些戴斗笠的人们中，觉得"害怕"。她并不考虑到这种事情是不是对，只是想哥哥刚犯了事，如果妹子再出什么事情，那怎么得了呢。

不知不觉地，阿惠感到一家人的责任都落在自己一个人的身上了。一副看不见的沉重的担子重重地压到她的肩头，她带着半埋怨、半羡慕的心情，紧瞅着妹子。她想，这妹子是不是也想想家里的光景呢。

当然，特别自从发生了三吾的事情以来，阿惠已懂得了许多从来不懂的事情。她明白自己受苦受穷，归根结底，是从地主与佃户的关系而来的，因此，她也明白那些人所干的"工作"。不过，不管是不是像那些人所说，不管这事是不是能够很快成功，可是逼在眼前的，是一天干到晚还过不了活的日子，跟一副压在她一个人肩头

145

的重担子，这叫她怎么办呢？

事情不像安子所想那样简单。阿惠现在对家里像一根"柱子"那么重要，虽然她现在才刚刚满二十岁，可是她的心却像一位六十岁的老婆婆，生活中角角落落的事情她都得想到。许多工人和农民，他们过着痛苦难熬的日子，也有这样的想法，虽然这件事道理完全是对的，但不能一下子就投身进去。生活是一条拴住后腿的锁链。

可是安子还是红涨着脸，把刚才所讲的话一股劲儿往下说去。说到最后，她说：

"有一个世界有名的女子，一辈子就是给工人农民工作的，她的名字我记不起了，她说过这样的话……"她闭了一闭眼睛回忆那句话，合下的眼皮上显出了美丽的长睫毛，"她说，'我们不能跟一只被人踩烂的青蛙一样地过活'……"

阿惠忽然把眉毛掀了一掀。

"啊，记起来了！她叫罗莎·卢森堡，是德国的伟大的女革命家！"

（5）

两碗炸面虾面条端上来了。她们放上一点儿辣椒，呼呼地吹着热气，用筷子捞起来。

"唉，砂田村的庄稼人，就是跟踩烂的青蛙一般地活！"

"……"

阿惠不觉对妹子生起气来，好像她正说自己的生活跟踩烂的青蛙一样。安子留意到姐姐一直没有说话，便把自己的话打断了。本来阿惠是不大会说话的，而且她只能够说自己所想的话。安子对姐姐说话，照例（一半也由于妹子对姐姐的爱娇）总是说得随随便便，可是心里却感到了姐姐是在"害怕"。现在，安子想到她是触到了姐姐的害怕的地方了。

"嗯!"安子缓缓地说了，"屋子的事，请你答应下来吧! 这也是我们的义务……"

阿惠大声地喝着面汤，喝得一点儿不剩，然后用手指头抹着碗沿:

"阿安，你不想一想自己家里的事吗?"

安子紧瞅着姐姐的嘴唇，看她说出什么话来。

"你的意思我也明白，可是那些人借用我们的屋子，万一出了什么事怎么办呢? 我虽然不大明白他们干些什么，可是我知道，警察对这种事是很注意的!"

阿惠眼睛瞅着碗底，慢慢地说了:

"假使出了不能挽回的事情……"

安子想:什么，姐姐的想法也跟普通人一样。

"这个……如果发生了事……当然不会有那种事……那也是没有办法的呀!"安子干脆地说了。

"……"阿惠抬起头来，紧瞅着安子的脸，"我真想我的心能跟你一样。"

安子想，这话是什么意思呢? 她便抬起头来向姐姐瞅了一眼。阿惠做着冷淡、凝固的表情，反看着安子，她不知道要怎么样才好。

两个人就这样别扭地没有作声，这是一种互相窥测对方心意的沉默。过了一会儿，她们便从那儿走出来了。

安子一边走路，一边想:究竟她是什么意思呢? 她也觉得:自己虽说得那么嘴硬，可是再想一想，是不是像姐姐所说那样，自己是轻举妄动。万一真发生了什么事，姐姐、妈妈和自己都不得了……这事情到底怎么办呢?

可是，从另外一方面想，工会里的人已经托了她几次，而且从借来的书上也说过这种工作是非常"困难"的，它需要很多的"牺牲"。那位说过"踩烂的青蛙"的叫作罗莎·卢森堡的女子，一生就坐过几十次牢，而且最后是被人用枪托搒死的。这是为全世界被剥削受饥饿的无产阶级的尊贵的牺牲，特别是对一切无产阶级的"女子"，这是一位不能忘记的人。

这位罗莎·卢森堡有一本在狱中写给同志的书信集，在日本也有译本。工会里的人曾经拿了一本来劝她读一读。每天安子干完了活，便带到屋顶房去看，花了两三天工夫把它读完了。首先使她想到的，这是一位跟自己一样的"女子"。安子感到坐立不安似的羞耻……

对啦，不管怎样，得说服姐姐，安子一边走，一边想。

（6）

安子想再说一遍，她想如果再说一遍还不行，她得两遍三遍再说。

"嗯，他们工作就是为我们，只要我们小心点儿……反正姐姐每天回家很晚，大家不会互相打扰，你说行不行呢？"

阿惠不是不明白妹子所说的道理。不但如此，自从哥哥的事情发生以来，她碰到了许多事情，好像原来积在心底里的东西（她觉得种种的事情都在告诉她，这积在心里的是什么东西），现在已经明白过来了。可是，并不能因此使她立刻接受借"屋子"的要求。原来阿惠跟她妹子不同，不管她对这件事是不是全部同意，要是还不曾前前后后仔细考虑过，总不会把自己的心完全向到这一边去。阿惠虽然好像有点儿明白了，可是她所能够见到的，只不过是她妹子所说的

148

一点，而且从妹子所说的一点上，她又不得不想起她们在乡下时所见到的情形，干这种事情的人，第一就是被"警察"仇视。连那个爱喝酒的好脾气的派出所的山田警察，在月形村闹租的时候，也用皮鞋脚踢过农会里的一个青年。而且比这个更使阿惠下定决心的，是从哥哥离开之后，不得不靠自己一双手过日子，全部沉重的担子都压在自己的肩头。

安子每说一次，阿惠就想着这些心事，归根结底，她就是想到"肩头上的重担"，自己一天两天不做工，就得跟母亲一起饿饭。虽然有亲戚朋友，可是因为家里出了坐牢的人，大家都离开了。在这种时候，阿惠就是害一场病也非同小可，何况把屋子借给人家，让警察闯进来，或是一直到后来，让警察知道她的家就是秘密的开会地点。当然阿惠不知道开会的内容，也一定会"遭殃"……不管事情有这样的危险性，可是妹子却光想达到自己的目的，一味地向她纠缠。阿惠对这样的妹子，心里实在觉得非常的羡慕，虽然她知道妹子原来就是这样的性格。这也正由于她是"妹子"而不是"姐姐"，所以她就缺少那样的考虑。妹子所说的"罗莎什么什么的女子"，那性格一定也跟妹子有相同的地方，而且这个女子，虽然干这样的事，一定是有饭吃的人。因为妹子说得那么热心，她不好意思把心里所想的话说出来，可是，仔细想想，如果正如妹子所说，这些人所干的事就是为工人和农民，那么，在工人农民中最穷苦的自己，如果不对他们的事情尽一分力量，也是太不应该的呀。

阿惠好久好久都没有说话，难道对于这样热心的妹子置之不理吗？她一边走一边想：一家人的担子都压在自己一个人的肩头上，人是非吃饭不能过日子的，现在在拣豆厂这一份活计，不管怎样是不能丢掉的，可是妹子如果这样热心地投身到这种工作中去，至少也得让安子不要有家庭的牵累……阿惠这样想了。开头，她对妹子

149

不管家人生活的困难，把家庭的负担完全推到姐姐身上，好像自己没有一点儿责任似的，感到很生气，但并不是因为妹子去插手这样的事情才生气。照她的性格，虽然对这件事并不十分明白，可是却明白妹子想干的是一件正当的事情。

"把屋子借给他们也好，不过得小心……"

安子吃惊地抬起头来了，瞅了一瞅姐姐的脸。

（7）

有一天晚上，阿惠干活干得很累地回到家里，母亲从楼梯口探出脸来说：

"上次说过的那些人，现在来了……"

阿惠正困得不行，听到这话，不觉一阵紧张。一边上楼，一边心里发跳，她不知道应当不应当走进屋子里去，便在楼梯口一坐，低声问道：

"阿安在不在？"

"她把他们带了来，马上就回去了。"

"是吗？"

这时候，屋子里压低着粗嗓子说话的声音停止了，席子窸窣地发出声来，立刻，纸门打开来，一大绺光线射到黑乎乎的楼梯口。

"借用了你们的屋子，打扰你们了……没有关系，请进来吧……"

阿惠狼狈地涨红了脸。因为光是从后面射过来的，看不清对方的脸，可是阿惠的脸却被对方看得清清楚楚。那位立在门口的男子并不像阿惠所想象那样干那种事情的人，说话非常温和客气。

总不能老那么站在门外边，阿惠跟妈妈便走进屋子里。

150

屋子里有三个人，一样都穿着磨光了绒毛的灯芯绒服，盘膝坐着，交叠着两手，正在看什么印刷品。大家见阿惠进来，轻轻抬了抬屁股，就那么打了个招呼。

阿惠感到很别扭，背贴着墙角落坐下了。

三个人当中，那个站起来第一个跟阿惠说话的是一个瘦长脸，那人又说了：

"你妹妹给你说过了吧……以后要常常打扰你们。"

阿惠口里应了一声，低了一低头。她一动不动地坐着，想道：还是出去洗澡，不打扰他们吧，她便约母亲一起出去了。

"对不起！"

刚才那个人又从背后向她们道了一个歉。

两个人慢慢地洗着澡，阿惠坐在母亲身后，替母亲擦背。母亲的皮肤又黑又松，擦起来很费事，耸起了两个肩骨，呼吸一口气便巍颤颤地动一动。她想，说不定母亲也不会活多久了，可是瞅她的胳臂和大腿倒还很粗，骨节突出，特别显眼。

回来的时候，在楼梯下一看，还留着两双鞋子，好像有一个先走了。屋子里，两个人在躺着抽蝙蝠牌烟卷，满屋子全是烟雾。

"啊，回来啦！"母亲用毛巾擦着脸，问了，"有一位已经回去了吗？"

"是的，一起走怕引起别人注意，所以隔开来一个一个走。"

阿惠默默地听着，觉得很有兴味。

"啊……"

母亲可是不大高兴的样子。

那时候，有一个站起来，抓着圆圆的膝头伸伸小腿，说：

"好，我也走了……"

"好吧，那么，五号晚上七点钟，到那边，记住了。"

"五号，七点钟，知道了。"

这个人踏响着楼梯回去了。现在只留下第一个跟阿惠讲话的那个瘦长脸。

"你在哪里做工？"

他向阿惠问。

"大三的拣豆厂。"

"很辛苦吧？"

阿惠默默地点了一点头。

"怎样，你们罢一次工吧！"

他这样说着，笑了。

（8）

"怎样，罢一次工吧！"阿惠突然听了这话，摸不着头脑，脸红了。

那人微笑着瞅着阿惠，接着便问阿惠拣豆厂的许多事情。工作时间、有几次休息、拿多少工钱……他听阿惠说每天天没亮就得出去，一直做到傍晚八点左右，回到家里，累得连上澡堂也没劲。晚上累得不行，可是起来又得去上工，每天每天都是这样，便轻轻地摇了几次脑袋。

"可是大多数的人认为这是应该的事，或者认为只有这样过日子，没有别的办法。你们的老板让你们干得这么累，自己可一点儿也不劳动，挣的钱却比你们多几十倍，全落进一个人的口袋里。可是在咱们日本，却有很多的人认为老板跟自己不一样，他们是有钱人，他们就得享福。有这种想法的，大多数是妇女……"

阿惠一边听他说话一边想，说不定这个人就是跟安子讲了许多道理的人。

"从古以来，妇女总是被人家欺侮惯了的。头上顶着一个家，男子出去干活养家，妇女是抬不起头的。男子可以随便压迫妇女，妇女有理也无处说，所以妇女一定得自己干活，独立自主。比方说……"

那人一边吐着烟卷的烟，一边开玩笑地瞅了一瞅母亲，母亲正在打盹。

"比方说……也许我说得太不客气，比方你妈和你，首先就是这样吧?"

"……"

阿惠不觉把眉头耸了一耸。

"你养活了你妈，你对你妈就有很大的权力……"

那人笑了。

"真的吗?"

"你是一家之主……嘿，这就是一个例子。眼前，市面不好，资本家尽力设法雇用低工资的工人，这样，好多工作都雇用女子了。以前，女人的活计只限于针线、厨房、带孩子，现在呢，跟男人一样在工厂里干活……走到广大的社会上来了。这样，女人的想法也就变化了，能够挣钱，经济独立了，也就能够脱出过去那种依赖男子的奴隶思想，对吗? 现在，你每天出去干活，靠你一个人的力量支起这一个家，养活家里的人，这就跟那些有爸爸当家，靠爸爸挣钱，光待在厨房里干活的妇女不一样，你便会不知不觉地跟光弄针线的妇女有不同的想法……"

阿惠是第一次听到这样的话，虽然是第一次，可是这些话正符合她的想法，她觉得能够深深体会这些话的意思。

"过去妇女挣钱，就只有当妓女。可是现在呢，几十万女工、咖啡店酒吧间的女招待、公司的女职员、打字员、公共汽车的女售票员，不但人数正在增多，而且方面也在扩大，这就使妇女的思想大大提高到社会化了。"

那人把吸到指头边的蝙蝠牌烟尾在烟灰钵里揿灭了。阿惠被他的话吸引住了，连自己也觉得可笑。

（9）

"我刚才说的话你已经明白了吧！"

那人说着，和气地笑了一笑。阿惠默默地点了点头。

"妇女现在已经习惯了经济独立的生活，可是今天的社会，是资本主义的社会，有钱不劳动的人可以挣很多的钱。在这样的社会里，要说独立，你也明白，不但说不上独立，而且还要受七颠八倒的痛苦，勉强能过日子，已经很不容易了。因此在这个以剥削制度为基础的资本主义社会中，妇女要过不受压迫的生活，是不可能的。"

那人这样说着，又把一支新点的烟卷慢慢地抽到指头边去了。

"明白吗？事实就是这样，无产阶级的妇女，一方面必须从男性求得解放，另一方面，作为无产阶级，还必须从资本主义求得解放，她们身上有两重锁链。妇女要从男性求得解放，第一个条件是经济独立，而要解决这个根本的经济上的问题，就必须求得无产阶级的解放。所以妇女要主张妇女的权利，首先还是要主张无产阶级的解放。我不是自吹自擂，必须参加我们所干的事情，才是一举两得，打断这双重锁链的办法……"

那人认真地瞅着阿惠，好似在问，你明白了吗？

阿惠虽然没有去研究那些道理，但意思是完全明白了。她想，幸而她听到过妹子那一番话，现在就能懂得他的意思了。妹子的那

154

一番道理，一定也是从这种人那儿听来的。如果自己能碰到机会，一定会比妹子更早地懂得这种道理了。这人所说的道理，并不是对任何人都很容易明白的，但是对于阿惠这样一天干到晚，回到家里动也不想动的人，却好像在黑暗中有人拉着她的手一般。

"双重的锁链"，这句话好像有点儿难懂，可是从感觉上来说，阿惠心里是明白的。

"啊哟，兴奋起来，话说得太多了……"这晚上，他最后这样笑着说了之后，就回去了。

这种会每星期大概两次，有时在阿惠回家以前已经开完，有时还在开。如果没开完，那位瘦长脸总是留在最后，跟阿惠闲聊一顿才走。渐渐地，阿惠不知不觉地对他的谈话发生了兴趣。

有时安子来了，阿惠就缠住妹子谈起来，问她一些自己不了解的问题。安子惊奇地说：

"怎么啦？"

"就是这样呀！"

姐姐笑了，故意捉弄着妹子。

妹子认真地问：

"是山田给你讲的吗？"

"山田是谁？我不知道呀！"

这样，妹子便阴沉着脸不作声了。

那时候，阿惠想，难道安子爱上了那个瘦长脸吗？

（10）

又过了一些时候。

有一天，傍晚六点钟左右，隔壁台子上的一个女工下楼上厕所

155

回来，告诉阿惠说：

"楼下，你妹妹来了。"

阿惠想，难道发生了什么事吗？自从把屋子出借以来，总有一种提心吊胆的感觉，不自觉地老惦在心里，她连忙从楼梯上下去。妹子正侧身站在那里（也许是阿惠的心理作用），看见她脸上好像有点儿兴奋的样子。听见脚步声，回过脸来，两个人的眼光碰在一起。

"……"

安子的眼光在问：

"还没有下班吗？"

"有什么事吗？"

这一天，阿惠恰巧来了月经，精神不大好，正在犹豫着做不做到八点钟呢。

"你要是回去……有事情要跟你商量……"

"好，那就回去吧。"

阿惠回楼上，把拣好的一箱豆子送到监工那里。

有一个大概可靠的谣言，说这个监工是这里工厂管理人的小老婆。原来也是女工，眼看着很快就升上了，一半也由于嫉妒，大家都对她发生许多议论。那是一个能说会道的漂亮女子，对于带着一半乡下气，干活只能比上人家一半的阿惠还有好感，对她很宽大。

"回去了吗？"

这监工穿着一身白围裙，看上去非常合适。她并没有仔细检查木箱中的豆子，这样对阿惠说，检查便通过了。

到盥洗室匆匆地洗了手脸，便跑到外边。一到外边，深深透了一口气，觉得胸头突然开畅了。在外边，空气再不是尘土蒙蒙，吸到嗓子眼里立刻觉得发干，而是水一般清凉，吸进胸底有一股薄荷味。

跟妹子一起走到一条一排都是仓库房子的街道，拐角的空场上，有许多码头工人在等待领钱。

"嗬，漂亮姑娘！"

"喂，喂！"

大家见了她们俩，便大声啰唣起来。

阿惠天天走这条路，感到非常讨厌，可是安子却跟男人一样，搭上腔去了：

"怎么啦？"

"说你漂亮呀！"

"当然！"

安子干脆大声地回答了。

"呃嘿！这娘儿们好厉害呀！"

安子看看躲在一边走着的姐姐，笑了。

从海边街穿过胡同，便到大街上了。安子还没有说出有什么事。阿惠想，大概没有什么坏事情吧。她问了：

"什么事情？"

"……我什么都想过了……"

她迟疑地说。

可是阿惠却故意装得轻松的样子，说：

"也许你会笑我，近来，常常听着你们的话，我也比过去明白一点儿了……"

安子果然被她引笑了：

"可是，我说出来，姐姐一定没有二话吗？"

阿惠想：是不是从前自己偶然感觉到的事情，安子爱上了那个工会里的山田呢？她想，难道妹子也已经到了想这种事情的年纪？她觉得似乎还不到这样的时候。

"不要装腔，说吧！"阿惠又装着轻松的口气问了。

"……那，我就说了！姐姐……"

（11）

"我说吧，不过……"安子忽然闭住了口，眼睛望着地面，"姐姐，我想到工会去工作。"

说着，又在嘴上使一股劲，紧紧地闭住了。

"我说去工作……那不是跟过去那样，是专门去做。饭馆的老板，因为我常常跟工会的人往来，近来好像很注意我，有时故意拦阻我，有时冷言冷语，使我为难。也许我自己不注意，自从跟工会的人常常谈话以后，我的行动、作为、口气当中常常会流露出来，这是没有办法的。老板说，阿安近来翅膀硬起来啦……我在那里也待不下去了，还有山田……山田认为这是一个机会，要我索性投进身去，专门去搞运动……"

"索性投进身去？"阿惠吃惊地望一望妹子的脸，投进身去，这是什么意思呢？

"工会里人手不够，很为难，尤其是女的工作人员，一个也没有。他说现在如果有一个女的来做工作，这方面的工作就很有发展的前途。"

"可是……"

阿惠开口了，可是妹子正忙着说自己的话，眼睛望着地面，似乎没有听见姐姐的话，继续着说：

"姐姐，仔细想一想，既然知道工会的工作是一种正义的事业，自己却不去干，这是卑怯的行为。"

"可是……"阿惠又插进嘴来，"你说索性投进身去专门搞这个工作，那……那就不再在饭馆干活，以后……怎样办呢？"

"什么怎样办？"安子第一次望了望姐姐。

阿惠心里一发急，说话就结结巴巴的：

"家里的生活……"

"是啊，所以我找你商量。我觉得很对不起姐姐，我不往饭馆干活，专门做工会的工作，就没有收入了，自己怎样吃饭，也没有把握……从来一向靠姐姐辛苦干活，还是半饥不饱地过日子，以后少了我的一份，当然会更加困难……"

听着这样的话，阿惠心里一怔，连自己也感觉到，脸色逐渐地变了。

"那么……"这样说了一声，阿惠说不下去了，可是，等了一会儿，她又低低地嗫嚅着说，"明白了！"

"实在，对不起姐姐！"

安子的眼睛里含满泪水，滚滚滴下的泪珠，落在长睫毛上，发出美丽的光亮。

"不过，你要明白，这不是我的任性……"

在阿惠的头脑里，一下子落进了过于重大的事件，她把下颏耷拉在衣襟上。

"妈妈的事，一切也只好靠你了……"

阿惠没有作声，她茫然地注视着自己两只尘污的白袜子在地面上轮流移动。

两个人就暂时沉默了。大街上已近黄昏，从码头和工厂回家的人、下班的人、自行车、汽车、大车，川流不息地来来往往，非常拥挤。两个人好像是另外一种人，跟这些都没有关系，管自走着。

"以后，我离开了饭馆，想搬到山田那里去……"过了一会儿，安子又说了。

159

"哎哎?"

在这一刹那间,阿惠好像肩膀突然被人抓住,唰地抬起头来。

（12）

阿惠觉得自己的脚跟有点儿摇晃,轻轻地感到头晕。

安子搬到山田那里去,这样,两个人就是同居了。阿惠知道妹子跟工会的人很亲近,因此,她不是完全没有想过这样的事情。可是现在听了妹子的话,突然感到头晕,这种奇怪的感情是从什么地方来的呢?

阿惠近来自己也感到奇怪,心里有一种轻松愉快的感觉,和平时不同,话也多起来了。这是一种心里有了依靠所产生的感情。从拣豆厂回来,如果工会里的人已经开完会回去,她便立刻感到累得不行,因为回来的路上,她是不自觉地满以为可以跟山田谈话的。

现在听见安子这样明白地说出来了,除了常常跟山田谈话以外,另外有一种淡淡的感情,她自己也感觉到了。原来不自觉的这种淡淡的感情,只有在现在发觉的一刹那间,才知道这是必须消灭的感情!

不但如此,同时沉重的生活的担子又落在阿惠的肩头来了。阿惠往哪儿也伸不出手去,也不能把身子侧一侧,她感到自己生来就是要挑重担的人。

安子说了之后,到底也不免有点儿害臊。

"我想姐姐是可以明白的,跟妈妈说,多咱也是说不明白的。她也知道月形村抗租的事情,要是对她说去跟一个搞工会的人一起,她是一定不会答应的。我想请姐姐代我好好对她说……"

妹子又把这一个差使推到了姐姐的身上。

妹子是从饭馆里偷工夫跑出来的，走到豁子口的拐角上的时候，她又向姐姐再三嘱托了一番，回去了。阿惠站下来望着妹子的后影。

当安子跟她一起走的时候，说话结结巴巴的，样子很沉重，一离开，突然变了一个人相，正跟平时一般，晃着肩头使劲地跑着，把前面的衣服都踢起来了。阿惠想：妹子有她自己要走的路。她呆呆地站了一会儿。

可是自己怎么样呢？自己有的是什么呢？她想起再拐过两三条胡同，便是那间阴暗的小屋子，那里只有像一团破烂布似的躺着的母亲，而这一切，都压在她的身上。她能不能跟妹妹一样，晃着肩头跑得把前面的衣服都踢起来呢？只有当她听山田谈话的时候，她才有一点儿这样的心情。她的鼻子又被拴住了，对于她最重要的是为生活，必须仅仅为此去劳动。她好像一只蜗牛，刚把头伸出来，就碰了角，立刻又缩进壳里去了。而且她无论做什么，总是比妹子慢，这一点，又多么像蜗牛呀。

阿惠简直不想走路了。

"我真是像一只蜗牛……"

她好像说给自己听，自言自语地说着。蜗牛！这个名字真像阿惠——背着沉重的壳，拖着慢步而前的蜗牛！这就是阿惠！

阿惠缓缓地迈着步子。

6. 在工会里

（1）

越过划分市中心和近郊工人区的豁子口，走到河边的路，那儿有许多乱糟糟的房子，整个地发出一股难闻的臭气。山田和安子从这儿拐进一条小胡同。

山田两手挎着一个大包袱，两条腿跨开，蹒跚地走着。刚才是两个人并肩走的，拐进小胡同后，安子就落在后头。她也挎着一个小的包袱。

"好，到啦！"

安子听了这话，脸上一红。以前虽然来过几次，跟楼下的人也认识，以后得住在这里工作，而且跟山田一起共同过活，心窝里有一种奇怪的好像失了劲儿一样的感觉。

"现在搬过来了，你也变成无产阶级了。"

男的把后门大声地拉开来，笑着说。

安子用小手指掠一掠落在脸上的头发，问了：

"沉吗？"

"还好。"

"是吗？从后面看你，好像沉得要命！"

男的大声笑起来。

"就是刚才喝了一点儿酒的缘故……"

"我的气力比你还大些……在乡下劳动惯的。"

安子后来在跟山田的谈话中，知道他原来是札幌的大学生，中途退学的。

因为后门发出大声来，楼下的男孩子跑出来了。

"啊，山田先生，刚才特务来过了，所以后门闩上了。"

"是吗？他说了什么？"

山田走进屋的炕沿上坐下来，脱着皮鞋抬起头来问。

"嗯，他说，山田近来找到了一位漂亮的太太，还没有搬来吗……"

男孩子唠叨地学着话，笑了起来。

"浑蛋，他还胡说什么？"

"他又说，山田这家伙，这一回可美啦……"

安子已经臊得满脸通红了。那个早熟的孩子还准备学舌，鼓出两只大眼睛，站在那里望着。

她就跟山田两个管自上楼了。

"那孩子，这儿有点儿毛病！"

山田用指头点点自己的脑袋。

屋子里摊得很乱，桌上乱堆着书籍、报纸、小镜子、蒙着灰土的茶杯，还有一只空的蝙蝠牌卷烟壳。屋角上放着大壶、茶叶罐，全没收拾起。以前安子来的时候，每次都给他收拾一番，安子也是一个懒散的人，不爱收拾东西，可是到了山田那里，就爱替他收拾。

"啊哟，又摊得那么乱了！"

安子站在屋子门口，显出大吃一惊的样子。

163

"好啦。"山田把大包袱往屋子里一放，笑着说，"以后可以干净了!"

安子被他和气的笑容吸引住了，可是还是有点儿害臊地笑了一笑。

山田看了她的神情，突然大笑起来。

"讨厌!"

安子把脸背过去了。

山田原已在屋子中大包袱上坐下了，这时候便站起来走到安子身边去。

安子站在那儿，等待他走过去。

（2）

安子以完全跟过去不同的新的心情，开始帮助山田的工作。

过了不久，她知道了山田他们所干的真正的工作。山田和他的同志们在工会内部组织一个秘密的小集团进行活动。

那年八月，从大山郁夫①发表了"建立新党"的宣言以后，工会内部开始发生了很大的动摇。经过"三·一五"和"四·一六"两次事件②，工会都受过了几乎不能重新站起来的打击。在这城市里，每次事件发生的时候，都有二百多个工人和学生被捕，遭到极大的破坏。跟工会有联系的码头工人中，有许多人抱着工会应该改

---

① 大山郁夫是日本知名的社会活动家，（20世纪）30年代时，他曾经与日本共产党对立，走合法主义的道路，建立新劳农党，分化了革命的力量，遭到共产党的反对，这部作品中写的正是这个时期。后来新劳农党失败了，大山在战后从事和平民主活动，赢得革命人民的拥护，并获得了国际和平奖金。

② 发生于1928年3月15日和1929年4月16日的两次日本反动政府大举搜捕共产党的事件。

变路线的想法。其中也有些人不明白工会为什么老是这样受到摧残，还有一向在工会工作已久的人则认为自己好容易把工会发展起来，偏偏有一些年轻的没有经验的人跟共产党发生了关系，结果把工会给搞垮了……就在这样的形势中，发出了"建立新党"的提案。

发起这种建议的理由，认为在日本这样一个国家，照共产党那样做法是不能扩大工人的组织运动的，在工人组织的力量强大以前，应当先建立一个"合法的"工人政党。这种论调，对那些消极的、糊涂的、动摇不定的人，恰巧抓住了弱点。他们正在那里摸索一条路，摸到了这个法门，摸到了，当然要抓住。很多人就死命地抓住了这条路子。

工会里，委员长首先发动。委员长已经有相当年纪，长得又红又胖，是矿工出身。人很和气，许多人向他发牢骚，他虽然不明白究竟是怎么一回事，却肯倾听，因此很多人都爱接近他。委员长赞成"建立新党"的提案，并非根据什么理论，只因自己已经干了多年的工会运动，觉得成绩也不坏了，以后应该上衙门或公司里去发挥一番才能。自从举行了市议员的选举，根据他在工人中的地位，一心想当一次"市议员"，可是跟左派危险分子搞在一起，是对他很不利的。

如果他反对这个"提案"，受工会里那些拥护左派的青年人策动，工会就会遭到破坏，那么自己一向工作的目的，想当上一个市议员，就一定吹了。因此，委员长以"新提案讨论会"的名义，举行了几次会议，大大地进行了宣传，赞成提案的人一下子增加了许多。

自从提出了这新提案之后，一向害怕上工会来会被警察抓去，不大敢上工会来的人，现在都跑来了。这些人立刻都听信了委员长的话。

委员长手底下有一个姓楠见的，他一向是委员长的理论参谋，据说这人就是暗地里参与了大山的计划的。大山在发表他的宣传小册子以前，早就在全国秘密调查各方面的意见，等到小册子发表的时候，就派那些秘密调查的人担任宣传工作。这楠见就是一个幕后人物，他使委员长为了自己的利益而行动起来。

山田和他的同志们便在工会内部发动了反对这种倾向的运动。

（3）

大山的提案，显然是运动遇到困难时期的一种退却政策。虽然遇到弹压濒于破灭，但无产阶级的党还是存在着，正要恢复创伤重新站起来；另一方面，经过几次大弹压，群众发生了畏缩心理，生活更加陷入贫困的境地了，正想找一条出路，在这种时候，提倡建立一个合法的——为官方所许可的政党，这在一方面是对唯一的无产阶级政党起一种取消的反动作用，另一方面，是把群众的革命情绪限制在一个范围内——限制在官许的合法的范围内，已经发生畏缩心理的群众，便容易附和这种思想而走到歧路上去。

山田和他的同志们对于在这样最困难的时期所出现的取消主义、失败主义、合法主义，决心做坚决的斗争。可是这种斗争在工会内部是不能公开进行的，如果他们要公开进行，那么，人家就会立刻发觉他们和"三·一五""四·一六"被捕的人——和党有联系。

因此，他们在表面上和工会的人采取一致行动，而从工会内部物色可靠的人拉到自己这方面来，而且秘密活动，使在工厂、码头劳动的工人，在正确的左派的影响底下。

不过说实在的话，安子是不大明白山田他们那样热心地奔走着、争论着的事情的。什么"合法""不合法""取消派"等等……这些名词也不是不知道，但是大山要组织合法的政党，为什么一定得对他做彻底的斗争，她是不完全理解的。

但是她知道，工人在现在的社会制度中过痛苦的生活，因为这个制度是为资本家的利益而建立的，掌握这个制度的是资本家。因此，要创造一个工人不受剥削，没有一个失业者（像苏联那样，只是怕工人不足）的社会制度，就必须推翻资本家的制度，结果一定要超出法律所许可的范围。如果只是在这个范围内，自然不能把资本家推翻，至多也不过得到某种程度的"改良"而已。被剥削的生活依然存在，不过用改良的名义把它隐蔽起来，做得比较巧妙一点儿罢了。最好的例子便是英国，英国有"工党"的内阁，可是劳动人民的生活并没有丝毫改善，相反地，只是接连地发生罢工。

所谓"合法的"运动，显然是虚伪的东西，这道理很浅显。安子想，近来举行左派演讲会的时候，有时警察来得比听众还要多，大概就是这个道理。

但是安子还不能用自己的头脑完全理解。因为山田说大山是可恶的叛徒，她就觉得这个人真是可恶的叛徒，山田说他是害怕压迫的失败的合法主义者，她就觉得这个人真是合法主义者，总之，无产阶级的党已经存在，而他还要另外搞一个党来对立，把运动引到歪路上去，所以他是一个取消主义者，她就觉得他正是取消主义者。

（4）

开头，安子只是听山田的命令工作，并不知道干的是什么工作，她的工作是到贫民窟去送信。

"喂，取消主义、取消派是怎么一回事？"

安子回来便向山田问，因为她去送信的时候，有人这样问她。

167

"这是一件重大的事。"

"……为什么在运动中，常常用一种难懂的名词?"

"这是没有办法的，我们干的是一种新的运动，跟资产阶级的运动不一样，各种名词中都有跟过去完全不同的内容，因此一定得用新的名词。"

"……"

对于只上过小学的安子，要记住左派所用的一些名词，仍得费很大的劲。

"取消派的意思就是……" 山田像老师似的教她，"照字面解释，就是有一派人，要把党取消。详细地说，就是认为党是不需要独立存在的……很难懂吧……党，就是一个阶级的头脑，它是首先代表阶级的利益，为整个阶级的利益而斗争的一支军队。所以从本质上说，一个阶级只能有一个政党。因此在无产阶级中，能够彻底代表阶级利益的也只能有一个政党。"

"咦?"

安子伶俐地闪眨着睫毛美丽的眼睛，问了:

"那么，为什么有政友会，还有民政党①?"

山田听了，便说:

"嗬，你还关心这样的问题吗?" 他笑了一笑，"这看起来好像是两个党，实际上是一个，因为它们的本质是相同的——同样都是资产阶级的党。只因为各种资产阶级方面的狡猾的把戏，所以分为两个，其实都是一丘之貉。比如'内阁的辞职和交代'这种制度，便可以把责任抵赖给别人了……"

安子皱着眉头，搔着脑袋，故意把指头挖着鼻孔，静静地听着。

---

① 当时日本资产阶级的两个政党。

168

"真难懂！"

"难吗？也许难吧……"

山田做着窘苦的脸色。

"至少你已经明白了，一个阶级只能有一个政党。"

"对。"

"可是大山要建立两个党。"

"对。"

"把两个党比一比，大山说的好像很有道理，结果不过是在合法的范围内，做一些改良的活动。因此，这是对无产阶级唯一的党，削弱力量，把这种力量引导到改良主义方面去，所以这是取消派的行为，实际上起了反动的作用。"

"……"

山田瞅着安子的脸，呵呵地笑了。

"怎么，你还不懂吗?"

可是安子还不肯认输，她说：

"我是农民，也只上过小学，光谈理论，是很难明白的，只有在实际工作中，会渐渐地明白起来的。"

"对啦，对我们来说，实际工作是我们最好的老师！"

（5）

山田跟他同志们的集会，因为是这样的性质，所以不能在他们两人的宿舍里开，这个地方，特务差不多每隔一天要来一次，因此他们的办法就是借用了阿惠的屋子。安子还在"饭馆"的时候，办交涉借用阿惠的屋子，也是为了这个。

山田在工会里担任的是最重要的"组织部"的工作，这对他们的活动是很方便的，但组织部长是委员长方面的人，在那儿进行工作当然需要严格地保密。安子便在山田这组织部里当部员，帮助山田工作。

工作不怎么顺利，说一句话都得十分小心。一方面不能让官方发觉，一方面又不能让工会里的人看出来。一句话，他们是处在夹板中的。

有一天，天气很好，出门之前，还有两三小时空闲，安子洗了山田和自己的脏衣服，正在后门口晾。

"啊哟！"

忽然听到一个陌生嗓子亲热地叫了一声，从晾衣竿底下钻出一个人来，站在她的面前。

"这样勤恳……还在自己劳动呀。"

抬起头一看，是一个不认识的，她心里立刻明白，这是特务。安子便皱了一皱眉头，轻轻点一下头。

"呵呵，你是山田君的……他是你的什么人？"

"你有什么事吗？"安子冷冰冰地说。

"那么不客气吗？"那人这样说着，装作轻浮的样子，"怎么样？"他问。

"什么怎么样？"

"啊哟！"

"你是什么人，也不通名报姓就闯了进来，又问这，又问那……"

那人嘻嘻地笑了：

"你知道呀！"

"不知道呀！"

安子故意把竹竿弄得噼啪乱响。

170

"我是警察局来的。"

"山田不在家。"

她也不看他，便说了。

"干吗这样讨厌我？怎么样，山田近来很忙吗？"

很忙吗？他故意装作随便的样子问了这句话。安子听了，心里一跳，不觉抬头瞅一瞅对方的脸。她想，我绝不会上你的当，她便说：

"也不那么忙。"

"对啦，刚刚新婚，还有蜜月里。"

"对。"

特务吃了一惊：

"啊哟！恐怕我没有猜对。"

"不，真的。"

"嫂子，你也在干工会的工作吗？"

"工作？"

"女干部呀！大家都说你是出色的女干部呢。"

"女干部？我只是贤妻良……"

说到这儿，想到"良母"这两个字太不合适了，自己也笑了。

"呵呵，良母还太早呢，不过也许已经成了贤妻吧。"

特务拿手杖在地上敲着，不时地向楼上斜眼望望。

安子知道他在望什么。虽然山田确实不在家，可是见他这样望时，总有些寒凛凛的感觉。

"山田君真不在家吗？"特务忽然换了口气说。

"不在……"

可是安子这样应付特务，还是第一次，心里着实有些害怕，舌头在嘴里粘住了。

“嘿，山田近来行动有点儿可疑……”

特务装着自言自语的样子，向安子偷看了一眼。

（6）

“什么可疑？”

安子立刻反问了，可是在这一刹那间，她感到自己的胸头扑扑地跳动。

“什么可疑，就是可疑呀。”

“……”

“山田君每天去工会吗？”

“去呀。”

安子一边留心着特务的话，一边把洗的衣服晾在竹竿上，不知不觉地又收了下来。

“回家早吗？”

“有时候早，有时候迟，有时候不迟不早。”

“哼！”特务冷笑了一声，“工会里有谁上这儿来吗？”

安子皱着眉头想了一下，她想，他想打听上这里来的人，认定这些人就是在工会干秘密工作的，这可不能告诉他。

“没有人特地上这里来，在工会里每天碰面呀！”

安子感到自己说话有点儿慌乱。

“你这位太太倒很厉害哪，受过山田训练的吧！”

特务一会儿叫山田君，一会儿叫山田，每次叫山田的时候，听不惯的安子便有一种可怕的感觉。那特务时时把手里一条粗手杖钻弄着地面，一会儿瞅瞅安子的脸，一会儿又瞅瞅楼上。

“你们夫妇间谈起过这次组织新党的事吗？”

"这种事情我是不知道的，你有什么新闻吗？"

特务搔了一搔耳后，"这个……"他笑了，"一下子可说不清呀！"

那时候，沟板上发出响声，有人从胡同里走进来了。安子心里想，不知是山田，还是山田的朋友，不管是谁，这个时候跑来都不好。可是听脚步声，知道正是山田。他好似在想着什么，拐过弯来，突然见到了特务，脸上现出慌张的神色。

"……"

他立刻站下来，望望特务又望望安子。

"啊哟！"

特务把长着小胡子的上唇一歪，笑了。

"你来干吗？我不在家，你就回去得啦！"

山田马上用平时的口气说了。

"你太太也是个女干部呀，组织部的。"

特务故意向安子望了一眼，意思问她对不对呢。

安子愣了一愣，在组织部工作，怎么已经被他知道了？可是山田的样子比安子还吃惊。

"这种女人，怎么能做组织部的工作呢！"

"哈哈哈，怎么？太太，你干吗不说话？"

安子想，山田已经回来，自己就不用应付他了，又重新蹲在洗衣盆边去了。

山田怕特务跑进屋子里麻烦，打算把他撵走。

"空话少讲，你回去吧，大家妨碍工作。"

"大家一样。想请问你，你们那边，关于反对组织新党的运动，后来怎么样了？"

听了这话，安子突然站起来。

（7）

"你说什么，我们工会是决定拥护新党的，你瞅我们的委员长。"山田很快地说着，把眼光移开特务的脸。

"说得多好听。"

特务还是在脸上现出冷笑，只装没有听见他的话，轻轻地说了。

"好吧，随便你们高兴怎样想就怎样想。"

"哈哈，好吧，以后还得多来拜访呢。"

特务终于做出要回去的样子。安子不知要怎样办才好，虽然看特务走了，心里却惦着他那句最后说的话。她望着背脊上蒙着灰土的特务的西服的后影，好像瞅见了摆在自己面前的困难的道路。

晚上，很难得地和山田一起吃了一顿晚饭。最近自己忙着在外边跑，山田也老在外边吃饭，这天晚上，吃过饭又不需要出门了。

"怎么样，不会发生什么事吗？"

安子慢慢抬起长睫毛的眼睛，望着山田的脸问了。

"咳，不知怎么回事，那么快就嗅出来了……真要是这样，事情可有点儿辣手呢。"

"不但辣手……真被警察知道了，他们不会这样放手的吧？"

"嗯，这也可能……可是即使这样，也得坚持。我们干这工作，迟早总得遇到，不过事情还没成熟，半路上就被破坏，实在是……"

安子有一种悄然的感觉。

"……"

"今天，我到被捕的山村家里去了，给他们讲了工会的事情，他家里人流着眼泪说，工会的人这样干对得起坐牢的人吗？他太太倒很坚强，在拣豆厂做工，养着两个孩子，也没有一声怨言，不但没

174

发怨言，她还气愤，说现在工会的人背叛了她的丈夫——事实是很好的教育。”

“对。”

“她哭着说现在工会这样情况，使她丈夫所干的工作落了空了。这话不错！”

“真不错。到底为什么要干牺牲自己的自由在牢里坐三四年的工作，这不是变成没有意义了吗？”

“在牢里的同志，如果知道工会的情况，光哭还不够吧。所以留给我们的责任是重大的，不管会遇到什么事，都得干下去！”

山田手里端着碗筷，忘了吃饭，眼里发出光来，忘神地说着话。安子还在饭馆里干活的时候，那种使她感动的带着热情的嗓音，现在又听到了。这对于安子，有很大的吸引力。

“大山这家伙，当发表组织新党的时候，认为在全日本到处都行得通，可是近来情况却不是这样了。工会里，每天都收到东京以及各种地方来的反对新党的声明，我们在群众当中，已经扎了根啦！最难得的是，连‘那普’——日本无产阶级艺术团体协议会这样艺术家的团体，也发出了反对的声明，你想，这不叫人兴奋吗？还有《无产者新闻》。这当然，所以最近，我的信心更加大了，我们可以干下去！”

“对。”

这时候，楼下有人叫“阿安”的声音。

（8）

“啊，姐姐。”

安子从饭桌前站起来。阿惠每次来的时候，总是在楼下叫一声，

175

等安子跑下去。

自从安子跟山田住在一起，她来过两三次。每次等安子下去，总是站在阴暗的楼梯边。

"今天，我多干了一些活。"

这样说着，便硬把两三毛钱，有时五毛钱塞在安子的手里，跑回去了。

山田原来是一个钱的收入也没有的，有时在工会里拿到很少一点儿钱，也只够一天吃一顿饭。自从安子专门做组织部的工作以后，生活费加了一倍，日子过得十分困难。安子每天只上阿惠那里去吃一顿早饭，就在小樽街上跑腿，一直跑到晚上十二点。使阿惠吃惊的是，安子过着这样悲惨的生活，谈起来还是十分高兴的样子，好像一点儿不挂在心上。

"即使揭不开锅……"记得从前在乡下的时候，谈到哥哥结婚的事，安子就说过这样的话，只要跟自己喜欢的男人在一起，就是没有饭吃，也是高兴的。阿惠现在想到妹子说过的话："即使揭不开锅……"

可是阿惠立刻明白这情形是不同的。妹子跟妹夫所干的工作并不是受别人的强制，情愿挨穷，情愿吃不上饭，情愿一个钱也没有（对于穷人，没有钱是一件大事），却还是干得这样起劲。有一种大的力量，使妹子他们这样做，这不是单纯的"揭不开锅"，而是献身于无产阶级解放的一件大事业。

实在说，阿惠开头是有一点儿孤独的感觉的，她感到自己好似被人丢弃一般的孤独。可是眼看着妹子在做这样的工作，吃不上饭，阿惠是不能安心的。她记得自己开始对这方面的事情有点儿了解的时候，非常奇怪地有一种轻松愉快的感觉。虽然半途里这种感觉终于消失了，可是过细一想，要是照着那样的心情下去，说不定也会

176

跟妹子一起走上这条路。现在妹子在干，多少能"照顾"她一点儿，在阿惠也觉得是应该的，而且她觉得她应当这样做。

自己身上背着这副锁链，不知道怎样摆脱，但是她知道她现在应该做的事。她把干到六点钟为止延迟到晚上七点八点，多挣一点儿钱就常常送给安子。

可是她去找妹子的时候决不上楼，不管山田在不在家。不管安子说她"姐姐真可笑"，她总是立在阴暗的楼梯下，无论怎样也不上去。

当姐姐把少数的钱塞在她手里的时候，安子对于这个不说话的姐姐的深刻的心情，是直接感觉到的。

"身体不能搞坏呀！"

安子这样说。

"不，没有关系。"

这样说着，便立刻回去了。

（9）

安子跑下来看，果然是阿惠立在阴暗的楼梯边。

"不上来吗？"

安子跟平时一样，问了。

"不。"

姐姐手上抱着一捧晒干的衣服。

"你把洗好的衣服忘了，淋着夜露就白洗了。"

"对，对，我真忘记了，对不起。"

"阿安……"阿惠很难出口地说，"你很忙，以后衣服你自己不要洗，我给你拿去洗好了。"

安子一边从姐姐手里去接衣服，吃了一惊：

"为什么要你洗？"

安子立刻了解姐姐的好意。

"我洗很方便，你这样忙……"

阿惠笑着说。

安子料理家务是很不内行的，她又怕做饭，阿惠知道她脾气。

"这还了得，把什么都压到你身上啦！"

安子笑着，从姐姐那里接过衣服，就跑上楼去了。

正在吃饭的山田瞧见安子抱着一捧衣服跑上来，不知是怎么一回事。

"是姐姐吗？"

"是呀。"

"还是不肯上楼吗？"

山田笑着说。

"是呀，今天她说，衣服让她拿去洗。"

"一定是你自己懒呀。"

安子听了这话，把脸一沉：

"是姐姐自己说的呀，她看我工作忙，恐怕妨碍我的工作呀。"

山田吃了一惊：

"嗬！"

他这样叫了一声，又说：

"你真有一个好姐姐！"

"对呀！"

"请姐姐上来一下好吗？我有点儿事情想托她。"

"肯吗？"

"那，我就下去吧。"

山田便跟着安子走下楼去。

"啊哟！"

他从安子的肩后伸起了脖子，向下边招呼了。

阿惠吃惊地往上一望，看见了山田，立刻慌慌张张地在黑暗的土间里去找木屐。

"姐姐，你怎么啦？"

"喂，有一点儿事想托你办一办。"

安子半带玩笑半带认真地堵住了后门。阿惠套上了不知是谁的木屐，想甩开妹妹的手。她的样子从旁边看去，真是紧张得可笑。

"姐姐，有什么关系呢，你真是！"

阿惠终于脸冲着门，拘束地站下来了。

"怎么啦？上去吧！"

山田觉得有点儿奇怪，一边催着，一边自己先走上楼梯去了。安子呢，也终于把姐姐拉上了楼。

阿惠虽然上了楼，可是还要硬不肯进屋子，她在门外站下，又蹲下了身体，任怎么也不肯走进"夫妇俩同住的屋子"去。她从来只和母亲同住在一间屋子里，光同山田一个人，可以很自然地谈话。她常常上这里来，同妹子谈起来也很自然，可是看见山田跟妹子在一起，就显得极不自然。

"啊哟姐姐，进来一次也不行吗？"

安子高声地大嚷着，硬把阿惠拉进了屋子。

（10）

"干吗总是不肯上楼，上了楼又不肯进来。"

山田也说了。

安子终于把姐姐按在屋子里坐下了。阿惠连脖子也羞红了，她用两手掩着脸，甩着身子说：

"阿安，你真厉害呀！"

山田对于自己所干的事业，在某种意义上说，对阿惠抱着比安子更大的希望，可是，他担心的是阿惠生活的担子太重，有时候却有点儿自卑的样子。劳动人民由于被强迫过着太穷困的生活，在冲破这一关之前，也往往有人会陷入所谓"穷人"的自卑感。

现在，山田感觉到有一种极其嫩弱的"幼芽"正在阿惠的心头长出来，要阿惠脱出现在这种境地站立起来，比安子变成现在的样子将困难一百倍，可是他感到要是不从她们中间（不是阿惠一个人，而是像阿惠那样的千百万妇女）站起来——不能使她们站起来，这个运动就不能扎下真正的根，而强大起来。

"拣豆厂那儿怎么样？"

山田把抽了一半剩下来的蝙蝠牌烟擦去了头上的灰，重新点上了火。

"我有事要问你，想托你办。你那个工厂里，有没有对工钱表示不满的？"

阿惠还是做着两手遮脸的样子，这回，她好像觉得自己可笑了，笑着反问道：

"你干吗要问这个？"

"你大概也知道，大山郁夫为了害怕政府的压迫，正打算成立一个合法的工人政党，这里工会的人差不离全部都想动起来。我在工会里是反对派，正想尽一切办法要把运动引导到正确的方向去。可是，说实在的话，这种反对运动，光在工会的头儿们中间进行，效果是意外的少，要把它扩大起来，几乎没有可能。必须在工会的基础当中，就是在群众当中进行这个反对运动，从下而上地来脱离这些失败主义的坏干部。"

安子在旁边插话道：

"最近，听委员长说，工会里的各种机关都是在弹压后临时凑合起来的，因此必须进行改选。这是一个借口，准备把有反对派嫌疑的人赶出去！"

"对啦，所以现在更加需要从下而上，有实力地对抗呀。让合法派变成没有根的浮草，尽管他们去吹笛，却没有跳舞的群众。我们的工作，不管干什么，都不是一个人两个人可以办的，一切都必须依靠群众的团结的力量。而且……"山田想了一想，压低了嗓子说，"我们在工会里的行动好像已经有点儿浮到群众上面来了，连警察也有些觉察了。他们只要把我们除掉，反对运动立刻就会垮台。如果运动的主力是在工厂、车间中劳动的群众，如果他们都向着我们，那么，即使把我们除掉了，还有强大的根留在那儿，而且我们反对派的工作也不会暴露目标了。这是我们运动的原则。是马克思还不知是列宁，曾经说过'工厂是无产阶级的堡垒'这句话，就是这个意思。工会要真正成为一个强大的团体，就必须扎根在工厂中干活的工人中间……所以，你是在工厂里干活的，我就得依靠你呀……"

山田讲得起劲，烟卷灰落在席子上。

（11）

阿惠高兴起来了。她可以不脱离拣豆厂来参加工作了！她可以不致不负责任地抛开自己所负担的生活来参加工作了。以前，阿惠有一种奇怪的想法，以为穷苦的工人和农民本身是不能参加这种为穷苦工农而斗争的运动的。现在，她知道这想法是不对的，特别是听了山田的话，她知道在工厂里进行的工作是一种特别重要的工作，是工会的真正的基础。她觉得自己好像脱去了一层壳，她觉得高兴。

当然，这跟妹子不一样，不是专门站在外边去干，她觉得长期以来在心里酝酿着一种情绪，终于变成了可以理解的明确的形式了。

阿惠的工作就是在拣豆厂里找同情的人，找一个两个都好。可是在这样一个艰苦的工厂里，除了为过日子去劳动以外，还可以做这样的工作，这件事情就使阿惠连自己也惊奇地突然变得兴致勃勃了。

在拣豆厂干活的女工们，她们的丈夫、兄弟和亲人们，大半都是在港口仓库码头上干活的。而且这个城市里的工会的实力，大部分就在这些码头工人，所以那些拣豆厂里的女工，通过自己的亲人，间接地跟工会有关系的人，是比预想的还多。因此，在她们中间好好地做工作，是有很重要的意义的。

"可是，我跟阿安不一样，我能做吗?"

山田听了她的话，笑着说:

"这种工作，谁都应该会，只要是受剥削的人!"

特别是，山田是看出来的，在工厂里进行组织活动那样脚踏实地的工作，对安子是不适宜的。

阿惠还不大了解，她说:

"况且在那边干活的，也都是我这样的人!"

"这就更加有希望了!"

安子发出男人样的大嗓子笑了，露出洁白的整齐的牙齿。

三个人全笑了。

因为早晨很早就得上工，阿惠可不能这样闲谈下去了。安子把她从阴暗的胡同送到明亮的大街上。

当阿惠只剩下自己一个人的时候，就在跟刚才不同的冷静的环境中，感到从身体内部发出来一股兴奋的气氛。她觉得她从没有这

样轻快地在街上走过。在明亮的大街上，还陆陆续续地走着不少的
行人，街的两旁摆着各色各样的夜摊，小贩大声地叫卖着。可是在
他们中间，阿惠却觉得自己只是一个人在走。她从来不大跟工厂里
的人有亲密的往来，这是不好的，以后应该加入大伙中去，开始多
讲话。在闲谈中，去发现可以拉到这边来的人。况且大家对那个监
工的检查凶、验收不容易通过，是有许多不满的。这样一定有一天
会发生冲突，那就是最好的机会。此外，还有许多想法。阿惠像小
孩似的十分兴奋，一边想着一边走道。

人真是奇怪的东西，仅仅这一点儿事，就会使全身有一种飘飘
然的感觉。

以后，在阿惠屋子里开会的时候，阿惠虽然不大听得懂，也总
是在旁边细心地听着。那些从来不懂的事，由于自己老在左思右想
的缘故，也觉得对别人讲的话渐渐地有点儿明白起来了。

由于安子的鼓动，阿惠也常常去参加罢工或工会的演讲会。到
会的女人很少。安子常常在会上讲话，可是每次安子一上台，阿惠
脸上就流满了眼泪，已经听不见妹子在说什么了……

（12）

山田来参加秘密集会的时候，再三重复地说，从此以后，站在
台上讲话已经不是重要的工作，重要的是在工厂里广泛地开展秘密
的组织活动。可是当阿惠一看见自己的妹子在很多的男人中间，面
对着几百听众，指手画脚地讲话，就感到全身战栗一样的兴奋。她
觉得在台上讲话，即使照山田的说法，这已经不是最重要的工作，
但这样的工作，毕竟不是谁都能做的。

"那是山田的老婆！"

旁边一个带着空饭盒的码头工人说了，这个人大概是干完了活回家，顺便跑来参加的。

"是豁子口饭店里的女子，真了不起。"

看到安子有时说不出来，有时口吃起来，阿惠好像感到正是自己，在众目睽睽的台上说不出话和口吃一样的难受。

在台上讲话的安子，有一股在安子身上最坚强的气质，跟姐姐完全不同的爱出头露面的脾气，以狂热的形式表现了出来。安子所有气质中的一部分，完全在台上集中表现出来了。每个人一到台上，所有这个人的细微的性格和脾气，便好像一齐倾向到一股粗大的气质方面去了。

阿惠听了安子的讲话，情不自禁地使劲抓紧了座椅的靠臂的，讲话一完，从两个肩头上有一种忽然松下劲来的感觉，然后她慌张地看看四边的人，好像打瞌睡刚醒来的一般。

演讲会散场了，阿惠挤在人群中走出来，听见所有的人都在谈论安子。

有一次，在一个小小的现场，举行反对减低工资的演讲会，工会里运用了一个新的战术，让工人的妻子背着孩子上台讲话，说丈夫被开除了，说丈夫给减低了工资，没法过活了。

许多女人一到台上，什么话也说不出来，有时背上的孩子却忽然哭了起来。可是女人们一个接一个上台，已足够使听众十分激动。最后上台的是安子，她要代替以前那些女人说出要说而没有说出来的满肚子的话。

可是安子讲了还不到两分钟，在旁边监视的带指挥刀的警察就吆喝了：

"停止！"

接连着，一大队穿白色制服的警察就向人群中冲了进来。

"野蛮!"

"打,打!"

袖口上钉金线的警官站起来,挥着两手吆喝道:

"解散!解散!"

这吆喝声从前面传到阿惠的地方。她抬起头来一看,只见穿着皮靴的警察们汹汹地跳上台去。阿惠吓了一跳,看见呆立在台上的妹子双手已经被警察抓住,立刻被拉到台边来。这时候,安子不知说了什么话,把一条胳膊使劲一甩,便有一只袖子从左胳膊弯上给扯下来,缠绕在警察的手上。

"干什么?这不是在走吗?"

安子的声音很尖厉,胳膊上挂着一只扯剩的里面衬衫的白袖子,在台上飘动。

听众们被下颏上扣着帽带的警察们推着,向大门口涌出去,有大声说话的,便立刻被逮起来。

阿惠肩头上被重重地撞了一下。

"不许停下来!"

她看见妹子从后台门口被拉走了。她不知道要怎样才好,挤在人群当中,半带着哭脸,嘴里叨念着:

"妹子!妹子!"

山田不知怎么样了。

(13)

妹子被逮走了,可是她不能站下来。听众向大门口涌去,为了不能一下子都出去,每次警察从后边推过来的时候,大家就在旁边一躲。

阿惠不知道要怎样才好，四面八方都向她推过来，不但没法子动一动，连身子都好像要给挤扁了的样子。她使劲地把脖子伸出来，想找到一张熟悉的脸。

"喂，阿姐，请不要那样挤呀！"

一个好像也从厂里下班出来的，身上带着油漆味的男子回过头来对她说。

可是她来不及回答他。四边没有一张熟悉的脸，她想早点儿跑出去，在妹子给逮走以前，使劲把她拉住，对那些警察说明，她是她的姐姐，任他们踢，任他们打，决不把妹子放手。她想，妹子并没有做什么坏事，她只是在台上讲了几句话，她已经受了那么粗暴的待遇，连衣服的袖子管都给扯下来了。

一心只急着走出去，她推开人群，乱踩乱撞地好容易走到外头，发现自己衣服的大襟打开了，可是她没有工夫整理衣服了。开会的人一走到门外，一堆一堆地围聚着，都不肯回家去。

"喂，不许停留！"

警察在后面推着。可是只有当警察推动的时候，他们才退后一下，立刻又停留下来了。阿惠留意找认识的人，可是依然没有找到。她不知道大家往哪儿去了，她绕到后门口去。

"阿姐，你干什么！"

警察的指挥刀当啷地响着。离开正面，后边巷子里很黑暗，阿惠以为那里没有人，听到吆喝声，吃惊地站下来。

"你往哪里去，这里不能通行，回去，回去！"

一只粗大的手掌抓住她的肩头，把她推到有光亮的地方。这时候，听见一阵汽车的响声，回过头去看，只见一辆大卡车，车上满载着全副装备的警察，正开到后门边去。卡车的后板放下来，一群警察匆匆地跳下地面。

"捣乱分子，都把他们带走！"

嘴里大声地叫唤着，把几个双手被抓住的人拉上车去。因为光线很黑瞧不明白，被带走的大概有两三个人。阿惠想，妹子一定在这里边。

"不要待在这儿，快跑开。"

她被人推了一把，就冲进了从大门口涌出来的人群中。

"阿姐，勇敢点儿！"

在阿惠发热的头脑里，听见群众中有人这样叫唤。

"说什么？"

警察把阿惠放开，伸出两手去拨开了几个人。

"刚才说话的是不是你？"

他把手伸过人群的头上去抓人。

可是被拨开的几个人把身体紧紧地靠在一起，不让警察侵入到人群中去。这些人看样子是码头工人，挺起着又粗又厚的肩膀。

"往哪里走！"

警察急忙踮起身子寻找。这期间，那个说话的人在人群中把脑袋一缩，立刻不见了。

阿惠现在已经什么办法也没有了，她想哭，身子挤在人群中，被拥到热闹的大街上。警察在路边一字排开，瞧见有停留下来的人，便粗暴地推着。

后面，是捕人的警车，不断地鸣着喇叭，阿惠想站下来向车厢里望一望。忽然听见"喂"的一声，有人抓住了她的肩头。

（14）

阿惠吃惊地回过头去，把肩膀往后一挪。

187

"啊，佐佐木先生！"

这时候，她好像迷路的孩子忽然见到找来的母亲，真想哇的一声哭出来。这个人是常常同山田一起在阿惠家开会的工会里的人。

"我正在找你呀！"

再没有这句话更使她感到安慰的了，她想：这一回可好了。可是她一下子说不出话来，不知道说什么才好。

"妹子……"

她只说了一句。

"对！咱们上警察局要人去！"

"要人去！"

"大家都上警察局去，要求立刻放人！"

"喂！"

那人突然被警察在后面推了一把，一个踉跄，撞在阿惠的身上，两个人恰巧在人群中抱在一起，阿惠的脸撞在佐佐木的宽阔的胸头。

"不许停留！"

在这一刹那中，阿惠在佐佐木的胸头闻到一股男子的气味，心里不禁一怔。佐佐木慌忙抵住了身后的人潮，但这只是很短很短的一刹那，他们便分开人群，急忙向外走去。

现在，他们一前一后地走，阿惠一落在后面，佐佐木就回过身来等她。

"干吗走这样慢？"

他伸出手去，阿惠就拉住了他的手。

"这样行了吧！"

可是仍旧有人挤过来，挤在他们中间，把他们隔开。每次，他们都使劲拉紧了手。佐佐木同山田不同，他原来是一家罐头厂里的工人，他的手又粗又厚，阿惠从小做庄稼活，手指也粗大，可是在佐佐木的手中，却只是小小的一握了。

捕人的警车走得比人还慢，喇叭不断地叫着，在人群中很难前进。当阿惠他们走了有半里地的时候，载着警察和被捕者的警车，才从后面很快地开上来。阿惠找不到安子的脸，但当车子开上前去的时候，她才看到车上有一个穿女服的人，只是一瞬，就开远了，再也望不见了。

"啊，一定在那里！"

两人同时叫了。

一走到十字路口，行人已经不那么拥挤了，他们拐过了转角。这时候，忽然发现两个人的手还拉在一起，大家都感到不好意思，便同时把手分开了。手心上都留着对方的汗水。佐佐木像孩子似的红了一下脸，在灯芯绒裤子上轻轻擦了一擦手。

"看样子我的几个朋友也给逮走了。"

他觉得不能不说话，便这样说了。

"能不能马上放出来呢……"

阿惠眼睛没向男的望，说了。

"马上能出来，他们什么事也没犯呀。"

"……"

阿惠一边走，一边紧紧身上的衣带，理一理头发。

又走了一段路，后边又来了一个穿雨衣的像学生样的人，也是两手被捉住的，给撺上了逮走的。那学生见了他们两人，苍白兴奋的脸上露出勉强的笑容，匆匆地走上前去了。

阿惠好像见过这个人，对啦，就是从前在札幌法院的走廊下！这样看来，所有的人，都有一条眼睛看不见的带子互相联系着的。阿惠心里这样想。

（15）

　　快到警察局的时候，阿惠忽然觉得不安起来，总之，这是一种使人透不过气来的惶惑不安的感觉。

　　"喂！"

　　"什么？"

　　佐佐木回过头来，可是阿惠却不知道怎样说才好，立刻羞红了脸。

　　"呵呵，你累了吗？"

　　男的笑了。

　　"能喝一杯水就好了。"像开玩笑又像认真地说。

　　"不知道！"

　　他笑得更大声了。

　　一到警察局，佐佐木好像很熟悉，向里面走进去。因为到了有灯光的地方，阿惠把和服的大襟好好地合了一合，又紧了一紧松弛的腰带。佐佐木把门推开了半扇，在门口等着她。

　　特高室在楼上，管收发的警察一边打哈欠，一边不客气地打量着阿惠。听见楼上有大声谈话的声音。

　　妹子大概就在楼上。

　　跟着身腰魁伟的佐佐木走上楼去，阿惠心里扑扑地跳。

　　特高室里有七八个工会的人，刚才上过讲台的那两个背着孩子的女人也来这里要人。他们瞧见两人进来，都很高兴，可是那些来要人的工会的人，尽是"反对新党"的人，站在委员长方面的合法派却一个也没有。

　　山田大概也被逮起来了，并不在这儿。安子是在讲台上给逮起来的，大家都亲眼瞧见，所以山田不在这儿，一定也是被捕了。

几个穿白衬衫的特高警察，见了他们两人，讨厌地说：

"又来啦？早对你们说过，来也没用！"

"快回去吧，明天放他们回去。"

"哼，总是老一套！"

那个手里抓着帽子这样说话的，也是山田和佐佐木他们的同志。

"并不是老一套，这是道厅特高科的命令，我们也不能做主。"

"你们就说道厅、道厅，逃避自己的责任！"

这样说时，一个高个儿小眼睛的特高警察立刻怒声地说：

"你不信给道厅去电话。你们这些人，就是吵闹到天亮，不成还是不成！"

"那跟道厅又有什么关系呢？"

佐佐木插进去说："上讲台就逮，谁在那里嗓子大一点儿就逮，谁甩一甩胳臂就逮，为什么这是道厅的问题？这难道不是你们的主张？"

"喂，你是佐佐木吗？"

"是啊。"

阿惠有点儿担心，拉了拉佐佐木的后襟。可是兴奋的佐佐木却不自觉地把手伸过来，碰上了阿惠的手，甩开了。

"哼，这种地方，你还是少来吧！"

那特高警察上唇上露着奸笑，走到佐佐木面前来。阿惠不由自主地拉了一下佐佐木的手。

"我要来，是我的自由！"

佐佐木大概没有觉得自己的手给阿惠拉住，使劲地用了一下力，痛得阿惠几乎叫出声来。

"好吧，你要来你就来……"

特高警察又奸笑了一下。

（16）

"你们光为了工人的利益，闹罢工、开演讲会都没有关系，可是利用了这个……"

"我知道。"

佐佐木讨厌地挥了一下手说。

"喂，佐佐木，你还是少上这儿来，你自己心里也明白……"

他暗暗吃惊，心里想，说不定还有更大的阴谋。山田跟安子他们只是拘留一下还不打紧，如果真是道厅的特高科特地派了人来的，又看现在他们这种口气，事情可不简单了。

"不管这些事，你们到底逮了些什么人？"

"这个，现在还不明白，还没有审问过，反正，马上就得办呢。"

大家心里更气愤了。

"告诉我们，现在在拘留所的都是谁。"另外一个工会里的人说了。

"这个也不知道。"

"既然来了，就查一查吧。"

"既然来了，那是你们的事！"

那特高警察卷一卷白衬衫的袖子，哼哼地笑了一笑。

"喂，别说废话啦。"

"我们才不说废话哩。"

"呸！"

一个年轻的工会会员把抓在手里的帽子叩叩台子。

"喂，井上先生。"

192

佐佐木瞧见常上工会来的那个特高警察正在人群的后面，便回过身来招呼他。

"有一个女子，叫田口的在这儿吧。"

那个叫井上的特高警察做了一个暧昧的脸色，向自己的同事瞧了一眼，说道：

"问这个干什么？"

"不为什么，她刚讲完了话，只为了留在台上，就被逮起来了，这是她的姐姐，放她回去吧！"

特高警察把椅子移了一把，望了望在佐佐木身后的阿惠。

"好漂亮的姑娘！"

"说什么漂亮不漂亮，放她妹子回去吧，她妈妈可担心呢，只不过是一个女子……"

刚才那个特高警察就冷笑了一下：

"那不是山田的情人吗？一个女子，可厉害着呢！"

"这跟被捕有什么关系？"

"老兄。"那特高警察变了腔调说，"你心里明白，田口他们已经逮来了，我们要问一问，自有正当的理由，便怎么样呢？"

这时候，佐佐木感到自己的脸色有点儿变了。

"可是你们有什么正当的理由呢？"

"哼，有就是有。"

特高警察又变换了别的声调，冲口地说出来，回答了佐佐木的质问。

走廊里时时地发出杂乱的脚声，被捕的人一批批给带进来。

"我们要见局长。"

那个手抓帽子的工会会员说。

"局长已经下班了。"

"你们干的好事！"

于是，一个特高警察大声地笑了：

"正如你们的话：警察就是地主、资本家的走狗嘛……"

（17）

大家这样地在特高室强硬交涉了两个钟头以上，什么都推到道厅的特高科，没有得到任何结果。大家没有办法，决定回去，明天再来交涉。

走到门外，阿惠感到浑身困倦，眼睛发干，头脑中散发出不愉快的疲劳。仅仅在几个钟头之内所发生的事情，在阿惠都是头一次的经历，一切都是太强烈了。

两腿感到有点儿虚飘，明明是自己的腿，却不由自主地感到失掉了气力。她一只手捂住了自己的脑门，一只手抓住了佐佐木的上衣。

跟大伙分手的时候，一起去的那位妇人一边摇晃着背上的孩子，一边鼓励着阿惠。

"他们都是为了我们……"

那妇人带着抱歉的口气说了。

最后，只剩了阿惠和佐佐木两人在一起走，一路上，佐佐木一次次对她说：

"坚强点儿，坚强点儿！"

可是这时候，阿惠听了这样的话，觉得难受，她实在是困极了。

"妹子明天能出来吗？"

最后她自言自语地软弱地说。

"一定可以出来！"

194

"……"

不知什么缘故，阿惠总觉得妹子是出不来了。

"这回的事，对你妹子很好，你妹子还是头一次蹲拘留所，大家都是经过这样锻炼才变成战士的呀。"

阿惠也明白，事情也许正是这样，可是这样的事落到自己妹子身上总觉得有些害怕。

穿过一条黑暗的豁子口的小道，那里是工人区了。这时候，家家户户都关上了门，睡得静悄悄的。两个人走着走着，耳朵里只听到自己的脚步声，两人暂时没有说什么话，兴奋的神经渐渐安静下来。可是阿惠想到自己现在也卷进了一件不知怎样才好的大事件里，看着走在前面的佐佐木的结实的肩头，觉得这是最有力量的依靠。

"明天再上警察局去吗?"

"去呀，可是不要在晚上。"

"下班就去。"

"好吧。"

"我也去。你去的时候，带些手纸和面巾，假如明天出不来，就给送进去……还有，妹子的事你可不要对你妈说起。"

"对，一定不说。上次她知道妹子跟山田在一起，就好几天躺在床上，吃不下饭。"

"对啰。"

已经快到阿惠的那个小楼，可是过去还得走好些黑暗的小路。

"送你到家吧。"

佐佐木把落拓的上衣领子整了一整，缩住肩头。是深秋的气候了，晚上又特别冷，走到阴暗的沟板上，佐佐木站下来，伸出手说：

"当心些。"

"你放心，已经习惯了。"

阿惠发出坚定的声音说了这句话后，自己也感到一惊，在暗中感到脸红。

"怎么啦?"

佐佐木握住阿惠的手，扶住了她的身子，一次一次地对她提醒着说"这儿有一个窟窿""这儿是水洼"，口气有一点儿不像平时的佐佐木，也有一点儿故意开玩笑的地方。阿惠陷在一种非常微妙的气氛里，又感到害臊，又感到心头涌上一阵欢喜。

（18）

第二天又上警察局去，被捕的人有四五个放出来了，没有释放的好像还有四五个，安子也是属于没释放的一批。阿惠送去了手纸和面巾，又顺便到妹子的住处去看看，以为山田也许没被捕。

从后门绕过去，推开了门，房东家的早熟的孩子从屋子里探出头来张望，接着就说：

"谁? 是安姐的姐姐吗?"

说着，便走了出来说："我还当又是特务呢。"

"是吗?"阿惠笑了。

"昨天，来了四五个特务，把楼上全抄过了，倒腾了一通就走了。"

阿惠抬头向楼上望了一望，不安地皱了眉头。

那孩子又小声地说：

"昨晚上山田跟安姐都没有回来，我想一定是两个人一起被捕了。"说着，就好像很懂事似的歪着脑袋。

走到楼上看看，屋子里乱糟糟的，抄了一通家，扔下来就跑了。从书箱中翻出来的书都乱丢在席子上，打开壁橱的门一看，只见被

196

服团成一团，塞在里面，行李包也半开着，露出了里面的东西。站在这一堆杂乱的东西中，好似望着刚刮过飓风的田野。这事情不简单，看起来，妹子一下子是不会放出来的了。

回到家里，佐佐木来了，正在等她。因为母亲在屋子里，两个人说话不便，就向母亲推说去买东西，同佐佐木一起走出来了。

"怎么样？"

"我有点儿担心，看来是不会放出来的。今天从警察局回来，到阿安的住处去看了一看，屋子里给抄得乱糟糟的！"

"嗯，抄了家啦？"

"是！"

"对，这不是简单的拘留，既然抄了家，问题就……"佐佐木说了半句，便独自深思起来，"说不定，我也有点儿危险……"

"是吗？"

阿惠在暗中仰望着佐佐木的宽下颏的面孔。

"我虽然不明白事情的性质，可是总感到有些担心……"

"我也有点儿感觉到，上警察局去的时候，那特高警察对我说话，神气有点儿不对。如果这样，就得有个准备才行。警察局把那些普通的听众和工会里的所谓稳健派放出来了，可是有'反对新党'嫌疑的人，全留下没放，可见他们知道了反对派的活动，要大干一场呢……"

这时候，他们已走到有灯光的大街上，便回头走向原来的地方。

"他们就把我们'反对派'叫作共产党！"

佐佐木跟昨天不同，变成非常严肃的样子。

阿惠觉得自己感情上有一点儿不满足，自个儿感到害臊。

"那得立刻采取对策，明天晚上得借你的地方谈一谈。"

佐佐木走到阿惠家的门前，说了这样一句，就匆匆忙忙地回

197

去了。

　　阿惠失望地站下来，望着踏响着沟板走去的佐佐木的后影，然后，轻轻地叹了一口气，慢慢地跨上阴暗的楼梯。

（19）

　　母亲已经睡了。

　　阿惠觉得有点儿累了，想上浴堂去洗澡，绕到母亲盖着的衣服里去取钱。走到桌子边，看见桌上放着一张字条，是用铅笔写的，不知是什么条子。

　　惠姐：

　　条子头上写着大大的不整齐的笔力雄健的这两个字，首先投进了她的眼里，阿惠感到心头剧烈地一跳。

　　　　说话不便，我写了这个条子，很久以来，我就爱上了
　　你，不知你有没有感到。
　　　　说出嘴来害臊，请你也写一张条子给我。
　　　　虽然现在不是时候，可是我终于鼓起勇气，留下这个
　　条子。

　　阿惠没看清下面的署名，可是立刻想到，留下这个条子的是佐佐木。她这时候才了解为什么刚才分手的时候，他那样又认真又发愣的奇怪的神气。阿惠手里拿着这张字条，心里慌慌地向四边扫了一眼，好像怕给人瞧见她害羞的样子，不自觉地走到屋子角落放着

198

一架粗陋的镜台（如果它可以叫作镜台）的地方，背冲着镜台，又重新慢慢地，一个字一个字地把条子看了一遍。

然后，又带着一种平静不下来的心情坐到桌子跟前。

这晚上，她就在桌子前一直坐到睡觉。

第二天晚上，阿惠从工厂回来，打开门，就瞧见门口的泥地上乱纷纷地放着好几对木屐和皮鞋，大伙儿都来了。

阿惠站下来屏住了呼吸，然后抬头望望楼上，不知什么缘故，在黑暗中，她清楚地听见自己心脏扑扑地跳动。

这种事情，对阿惠还是头一次。过着那种不见阳光的生活的她，过去对于山田也曾有过一种可以依靠的感觉，但那是另外的一种感情。昨天晚上她一夜没有好睡，今天上工厂，一整天只是迷迷糊糊，留心一想，正在想着佐佐木。

当她茫然不知怎样才好的时候，就坐下来脱去自己的木屐，放在佐佐木那双走了样的破旧的皮鞋边。

"一定是我也爱上他了。"

她极力不发出脚音，好像走到不得不去的可怕的地方去似的，走上了楼梯，她觉得一打开房门佐佐木就会看到她，便打算低着眼走进去。

她好几次用手去推门又缩了回来，最后下决心走了进去，透了一口气说：

"晚上好……"

她感到屋子里的灯光比平时都明亮，一下子就映到她的脸上，在向下的眼睛边，立刻感到佐佐木的目光射了过来。

一直等他们开完会，阿惠都背冲着大伙坐在桌子跟前，感到浑身紧张。可是正在讲话的佐佐木的一举一动，好像比正面瞧着还清楚，连每一个细小的动作都能感觉到。佐佐木大概也在惦着阿惠，讲话的声调时时发生变化，偶然说出平常不用的语汇来。

会完了，大伙一个个回去了，只有佐佐木留下来。

（20）

当开完了会，第一个人走了，第二个人走了，阿惠心里有些发慌，但同时也有一种等待的心情。等到只留下来佐佐木一个人的时候，就感到冲向那一边的自己的脊梁，紧张得像一块木板一样。桌上打开一本书，一页也没有翻过，一直只是愣生生地瞪着，一行行的文字化成三行四行的淡淡的影子向旁边溜过去，又溜回来，重叠在一起。

她害臊得连耳朵背后也红了。

她听见佐佐木把手放进衣服口袋里或是什么地方，改变了坐姿，两脚在席子上移动，以后又搔一搔头，发出清楚的声响。席子咯吱地作声，他站起来了，腿骨嘎啦地响了一声，又用手拍拍自己的裤管。

"喂……"他说话了，清了一下嗓子，"你写了吗？"

最后，佐佐木向阿惠那边走过去。阿惠保持着原来的姿势，没有吭声。

"怎么啦？"

佐佐木蹲在阿惠身边，望着阿惠在看的书问，声调中含着一种小心而迟疑的口气。阿惠一阵激动，满脸发烧，胸头扑扑跳，好容易才转过脸去。

"没有写吗？"男的这样说了一句，便沉默了。

阿惠觉得自己似乎太不对了，慌忙回答道：

"没有写。"

"没有写？为什么？"

"……"

"你要是不愿意，我也不会强迫你。是或非，你得回答我呀！"

"我明白了……可是，我没有写。"

佐佐木两眼不眨地注视着，觉得阿惠的脸比她妹子还美，要不是仔细瞧，这种美是瞧不出来的。眼睛、嘴唇、耳朵，每一件都跟安子不一样，在她的浅黑色的皮肤下藏着一种说不出的美。这使佐佐木暗暗地吃了一惊。

"那么，你不过没有写罢了。"

他的话声立刻轻松起来，伸手攀住阿惠的肩头，把她拉到自己身边。阿惠把这边的肩头缩了一缩，让开一边。

"怎么啦？"

佐佐木轻轻一笑，又把阿惠的肩头拉到自己的身边。阿惠保持着原来的姿势，仍旧把身子移开去了，一直退到桌子的边上。佐佐木继续地拉她，立刻发现了她的羞红的耳朵，感到说不出的美。

一直让到桌子边，再也没有地方可让的时候，两个人都笑起来了。这时候，佐佐木就轻轻地抱住了阿惠，站起身来。

"啊哟！"

阿惠把被抱住的身体扭动了一下，便害臊地把脸埋在男的胸怀里。

"呵呵……"

佐佐木笑了，兴奋得喘起气来，开玩笑似的在屋子里走了几步，又重新把阿惠的身体抬高一点儿，把自己的脸埋在阿惠脖子上。每当须根子刺痛了阿惠的皮肤，阿惠便把身子缩了一缩。

"妈妈快回来了。"阿惠小声地说。

（21）

安子他们在警察局的后门口下了捕人的警车。

"喂，这是你的袖子吧?"警车上的警官晃着一个布片问。

"是我的。"

"把人家的衣服都撕破啦!"

别的同志一边拍着身上的土，一边七嘴八舌地说了。安子是头一次给逮到警察局，因为跟大家在一起，她不但没担什么心事，反而感到很兴奋，满身都是劲儿。

他们被一个个地关进了拘留所。

"开一开门。"

押解的警察打开玻璃门上的小窗口向里面叫了一声，里面就发出哗啷啷的钥匙声，把重重的门吱一声打开了。

"进去!"

安子给推进里面，一眼望去，挂着大铁锁的厚板门的监房，一排四间，门下面有通风的空隙，门旁边还有五六寸见方的小洞，那一定是送饭的地方。每间监房前放着四五双烂草鞋。见不到里面的人，走道上发出一股扑鼻的臭气。

安子一进来，有些监房里就发出说话的声音。

"喂，说什么! 想挨揍吗?"

坐在桌边的警察忽然高声地嚷起来。

"进来一个女的，马上就这样，不要脸的家伙!"

这时候，门上挂着"第一号"牌子的监房里就有人叫:

"班长，上茅房! 肚子不好，要拉出来啦!"

"不行，规定时间之外不行! 要拉出来就在里边拉。"

监房里面的人又要求了几次，警察没有搭理。

"姑娘，上这边来。"

那警察打开了本子，让安子站在桌子前。

"把带子解下来。"

可是抬起眼来，瞧见安子还是站着没动，便说：

"你还是头一回吧？"

"嗯。"

"对啰，交上坏朋友啦。带子解下来，把身上带着的东西全交到这儿。"

安子不懂拘留所的规矩，觉得解带子是老大的侮辱。

"身上什么也没有。"

"胡说，没带东西也得把带子解下来放在这儿，监房里不准系带子。"

没有办法，安子只好害臊地解开了带子，拿出钱包、手纸，把没有撕去的一只袖子张开来给他看。

"衬衫带子也解下来。"

"衬衫？"

安子冒火了。

"没有什么害臊的，你不是给那些搞运动的男人当公妻的吗？共产党就是这一套。"

"胡说什么？"

"好厉害的娘儿们。"

警察粗暴地把安子的身体拉到自己面前，一把拉掉了她的衬衫袖。安子吃了一惊，连忙把两手护住自己露出的胸部。这时候，她觉得一边的耳朵啪的一声响。

203

22

当安子被打的时候，全部给分别关在各个监房里的演讲会的被捕人，都敲着墙头嚷起来：

"野蛮！野蛮！"

其中也有山田的声音。

因为大伙儿一下子都吵起来，看守就慌得没有办法。外边一阵皮鞋声，不值班的看守听见里面的吵声，就跑进来从小洞口张望。

"是那些演讲会的家伙吗？"

"嗯，今天说不定还得进来一些大家伙！"

看守来不及讯问安子的籍贯和住处，就把她关进挂着"保护室"牌子的监房里。安子裹住衣服的前襟走进里面。屋子里有一个四五十岁的、模样文雅的妇人，一个十八九岁的头发蓬乱、脸色浮肿的女子，还有一个六七十岁的老婆子，开头没有发觉，在角落上像包袱一样团成一堆伏在那儿。三个人一齐抬起头来望安子，她低下了头，马上在门边坐下来。

"不许乱说话！"

看守这样吆喝着，带着一股风，砰的一声闭上了门，故意搞出咣啷的声音，把铁锁锁上。安子一边的脸留下红红的痕迹，有点儿肿起来了。

"刚才说话那么神气的是谁？要请你们一个一个出来去拜访她吗？"

看守手里玩弄着钥匙，在每个监房里张望了一会儿。

"班长，真的要上茅房，要拉出来了。"

"拉就在里边拉吧，在规定时间之外，绝对不行！"

安子默默地坐着，眼睛落在坐在对面的女子的膝头上，只见她衣服上的粗花纹变得模糊了起来，混成一团，心头一阵懊丧，眼泪簌簌地落下来了。泪水顺着脸蛋流下，在鼻尖边稍稍经过曲折，流到口角上带来一股咸味。安子心里一股气愤，自从长大以后，还没有这样地哭过。真气死人，被那种虫豸一样的狗才打了耳光。

"你给打了吗？"

在静静的拘留所里，发出意想不到的文雅的声音，是那位四五十岁的妇人向安子说话。

"咳，就是那个畜生！"

对方那个女的，见安子那种激烈的样子，吃了一惊，接着还准备说些什么，却没有说，只是怜悯地望着她。

在规定睡觉的时间以前，从第一房开始挨次放人上茅房。安子抬起了身子，很艰难地斜望着，看哪个房里关着些谁。有毛胡子尖眼睛的，有头上包着头巾的，一个个在门外走过去。第一房里关着两个一同被捕的人。她感到有点儿羡慕，想：一个房里有两个同志，就不那么寂寞了。

第一房的人放完了，接着是第二房，一看，山田就在那儿，他的神气非常坚定，还不住地向安子这边望。安子忙把一只手攀到格子上，可是还看不大清。

最后，放了女的。当安子走过别的监房门前时，就故意咳嗽打暗号，马上，大伙就一个个咳嗽着回答她。

"坚强点儿！"

第二房里，发出低低的声音，是山田。这声音使安子像感触了电气一般。

"喂，干吗？快走！"

安子哼了一下，摆一摆肩头，走进了茅房，慢慢地蹲下去。

（23）

睡下了，毕竟还是睡不着，盖在身上的毛毯是发潮的，又有很多各色各样的污渍，发出臭气。过了不一会儿，身体下面就蠕蠕地动起来，还不到一个钟头，安子被蚤咬了。在毛毯上坐起身来，可是咬过的地方却痛得厉害，不像是蚤咬的。

"怎么啦？咬了吗？"

那位文雅的太太样子的女人，看来也没有睡着，从枕头上抬起脑袋来问。

"咳，痛得厉害！"

"是臭虫呀！"

"是臭虫吗？第一次咬，怪不得！"

"这小樽是一个海港码头，又有很多朝鲜人，臭虫可多着呢。"

安子站起来，把衣服的前襟抖了一抖来看。

"你这样搞可不行呀！"

看守从门外张望进来：

"干吗？赶快睡觉！"

他一眼望见那个十七八岁女子的睡相，便说："成什么样子，这女人的睡相！当破鞋的家伙就是不要脸。六号，把毛毯给她盖上。"

那位文雅的太太便默默地扯直了那女子劈开的大腿，给盖上了毛毯。

安子心里想：哼，明明你自己也喜欢这种女子。说不定她跟自己一样，也是贫农家的姑娘，没有吃的，为家里的人劳动，结果就堕落成这个样子。

躺着，呆呆地望着房顶，想起种种的事情。经历了不少的事情，终于躺在这种地方，今后很长的时间，一定会留下深刻的印象。监房里为了便于监视，通夜开着电灯，可是那灯光比月色还暗。从安着铁栅的窗子里，斜斜地映进月光，在左边的墙头上，落下一块菱角形的光。映在墙上的歪斜的铁栅的影子，正好像今后一有机会就会遇到的记号。

山田不知睡着了没有，他已经有过多次的经验，也许已经睡着，正在梦见什么，也许正在担心第一次经历的安子，还没有睡着。

姐姐现在不知在怎样地担忧。她是出席了演讲会的，自己在讲台上被捕，她一定不会不知道。安子好像看见正在坐立不安的姐姐。

安子这样地想着，不知不觉地落入了浅浅的睡眠。可是每次拘留所里送进醉汉或小偷的时候，发出沉重的开门声，看守的粗暴的吆喝声、打人声、醉汉的叫嚷声，便把她惊醒过来。睡得不香，接连地做梦，这是一种醒过来马上去想，可是想不起来的梦。受过巨大刺激后的一种奇怪的疲劳，使她的脑袋涔涔发痛。

不知是什么时候，听见女人的低低的啜泣声，安子又醒了过来。抬起头来看，又送进了一个女子来，正站在看守的面前。

"什么也没干？胡说！你不干什么，人家会把你带来吗？你不是在公园图书馆后面搞鬼！什么，还是什么都没干？好，不对你说了。到明天早晨，你好好想想，究竟干了什么，真是莫名其妙的女人，糊涂得什么都干出来了吗？"

看守用猥亵的口气说了最后的一句。

不一会儿，那女子给送进了保护室来，像是什么公司银行的女职员。那女子坐着哭泣，一直到天亮。

第二天吃过早饭，安子给带出去讯问了。

早饭装在一只油漆剥落的木盒子里，揭开盖子，漆黑黑的，大部分是大麦。小小的一格是装菜的，上面像吃剩似的装着几片腌茄子，外加一碗开水，这就是早饭了。

安子打开盖子一看，一点儿也引不起食欲。看那位文雅的太太式的女人连打开看看也没有，就把它推到旁边去了。昨晚上深夜进来的那个女子也没有去看看早饭。这女子，在安子被带去讯问以前，就放出去了。

打杂差的从小洞口说：

"谁有多余的饭拿出来，这边有的是吃不饱的人呢。"

他把女人们的饭盒拿走了，那时他又压低嗓子很快地说：

"有个叫田口的女子吗？山田告诉她，要顶住，只说什么都不知道。"

安子被穿白衬衫的特高警察带着上楼，一边走一边反复地记住这句话。一间铺席子的屋子里，大概是值班室，中间放一张小小矮桌，桌前坐着一个短胡子，也穿白衬衫。见她进来，哼哼地笑了。这个人跟他的职业不相称，没有那种奇怪的共有的凶相，倒是出乎意外的一个漂亮男人，长得非常端正。

"拘留所滋味怎么样？"

一边在烟卷上点火，一边皱了一皱眉头。

"头一回，不好受吧。"

"没有什么。"

"没有什么？真了不起，不想早点儿出去吗？"

"当然想。"

"厉害的女将，看来也是想早点儿出去的。"

那个漂亮的特高警察，露了一下洁白的牙齿笑了。

"可是有山田在一起，蹲拘留所也不寂寞吧！你们是不作兴叫情夫情妇的吧？"

"……"

安子心里发闷，这家伙到底要问什么呢？

"我要求快把我放出去，只是讲了几句话，把我关起来没有道理的。"

她很快地说了这句话，心里一阵激动。

"最近你们也不大上工会办事处去，这是为什么？在什么地方，另外还有办事处吗？"他这样说着，最后又加上一句含糊的话，"比方，谈情说爱的办事处……"

安子一下子就明白了。他们想知道"指挥部"——秘密的办事处的地址。因为山田他们反对大山派"建立新党"，可是工会倾向支持新党，他们当然另外有秘密办事处进行地下活动。警察局是要趁这次捕人的机会查明这个地址，为了证明他们与共产党的联系，找到确凿的证据。

"我们就住在自己的家里，再没有另外的地方。"

安子这样回答之后，对方便笑了一笑。安子又说：

"我加入工会没干多少工作，一个女子，什么也不知道。"

"说得好听！"

那警察用火柴杆挖着耳朵，斜眼凝视着安子。

（25）

"假使你只是一个家庭妇女，也许不知道丈夫干的事。可是我们

209

有许多证据，你经常上工会中动摇的会员那儿去做家庭访问，宣传新党怎样怎样不行，可见你跟男人是一起干的。"

安子听了这话，心里有点儿紧张，可是嘴里却说：

"不知道，我在外边联络，只是为了发展工会，复杂的道理我可不懂。"

说着，她又向特高警察瞥了一眼，问道：

"你说新党，新党是什么呀？"

"你这家伙，想不到那么狡猾！"

那个漂亮的特高警察便抬起头来望一望站在旁边的同伙，笑着说：

"瞧不出这个女人可是不好对付，一味胡说八道，叫她尝点儿滋味吧！"

站着的那个特高警察从挂在墙上的许多竹板中摘下了一条，握在手里扬了一扬。

长得漂亮的那个，玩弄着桌子上的铅笔哼哼地冷笑着。

"我们正想听听你对新党的意见。你要不把开会的地方说出来，那就只好不客气了。说不定十天、二十天、一个月，请你留在这儿。你们在什么地方开会，有些什么同党，我们都知道。你不说，我们也不问了，反正已经知道，不问也成。好吧，你……"

说着，就站起身来，伸手摘下挂在那儿的上衣。

"好，你把她送回去。"

"浑蛋！站起来，回到监房里去。"

安子叠一叠没有系带子的衣服，站了起来，心里带着一种奇怪的不安。这种留在心里的不安的感觉，比遭打还难受。

"好吧，蹲上十天二十天，好好想想，打定了主意，哪天说出来都可以，马上放你出去。"

在门口蹲着身子穿皮鞋的那个特高警察望着安子的后影，又补充着说。

为了这样不得要领的讯问，为什么把自己从监房里提出来，难道是开玩笑，还是只是认认面孔，便于今后进行监视吗？真的会在这儿待上那么久吗……安子捉摸不定到底是什么用意，感到很不安。

走到拘留所门前，那押送的特高警察叫开了门。安子走进去，看守在她的袖子里、腰膊上抄了一抄，便问：

"挨了揍吗?"

安子没有回答，却说：

"让我上茅房。"

不等看守回答，她就到茅房里去了。从茅房出来，特地在第二号监房门前站了一站，让山田瞧见自己是安全无恙。侧耳一听，听见山田低声地很快地说了什么，可是没有听清。

这样，安子就在拘留所待了四天。这期间，山田上讯问室去了好几回。

第五天早上，看守叫她出来，以为又要讯问了，心里一惊，觉得这一回一定不简单了。可是出乎意外，把她放出来了。

同时，山田跟全部被捕的人也一起释放了。

7. 暴风雨

（1）

　　这一年过得挺快。

　　阿惠和安子接连碰上了各式各样的事情。任何一件事，在过去是完全想不到会落到自己的身上的。

　　山田和安子他们从警察局出来以后，工会便提高了对他们的警惕。可是那位样子很和气的委员长，有一天说，想约山田去饭馆子里吃一顿饭，山田觉得有点儿怪，便一起从办事处走出来。

　　委员长哼哼地笑着，说上安子从前待过的那家饭店里去。

　　山田已经好久没上那家饭店了。

　　"啊，山田先生！"

　　饭店主人正坐在账台上，马上做出欢迎的表情，一只手提着算盘，套上木屐走了出来。

　　"好久不见！"

　　山田有点儿脸红。

　　"嘿，山田先生也是注重现实利益的人呀！"

　　委员长把胡子脸牵了一下，便哈哈地笑起来。

"哪里的话，我们的饭菜太差，配不上胃口啦……"

"得啦，得啦!"

山田说着，便在从前坐惯的座位上坐下来。

委员长要了酒，这表示他有重大的问题要谈了。山田跟喝药似的先用舌头尝了一下，然后喝了起来。

"我现在要同你谈的是……"聊了一套闲天之后，委员长忽然把眼皮一合，说出来了，"我干工会多年，看得很明白，你们是在继承'三·一五''四·一六'的人们打算二次，不，三次重来。我今天对你说，不是为了我自己的利益，在目前这情势下，你们的工作还来不及扩大到群众化，又得打垮。跟'三·一五''四·一六'的时候一样，我在旁边看得很清，不能不说。"

委员长合着眼皮慢慢地说了。

"你看我，算是一个真正的工人。也许你会说，只是一个老式的、带着很大的封建性的、家长式的工人。凡是工人，大半都是讲现实主义的。'三·一五''四·一六'所以失败，就是见不到工人的现实性……"

这话他今天不是头一次说，委员长一向自以为是工人出身，是他说话的唯一的根据。

"你知道吗? 在工会里，发现了一张新的《无产者新闻》，警察局对你们非常注意。在东京方面，查到了一个从小樽送去的报告，他们怀疑是你们干的事，正在进行调查。你们只要两三个人在一起走，背后就有人盯梢。我担心你们，什么事还来不及干出来，就会被捕，一被捕就是几年出不来，实在对你们可惜……"

山田没有作声。这委员长人挺和气，并不讨厌，可是骨子里是一个彻头彻尾的合法主义者，他知道：对于这种家长式的人，是没法叫他了解自己的主张的，问题是他背后的几千群众。况且他们最近才和中央取得了联络，今后，正可以认真地进行真正的组织工作。

委员长见山田一句话也不说，感到有点儿寂寞，也就不作声了。

（2）

委员长打算明年秋天竞选市议会的议员，因此，任何一件小的劳资纠纷、一件罢工案子，他都想加以利用。纠纷闹大了，罢工委员会闹凶了，工会原应该积极去指导、去支持，却相反地去压制，只图一个大事化小、小事化无。从中央秘密派来的共产党的组织者，为了使反对新党的运动变成群众运动，总是抓住这类纠纷和罢工的机会，彻底揭露他们合法主义的真相、勾结资本家的叛变行为，证明只有反对新党的人，是真正代表工人阶级的利益，不取得最后胜利决不罢休的。

山田他们就是根据这一方针，准备重新有计划地进行工作。

当前紧急的问题，是在新劳动党开成立大会的时候，必须极力反对派代表去出席。工会代表大会马上要开了，必须在这次大会上提出充分的理论，以群众的力量，反对派遣代表，现在就做这个准备工作。

委员长见山田不作声，就明白了他的真意，再没有说别的话。从这次谈话以后，委员长的态度马上就变了，过去虽没有表示过显明的敌对态度，可是从此以后，就开始显出积极的恶意。抓住各种各样的机会，造山田他们个人的谣言，说他们都是知识分子，是不懂得实际运动的教条主义者。又牵涉到安子，说他是玩弄女子的人。还说山田他们是有阴谋的，上了他们的当，就得去坐牢。

过了不久，快到冬天了。在冷雨潇潇的一天，安子到反对派的会员那里，去通知了为研究对总会的方针，在姐姐家里开会的时间，绕道回家。刚拐到自己住处的那条胡同口，遇到房东家那个早熟的孩子正站在那儿张望。他瞧见安子的影，马上跑过来了。

"出了事啦！出了事啦！"那孩子气喘喘地说。

正当风声鹤唳的时候，安子猛地一惊。

"刚才来了十来个特务，把山田先生捆起来，坐着汽车逮走了。还在打听你上哪儿去了，这会儿屋子里还留下两个人等着你回去呢，你回去太危险，我刚才就在这儿等着你哩！"

十个特务，汽车，两个人留着等自己回去！这跟平常都不一样，看来绝不简单。早几天山田就说过不久就会到来的暴风雨终于到来了呀，看这种来势，也许不仅仅在小樽一处，可能是全国性的。

对啰！不能这样待着，应该去通知好些同志，一不小心，大伙都会被捕的。

"谢谢你！"

安子不觉摸了摸平常不大喜欢的这个早熟的孩子的脑袋。

首先她想到赶快上佐佐木那儿去，如果他们也打算逮捕佐佐木，那么，事情就很明白了。可是再想一想，也不能冒冒失失去佐佐木那里，这是十分危险的。

那么，到哪儿去呢？

她想了一下，觉得站在这地方是最危险不过的。

她想到上姐姐那里去，那边是目前最安全的地方。

（3）

安子小心翼翼地走到姐姐家附近，抬头向楼上望了一望，看准了屋子里的形势，便推门进去，门口土间里没有异常的情况。

"在家吗？"

为了小心，她从下面叫了一声。

楼上纸门推开了，佐佐木在楼梯口往下张望。

"安姐吗?"佐佐木低声问。

"嗯嗯，没有出事吗?"

"嗯!"

安子走上楼去，佐佐木第一句问她的话：

"山田怎么了?"

"被捕了。"

"被捕了?"

"我是来避难的，我怕这一回是大规模的呢……"

"好像是大逮捕……"

佐佐木小心地关上了纸门，然后把安子带进屋子里边。

"这回跟'三·一五''四·一六'一样，这样说你明白了吧。给逮住了的话，一定是长期的。"

这也正是安子担心的事，这样看来，山田也就跟"三·一五""四·一六"的先辈一样，要好久好久不能回来了。自己留在外边，千万不能给他们逮住。

"这我明白，不过这儿也不一定安全，得立刻想个办法才行。"

"对，同志们看来大多数被捕了，说不定留下来的就只有我们两个。"

"想个什么办法呢?"

"嘿，还有一个人是警察局不知道的，咱们躲到他家里去，让他去打听外边的情况，取得联系。在小樽这样的小城市里，要完全'埋伏'起来工作是不行的。让我们搞清大致的形势，再研究下一步的行动，你看如何?"

"我是没有什么办法的，除了这个也没第二条路，看来，这样最好。"

佐佐木不住地向窗外探望。

"不等到天黑不能出去，还得改一改装。"

"对，一被捕就得两三年。"佐佐木笑了。

"姐姐还没有回来。"

"是呀，伯母大概是上澡堂去了，我随便就上来了。可是出去以前，惠姐不知能不能回来。"

"是，说不定以后有好长时间见不到姐姐呢……"

两人带着不同的心情盼望阿惠从拣豆厂下班回来。

"现在这时候常常做夜工，不到九点十点不会回来也说不定呢。"

"可能，不过太迟了，出门也危险。"

两个人便详细地商量今后工作的步骤。

天黑了。佐佐木怕自己的影子落在窗子上，小心地拉上了窗帘才开了电灯。

到八点了，阿惠还没有回来。安子的脸色也变得阴暗起来了。

"好吧，我就在这儿留个条子吧。"

安子坐到桌跟前，在写留条的时候，不让佐佐木瞧见，偷偷地擦了几次眼泪。这在安子是少有的事情。

佐佐木站在她身后守望着，想到自己的心情，比她更苦。

（4）

阿惠终于没有回来，这一向她每晚都做夜工。快到年终了，得做种种的准备，牢里的哥哥快回来了，妹子什么收入也没有，得帮助她们一点儿，她就不管自己的身体，拼命多干活儿。

安子一边写信，一边望着放在旁边的书说：

"姐姐近来拼命读书……干活已经够累了。"她把一册册的书拿起来看，"都是你的书呢！"

佐佐木一直在等待楼下的脚声，他觉得今晚上如果见不到阿惠，一辈子就会见不到了。

等到九点，没有回来。不能再等了，两个人小心翼翼地走出门外。

那家人家，离阿惠的地方还有不少路，可是那地方不在工人区，比较稳妥。

在路上，两个人远远地离开着走。这是一个从地底下透出寒气的夜晚，在走出工人区以前，碰到好些做夜工回来的人。他们从这中间找寻阿惠的影子，还是没有。佐佐木感到支持自己全身的力量忽然都消失了。

两人尽量避开灯光明亮的大街，拣平时没有走过的路走去。那家人家只有母子两人，儿子由三在一家小小的街道工厂里做工。他对佐佐木很尊重，常常请他吃饭，发工钱的日子也多少帮助一点儿。两人把情况一说，他就说，这事情可大了，马上显出为难的脸色，迟迟疑疑地说：

"……家里没有睡觉的地方，只好大家挤在一起……"

佐佐木听了这话，虽然想到对安子很不方便，当然眼前也顾不了这些。由由三在门外守望着，两个人走进了屋子。母亲已经睡了，从枕头上抬起脑袋来说：

"睡得不舒服一点儿，长住在这儿没有问题。"

三个人便商量今后的事。佐佐木说：

"烦劳你每天出去打听外边的情况，如果有没被捕的同志，便去取得联系，准备把组织重新建立起来。"

由三答应了。

218

"不过，跟别人接上了关系，这个地方也有马上被发现的危险，要是一不当心，反而会叫他们发现这个地方。"

"对，那就这样办吧……"

佐佐木想了一想又说："你要是两天不回来，我们就认为你被捕了，立刻离开这儿。假使你被捕了，三天之内一定不许说出自己的住处，这样行吗？"

"行。"

安子望着由三的脸说了："这会儿，如果我们被捕了，这个运动，半年之内就完全垮台了……"

"干吧！"对方点了点头。

时间已经很迟了。安子便和由三的妈睡在一起。佐佐木跟由三，则在离开一点儿的地方，两个人单独睡下。

安子换了一个新地方，又想念着被捕的山田，老是睡不着。蒙眬中好像被特务追赶着，拼命地逃也逃不掉，惊叫了几声就醒过来了。

离开一点儿的席子上，佐佐木也老在翻身。

（5）

由三的母亲在拓殖银行里当清洁妇，早上很早就得出去上班。家里的事先得安顿好，她把厨房的事告诉了安子。

由三准备在工厂下班以后去找认识的工会会员，如果可能，就上工会去瞧瞧动静。

当安子在整理衣服和被服的时候，佐佐木急急忙忙地拜托了由三，希望他上阿惠的地方去一趟。他的真正的意思，是还想跟阿惠见上一面，最好让阿惠来一趟，但这是很危险的，得看情况才能

219

决定。

"你只要告诉她，我们没发生事情就行了。"

由三瞧佐佐木的神气有点儿奇怪，瞥了他一眼问了：

"传一句话就行了吗？"

"嗯，跟我一起的山田的爱人是她的妹子，正担着心呢……"

佐佐木不好明说，只能把自己的心事推到了安子的身上。

母子两人出去以后，是惶惶不安的冗长的一天。他们反复商量着善后的办法，不知不觉地说了一些重复的话。

安子和佐佐木都没有带一本书。由三家里，只有翻破了的《皇帝》杂志，和四五册陈年的刊物《马克思主义》。他们找出来看着，全没有一点儿读书的味道，好像有一种眼睛瞧不见的东西正在急急忙忙地催着他们。而且因两个人一起待在别人的家里，虽然是不自觉的，却有一种不习惯的感觉骚动在他们的内心。

到了中午，安子在厨下转着锅台。正在读《皇帝》杂志的佐佐木听见这种声音，更有一种不安的心情，便站起来走过去。

"怎么样？"

"真想不到，在人家的厨房里做饭！"

安子瞅瞅食橱，又把地柜的板盖揭开来瞧瞧。

"吃一点儿咸菜什么的就行了，把人家留着的好菜吃掉，不好意思呢！"

"吃一点儿咸菜就行了。"

之后，就把碗筷放在小小的桌子上，两人对坐着吃饭。

佐佐木把饭碗交给安子，开玩笑地说：

"看你的神色有点儿奇怪。这样坐下来吃饭，想起了山田吗？"

安子稍稍有点儿害臊，却认真地说：

"在这样紧迫的时候，亏你还有那样的闲情！"

吃完饭，到了傍晚时候，现在，只是一心等由三回来，看他带来什么消息。

五点钟光景，母亲回来了。安子又帮着她做了晚饭。

"中午的时候，为什么不把鱼烧烧吃了，走的时候不是交代了你吗？"

母亲埋怨着安子说。

晚饭等由三回来一起吃。可是由三老不回来。六点，七点，八点钟了，还是没有回来。九点又打过了。三个人等着等着，心里都担着心事。

（6）

过了九点，佐佐木和安子都沉默了。在这大逮捕的暴风雨中，让他出去联络，实在是最大的冒险。

母亲不知道怎么一回事，只是说："这是怎么一回事？"已经这么迟了，一定在别处吃了晚饭，就不用等他了。可是两个人都不想吃饭，大家都一心听着门前走过的脚步声，好几次都听错，以为是由三回来了。

"啊，回来啦！"

过了一会儿，母亲忽然抬起脸来说。

"是吗？"

佐佐木他们却并不明白，母亲能够从远远的街上许多人的脚步声中辨出自己儿子的脚声。果然，不多一会儿，有单独一个人的脚声渐渐走近，拐进小胡同，走到家门口，门就推开来了。佐佐木好像一个一直屏着呼吸的人，一下子透出一口大气，再也坐不住了，便像小孩子似的嚷起来：

"好啦，好啦！"

由三走进屋来，两手乱搔着身体，显出很兴奋的样子，嘴里说着"好危险"，不住地用袖子擦着脸上的汗。

他从工厂下班后，先到一个做工会工作的朋友那里去，那位朋友一见到他便告诉他：工会的人全被捕了。特务在工会门前守着，凡是不知道情况上工会来的，不管有没有关系，商店派来兜买卖的小伙计，也不管是委员长的合法派，全都给带走了。那人说：

"委员长那老头儿，听说也在自己家里被捕了，不知到底为什么事，可能跟上次一样，大概是搜捕共产党。据说佐佐木和山田的爱人没有逮住，所以他们搜得很凶。你千万别上工会去……"

他没奈何从那里走出来，想到另一个人的家里去瞧瞧，那人曾经跟佐佐木到他家来过一两次，是一个反对派中比较不受人注目的。他想瞧了那里的情况，就可以大致明白了。直接跑去是危险的，走到离开他家两间门面的一个小酒店里，正打算进去，忽然瞧见一个穿西服的人正站在前面，觉得危险，可是回过身来，会更加引起怀疑了。

"喂，等一等！"

还是由于刚下厂的打扮引起了注目，可是一想，不能让他逮住。他连忙回过身来，一溜烟跑进小胡同里，这一带的地理，他是很熟悉的。

那个穿西服的，立刻大声地嚷：

"捉贼，捉贼！"

从后面撵了上来。拐过小胡同回头一瞧，只见路边的行人、住户们都打开门跑出来，一起追上来了。正在回头的时候，突然身边跳过一个人来，狠狠地一把把他抱住。完了！心里一急，拼命地想挣脱身子，可是对方劲头更大了。

"对不起，我是会里的。"

他连忙说明了自己的身份。

"会里的，是工会里的吗?"

"对，是联合工会的。"

那人一听，便立刻把他放了。

"谢谢你!"

这样地，他就穿过小胡同，走到大街上。"谢谢你"这句话，这时候才感到真正的意义。天色已经暗了，到了大街上，已经安全了。情况大体是明白了，不用另外去找有关的人。之后，他就照佐佐木告诉他的路线，去找阿惠的地方……

"被喊着捉贼，给撵上来的时候，心里真是发慌。"

他这样说着，摸了摸自己的胳膊和裤子。

（7）

当由三悄悄找来的时候，阿惠的瘦脸唰地白了一下。

瞧见妹子留条的晚上，阿惠一夜没有合眼。早上勉强起来，也不想上工厂去，身子跟发烧一般，有点儿晃晃摇摇，觉得失掉了依靠。

听到来人告诉她，两个人都平安无事，才放下了心。她不仅欢喜，觉得这样两个被警察搜捕的、抱有同样目的的人，能够在一起，是值得羡慕的。自己比起他们来，两只肩膀上压着生活的重担，好容易过到今天，心里有了一个奔头，现在又被人抢走了，只留下了自己一个人，真不知道要怎样才好呢。

阿惠原想跟他们再见一面，就这样分手，特别对于佐佐木，马上感到从此以后，会永远留下一种难受的滋味似的。而且她还有许多话想跟他们说，问问他们今后怎么办。如果就此变成了独自一人，阿惠这一辈子真要变成在地上爬着的虫子。怎么说呢，对了，一只背着壳的蜗牛。回到蜗牛的老路上去，见不到一点儿前途的光明，只感到肩头上的重担子，在黑暗中摸索着，一寸两寸地向前爬去。

在生活中，她一向只从妹子身上不断地感受到鼓舞的精神和前进的目标。同时在佐佐木的有力的怀抱中，看到自己生活的道路。可是现在，一切都失去了。

"请你对他们说，我想见一见他们。"

阿惠反复地拜托了由三……

警察局为了搜捕佐佐木和安子，事实上在全市布置了紧急的警戒网。凡是跟工会稍微有点儿关系的人，和根本没有关系的他们的朋友，一个个全被逮捕起来了。

由三的家，马上也会发生危险。

根据由三每天带来的情报，佐佐木明确了自己应该立刻采取的最重要的措施。

"喂，安姐儿。"两个人一天到晚躲在一个屋子里，一步也不出去，不知不觉用了这样亲热的称呼。

"在这个小城市里，像我们这样被搜捕的人，是没法儿工作的。我想，我们两人秘密上东京去，让上面另派一个新的工作人员来，你看这不是最重要的措施吗？"

"到东京去？"

"对，我们就留在那儿工作，再没有别的办法了。"

"……"

安子一下子没有作声。"实在也只有这样办！一经决定，就不能等到明天……"可是她又马上把眼睛从佐佐木身上移开，自言自语地说：

“山田……谁给山田送东西呢，只好托姐姐了……”

佐佐木和安子下定最大的决心秘密去东京的那一天，阿惠搭上了去札幌的火车。

两列火车的方向恰巧相反。因为哥哥害了重病，从札幌监狱里放出来，她特地赶去迎接。

阿惠同佐佐木终于没有会面……

一九二八年三月十五日

〔日〕小林多喜二

1

阿惠对这种事情很难习惯。虽然已经有过好几次了，她却还跟第一次一样，慌慌张张地吓得心头直跳，而且每次都被丈夫龙吉讥诮了。可是对于一个女人，这总是太强烈的刺激。

工会的人到家里来开会讨论问题的时候，阿惠端着茶走上楼梯去，有好几次听见丈夫说话的声音：

"对老婆做思想教育，可不容易……"

"革命从厨房开始。这是一定的公式，小川，你太好说话了，太好说话了。"

"的确，我老婆就是教不会。"

"跟太太做理论斗争，总是要失败的。"于是，大家就取笑他了。

丈夫嘴里支吾着，窘得双手不由得抱紧了自己的身体。

早晨，龙吉正在刷牙，阿惠在一旁把热水给他倒进厨房水槽上的洗脸盆里。

"你知道罗莎①吗?"丈夫把牙刷在嘴里抽动着,忽然想起似的问了。

"罗莎?"

"罗莎。"

"列宁,我倒知道……"

龙吉低低地说:"你简直是个笨蛋。"

阿惠从来不想知道这些,也从来没在这方面下过功夫。她觉得那些事记不住,记住了也没有用处。列宁和马克思的名字,还是从女儿幸子那儿听来的。自从知道了这两个名字,就常常留意,到家里来的工藤、阪西、铃本他们,跟自己的丈夫老是谈到列宁、马克思。因此有一次,不知怎样说起,她对丈夫说:"马克思好像是工人的菩萨哪。"丈夫吃了一惊,看着她说:"你从哪儿听来的?"阿惠虽然受了赏识,却也没有觉得高兴。

虽然如此,阿惠对于丈夫和工会里的人们,跟他们所干的事,并没有什么反感。开头,她见了那些工会里的人,样子不大整洁,神色有点儿严厉,心里就有些害怕。在她的印象中,有一个时候,感觉这是一些很难接近的人。可是跟他们谈起话来,却比那些一味傻笑、分外殷勤的学校里的先生(丈夫的同事),反而合得来。他们一点儿也不拘拘束束,拐弯抹角,却像孩子似的老把阿惠他们逗笑。他们第一次在她家里吃饭还有点儿不大自然,后来,就自己要饭吃,要洗澡钱,要买烟卷的钱。而且都那么单纯,一点儿没有虚伪。渐渐地,阿惠对他们发生了好感。

码头上大罢工的时候,阿惠在外边听到各色各样"可怕的谣言"。开头她还想不到工藤、铃本他们所领导的罢工,就是那么"可

---

① 罗莎指德国女革命家罗莎·卢森堡(1870—1919)。

怕的"事。

"罢工对谁可怕呢，对有钱人，还是对穷人？"

听丈夫这样说，她思想上还是搞不通。

"不是讲道理呀！"

报纸上每天用大号铅字发表罢工消息，说罢工会使整个小樽市变成黑暗；罢工的工人要烧资本家的房子，又说工人跟警察冲突，有好些人被捕了（其中就有渡和工藤）；又说这罢工受全市人民的咒骂……阿惠想到丈夫龙吉也完全忙着罢工的事，晚上差不多都睡在工会的办公处，不觉皱起了眉头。当龙吉带着一张睡眠不足的青肿沉郁的脸回家来的时候，她问他："没有出什么事吗？"

"路上被特务盯上了，好容易才甩掉了。"他说着，就钻进被窝里去，说，"五点钟叫醒我。"

阿惠在他的枕边坐了一会儿。她对丈夫所干的事，从来没有说过什么话。可是，心里偶然也想：多么受罪呀，把什么都牺牲了，到底有多少用处呢。大家那么兴奋地叫唤着的那种社会——无产阶级的社会，也不见得那么快就会到。还有幸子，真的，不要出什么意外的事才好呀。有时她又觉得丈夫所干的事，不过是特意弄得吃不上饭，心里就引起了一种女性特有的不满。

可是，阿惠听工会的人讲过工人的种种事情，知道工人的悲惨的生活。他们受苦，苦得再也受不住了，因此对那些无理剥削他们的有钱人抱着很大的仇恨。阿惠也知道，工会的人领导他们，把斗争扩大开去。她虽然不明白丈夫他们所干的事什么时候才有希望，但觉得是很"大的""了不起"的事情，这甚至使她有一种近似"骄傲"的感觉。

龙吉在第三次被捕之后，被学校解聘了，不得不依靠开一个小杂货铺勉强过活。那时候，阿惠虽然早有一种朦胧的预感，知道这

231

样的事情总有一天一定会到来的，却还是像受到意外的打击似的感到一阵晕眩，可是她已差不多不再为这件事向丈夫嘀咕了。

龙吉自从摆脱了职务的拘束，更加积极深入到工作中去了。从此特务就常常上门。阿惠瞅见铺子门前转来转去的陌生人，心里就发凉。仅仅这样倒还好。有时这种人瞅着门牌跑进屋子里来，"请到警察局去一趟。"这样说着，就把龙吉带走了。丈夫被两个便衣押着走出门外去，这情景是非常难受的。丈夫走了之后，屋子里就永远留下一股特别凄清的空虚的感觉。也许阿惠的心脏比别人脆弱，在这样的时候，她的心总是跳个不停。她用手按着自己的胸口，脸色白得像一张纸，在屋子里愣生生地走来走去。

阿惠对这种事情实在很难习惯。虽然已经有过好几次了，她却还跟第一次一样，慌慌张张地吓得心头直跳，而且每次都被丈夫讥诮了。可是对于一个女人，这总是太强烈的刺激。阿惠就是这样。

三月十五日天还没亮的时候，在睡梦中被人拉起来，屋子里全被抄过，也不让家人说一句话，丈夫就被五六个法院和警察局的人带走了。那时阿惠却茫然地坐在床上，一直不动，过了好久，才哇的一声哭了出来。

那天早晨，幸子突然被一种声音惊醒，霍地睁开眼睛，懵里懵懂向屋子里扫了一眼。几点钟了？她以为天亮了，因为隔壁屋子里有五六个人吵闹的声音。假使在半夜，就不会有这样的事。可是电灯还开着，天当然还没有亮。怎么回事呢？席子上有谁在不断地咯吱咯吱走来走去。

"再抄一抄隔壁的屋子。"纸门外边有一个陌生人的声音说。

"那是寝室，什么也没有。"是妈妈的特别放低的嗓子。

"要抄就抄吧！"爸爸说。

"会把阿幸吵醒的……"

幸子只断断续续听清这几句话。她想，有人进来，她得假装睡着。

从架子上搬下东西的声音，翻报纸的沙沙声，把席子翻起来的声音，打开柜子抽斗的声音，一只，两只……一共七只，全部都打开了。她在心里数着。接着，在厨房那边，食橱也打开了。她浑身感到一阵寒气，瑟瑟地哆嗦起来。不管怎样把身子缩成一团，不管怎样翻身，总是感到发冷，身子直哆嗦。忽然，牙齿跟牙齿碰得咯咯地响起来了。慌忙在下巴上使一下劲，才停止了。没有听见爸爸妈妈说话，怎么回事，说话的尽是陌生人的声音。

家里常常有许多人来，可是她立刻觉得，这回来的人跟平常不一样，是完全另外一种可怕的人。

纸门打开来了。一大片刺眼的光线立刻斜射进屋子里来。幸子慌忙把眼睛闭上，心怦怦地跳起来。她假装翻身，微微睁开一点儿眼睛偷看。妈妈两手叠在胸口，瞅着自己的睡脸。妈妈的脸上白得没有一点儿血色。爸爸站得远一点儿，在瞅着那些陌生人抄查的动作。爸爸的脸显得特别严厉，也许因为正在电灯旁边的缘故。

有五个不认识的人。其中一个长胡子的大概是他们的上司，手里提着一个很大的黑皮包，对那些正在抄查的人不知说了些什么话。抄查的人就照他的命令行动。两个是警察，另外两个是穿便衣的。爸爸干了什么事啦？这些人到这儿来干什么？那些陌生人动手翻幸子的书包，把书一本本倒过来抖动；又一点儿不客气地把许多玩具在席子上打开来。这使幸子特别动了感情，眼睛里涌出泪水。

"这些都是孩子的东西……"妈妈站在旁边，轻轻地说。

陌生人嘴里含糊地说了什么，可是并不停手。

抄过一通之后，那些人又在屋子里望了一圈，走出去了。纸门关上，屋子又黑了，幸子差一点儿哭出声来。

爸爸开始和拿皮包的人低低说着什么，后来嗓门渐渐高起来，幸子听清了他们说的话。

"总之，跟我走就是。"拿皮包的说。

"总之，什么总之?"

"不必在这儿多说，你走就是了。"谈话渐渐粗暴起来。

"什么理由?"

"不知道。"

"那么，我认为没有去的必要。"

"不管你认为怎样，我就是要你走……"

"你这样不讲理吗?"

"什么不讲理，不是说过，去了就明白了吗?"

"又玩你们的老手段了。"

"不管什么手段不手段，总之，你得去。"

爸爸突然闭了嘴，使劲把纸门拉开，走进屋子来。妈妈从后边跟进来。那五个人站在隔壁屋子里，脸冲着这边的屋子。

"裤子。"爸爸生气地对妈妈说。

妈妈默默地把裤子拿出来给他。爸爸一条腿伸进裤管里，可是再伸进另一条去时，身子失掉了平衡，几次都伸不进去。爸爸的脸，激动得直跳。他又穿衬衫，又打领带，总是碍手碍脚，不是绷住，就是缠起来。特别是领带，总是结不好。妈妈见了，从旁动手帮助他。"不用，不用!"爸爸恶狠狠推开，显出特别慌乱的样子。

妈妈迟迟疑疑地对爸爸说了什么话。

"不许说话。"隔壁屋子里，拿皮包的把他们的谈话打断了。

幸子睡觉的屋子黑了。一阵杂乱的脚步声，走下土间去。外边大门打开了，脚步声在那儿停住，又听见说活的声音。幸子再也耐不住了，穿着睡衣就跳起身来，身子一阵哆嗦，从头顶到脚尖感到一股寒气。她把纸门拉开一条缝向外张望。爸爸正坐在席沿上弯着腰结皮鞋带,那些陌生人站在土间里,妈妈依然把手按着胸口,身体靠在屋柱上,苍白着脸。大家都奇怪地沉默着。

忽然——忽然幸子心里明白了,她觉得她完全明白了。她想:"列宁!"她知道:这些事情都是从列宁来的。爸爸的书房里有许多书籍,还挂着好几张照片,照片中列宁的脸,很清楚地映到幸子的眼睛中来了。那是一位秃头,脸跟学校里的校役吉田一样。还有,每次工会的人来时,常常同爸爸一起唱各色各样的歌,因为小孩子对歌的敏感,幸子比谁都快就学会了《红旗歌》和《五一歌》。她虽然不懂歌的意思,却在学校里,在家里,跟《枸橘歌》《金丝雀歌》一起到处唱。因此,工会的人好几次摸摸幸子的头。——幸子知道爸爸绝不是坏人,绝对不会干坏事。所以她想到这只是为了"列宁"和《红旗歌》的缘故。对啦,一定是这个缘故。

爸爸站起来了,幸子像遇到失火的晚上一样,牙齿咯咯地响起来。大伙儿走出去了,这时候妈妈的苍白的脸动了一动,嘴唇也好像要说什么似的动了一下,可是没有说话。也许说了什么,不过幸子没有听见。她瞅见妈妈托在屋柱上支着身体的手,用了一下力。爸爸把帽子拉一拉正,瞅着妈妈的脸,然后把背心上的一个已经扣上的扣子解开,又重新扣好,不安地瞅一瞅妈妈的脸。爸爸转身走出门外去了。

"好好照顾阿幸……"爸爸嗓子干巴巴地说了这句话,勉强咳嗽了一声。

妈妈跟在后边走出去。

幸子跑回床上,扑倒身子,把脸埋在枕头上哭起来。她哭着哭着,心里立刻恨透了那些把爸爸带走的陌生人。"这些家伙真可恨,这些家伙。"这样想着,又哭起来了。幸子害怕得哆嗦着身体,嘴里叫着"爸爸""爸爸"，尽情地哭着。

2

充满在天空中的大气，好像苍白地冻结了。没有一点儿声响，也不见一个人影。

深夜，冷气刺进骨髓，那是天亮前三点钟的时候。

五六个人的脚步声，急急地在冻结着冰雪的路上嚓嚓走过，他们是从一条阴暗的胡同里走出来的。在静寂的街上，脚步声显得特别响亮。脚步声走到稍稍宽一点儿的路面上，那儿的电线杆上亮着一盏没有罩子的电灯。啊，原来是下巴颏底下扣着帽带的警察。他们怕腰上的刀子弄出声来，用一手把刀柄握着。

一阵橐橐的脚步声。皮鞋也不脱，警察一窝蜂地闯进联合工会的楼上！

工会干部在一小时前刚刚睡下。他们决定十五日举行打倒反动刺刀内阁①的讲演会，这晚上全体动员在市内贴了标语，又交涉了开会的地点，后来又开了常务委员会。直到两点钟才把所有的事情料理清楚。那时候，警察就冲进来了。

七八个工会干部，身上的被子突然被人揭开，被穿着皮鞋的脚踢起来，大家像木头一般站起身来，不知怎么一回事，摇晃着身体直发愣。

铃本想：完了！原来他想到过也许会出什么事。言论自由已经完全被剥夺，在这种时候，他们还坚持举行对主要敌人田中内阁的倒阁运动。他思想上准备，这一天，警察一定会一次一次地喝令中

――――――――――

① 刺刀内阁，意思是靠刺刀维持政权的内阁。

止演讲，把讲话的人像棋子一样吃掉①；说不定在开会之前，还会来一个总检举（这些浑蛋什么都干得出来），这是他们的老手段。这时候，铃本想：果然就来了。

绰号叫"工会毛驴"的阪西，身上只穿一条裤衩。

"什么事啊？"他向一个熟面孔的特务问。

"我不知道。"

"不知道？不要糊弄人，我困得很呢。"

接着上来的便衣警察，在一旁开始抄查文件。

"你们这些家伙，混在这种地方干不出什么好事来的。"

一个警察眼睛盯住了做出很倔强的架势、样子像"关公"的铃本，用恶毒的口气让大家都听见地说了这么一句。铃本可不是受这种嘲弄的人。

"去干点儿正经的活儿，就不会胡思乱想了。"

让他独个儿去说吧，谁有工夫听！

"请你帮忙介绍个活儿干干吧。"

阪西发出他那照例的和气的笑声，故意逗了他一句。工会的人对阪西是不大满意的，他到哪儿都不顶事，做起工作来总是拖拖拉拉。可是人很和气，叫人没法讨厌。

这时，渡慌慌张张想跑下楼梯去，但是警察马上拦住了他的去路。

"到哪儿去？"

铃本看到渡这种态度，不禁纳闷起来。还不只是态度而已，他的脸上也变得没有一点儿血色。平常，作为一个年轻的工会干部，

---

① 日本左翼运动举行公开讲演会时，旁边有警察监视，讲话人说到语气激昂的时候，旁边的警察就喝令停止，并把讲话人逮捕起来。

237

他实际上无论在什么时候都带头干，这样一个无比坚实，像"铁板"一般的渡，此刻却一点儿也不像他的为人了！铃本对他产生了一种奇怪的预感。

大家前后左右被警察看守着，一个个走下楼梯去，除了渡之外，每个人都是精神饱满的。他们早已习惯这样的事情了。耳光一下、两下向他们的脸上飞来。

那位斋藤，平时，碰到什么事情，不管对谁，总是说"我们得战斗"，这次仍旧是第一个精神抖擞的，他走到铃本的身边说："是要阻碍明天的讲演会吧，我们要坚强呀。"

"嗯，当然要坚强。"

斋藤还想说什么。

"喂，喂！"一个警察突然用手抓住他的后领，把他扭过去，从铃本的身边拉开。

红旗——人民的旗子……

前面有人突然唱起歌来。

"啪！"打耳光的声音。

"你敢打人，狗！"把身子猛扑上去的声音。这时又听到指挥刀打人的声音，夹杂着耳光声。

大家前前后后，一齐把胳膊挽起来，故意有力地踏着脚步向前走去。

"太不讲道理啦！"斋藤用尽短小身体的全部力量，发出大声的喊叫，停下了脚步说，"喂，大伙儿，我们反对不讲理由随便把我们带去。喂，问问他们！"

"对，对！"大家赞成他的提议。

铃本只把眼睛瞅住了渡。要是在平常，一到这种时候，他就会像失去了控制的弹簧一样猛地蹦跳起来；可是现在，他却像一根木桩子似的直立在那里，一动也不动。警察一窝蜂围住了矮小的斋藤。别的工会干部就用自己的肩头在警察们的肩膀中间楔子似的硬挤进去。许多身体和身体纠缠在一起，引起了一个小小的波动。

"他妈的，说出理由来！"

"去了就明白了。"在这儿，也是这一套。

"光说去了就明白，就让你们拉到臭地方去吗？"

"侵犯人权呀！"后面的人也叫起来了。

好像有一个警察打了斋藤。人圈剧烈地动荡起来。工会干部们握紧了拳头，拼命想从圈子外边挤进去。混乱立刻扩大了。

"你们这些狗……这些狗！"大伙听见斋藤的断断续续的声音，他的嘴好像被掩住了，还是拼命地挣扎着叫嚷，"你们这些狗，尽管胡闹吧，你们以为这个运动……就会消灭了吗？见你们的鬼！"

大家兴奋地发出喊声。

这时候，刚才好像在想什么心事的渡，也用他肩膀宽阔的结实的身体，冲进人堆里去。看到他这副样子，铃本想道：原来什么事也没有，就放下心来。

"不说明正当的理由，我们死也不走！"是嘶哑的有分量的低沉的声音。渡的这个低沉的声音，对大家永远有一种奇异的巨大的力量。

离开人堆站在一旁的石田，默默地瞅着强打起精神大声吵闹的工会干部们，像平时一样，心里闷闷地想。他认为吵闹不吵闹，要看什么情况。弄清了情况再采取行动，并不是没有战斗性。石田看斋藤这种人，简直像给疯狗咬了的人一般，他知道在这运动中，斋藤这样的人很多。他瞧不起这些人，认为对于他们，连用"幼稚病"

239

那种侮辱人的字眼，也都太可惜了。"在这种时候，这样吵吵闹闹有什么用处呢？哼，好英勇的无产阶级战士！"石田在自己跟前吐了一口口水，伸出鞋尖去在地板上擦了一擦。

渡加入以后，大家的团结更有力了。可是这时候门外又冲进七八个警察来。警察们添了生力军，把一伙人的团结冲散了。大家散成一股巨大的漩流，向门外冲出去，把大门挤得轧轧地响。

从门外流进一股跟剃刀一样的冷空气。是天快亮时的一种出奇的寒冷，零下二十度的气候。尤其因为大家都刚从睡眠中起来，特别冷得发抖。大家在下肢和肩头上憋足了劲，忍住了身体的战栗。

天色还没有一点儿微光，黑暗的酿雪的天空下，街道上好像从地底深处发出静寂来。冻雪的道路，踩在脚底下仿佛踩破东西一般咯吱咯吱地响。石田和斋藤只是在灯芯绒外衣内穿一件垢腻不堪的衬衫，直接在皮肤上感觉到冷气，冷得一阵阵发痛。过了一会儿，手指头和脚指头都麻木起来了。

大家一个个被警察拖住胳膊，拉到外边。

一星期前刚参加工会工作，还不到二十岁的柴田，一开头就一句话也没说，脸色十分紧张。当大家叫嚷的时候，他也想跟着叫嚷，可是他那张像半干的泥土一样的脸，只是抽搐了一阵，不听他的使唤。他早想到总有一天会碰上这样的事情，必须早一点儿习惯了才好。可是现在事情第一次突然碰到他身上，仍然是一个猛烈的打击，仿佛一下子被人扔出去了。他的身体并不是为了寒冷，却一个劲儿地哆嗦。牙齿咯咯地发响，怎么也制止不住。

大家挤成灰扑扑的一团，从这条街向那条街走去。为了防御寒冷，身体跟身体紧紧地挨在一起，互相拉扯着，故意在脚下使足了劲。在静悄悄的街道上，响着二十来人的脚步声，嚓嚓……地走去。

工会的人们谁也没有吭声。可是，这时候每个人心里都很奇怪

240

地活动着一种同样的感觉，仿佛纸上泼上了墨水，渐渐地渗透到全纸似的，渗透到每个人的感觉中。一个集团，望着同一个方向，做着同样行动的时候，其中各色各样的差别，就必然会融解、消灭，而变成同一的感情。"关公"铃木、渡、"毛驴"阪西、斋藤、石田，还有新手的柴田，跟另外四五个各有差别的，因此也各有特性的工会人员，就深深地走进同样色彩、同样情调的强度的意识中去了。"这个"是常常会在这种时候产生出来的一种奇异的，但是不能不有的感觉，正因为有"这个"，使无产阶级的钢铁一样的团结成为可能。这不是单纯地抹杀各种差别，而是当差别本身发展到一定高度时，必然会被扬弃的（因而更加强固的）一种忘我的、被大手一把抓起来的感觉。

现在，这九个工会干部，已经不是九个个别的个体，而变成一辆唯一的坦克了。他们互相紧紧地胳膊挽着胳膊，肩膀挤着肩膀，用他们的阴暗而尖锐的眼睛盯住前方，好似面向着他们唯一的目标——"革命"前进。

3

阿惠从丈夫被那样带走以后，在空洞洞的屋子里，好像少了些东西，再也待不住了。她想到常常上自己家来的工会书记工藤家里去看看，同时打听一下工会的人们的情况，这次事件的内容和牵连的范围。可是，工藤也被捕了。

警察闯进工藤家里的时候，屋子里是漆黑的。警察一边吆喝着："喂，起来呀！"一边用手探摸挂电灯的地方。三个孩子被吓醒了，一齐大声哭起来。探摸电灯的那个警察，做着好像跳"保名舞"①似的手势，在空中探摸着。黑暗里响着啪嗒、啪嗒开电灯开关的声音。"嘀，怎么回事？"

"电灯不通电呀。"一直没有吭声的工藤，跟警察们慌张的神情相反，用非常镇静的声音说了。

工藤家因为缴不出电费，两个月前已经被剪了线。可是也没有钱买蜡烛和洋灯。一到晚上，让孩子上邻舍家玩去，工藤的老婆阿由就上工会里去，整整六十天就是在黑暗中度过的。所谓"光明的电灯，光明的家"②，对于连阴暗的电灯都没有的他们，当然只是屁话。"不会逃的，放心好啦！"工藤这样说着就笑了。

阿由安慰着哭泣的孩子："不要慌，是常常来的人呀，没有什么可怕的，不要哭呀。"孩子一个个停止了哭声。工藤的孩子对警察是习惯了的，工会里的人们半开玩笑地称赞工藤的老婆，说她能够对孩子进行正确的"阶级教育"。可是阿由也不是根据什么理论才这样干的。她是秋田县一个贫农人家的最小的闺女，只念过两年小学，就上地主家去看小孩，一直看到十四岁那年的春天。她在那里一直受着罪，背在背上的坏脾气的孩子，和在她身上到处乱打的男主人，还有比男主人更凶的女主人，谁都要欺侮她。整整五年，一天也没有休息地被使唤着。好容易从那里回到自己家里，就上地里去干活。整天像龙虾似的弯着腰，血冲到脑袋上，脸腮和眼睑都发肿。十七岁的时候，嫁给了邻村的工藤。从新婚的第三天起——那时恰巧是割完庄稼的时候，就不得不同工藤两人出去给附近的土厂推土车，累得精疲力尽回到家里的时候，家里的活儿就跟山一样地堆积着。

---

① "保名舞"是日本歌舞伎中的一种舞蹈。

② 这是日本电器公司广告上的标语。

242

阿由像受了伤的人一样，拖着劳累的身体，忙碌在土车和厨房之间。有一次，正在猛烈的阳光底下推土车，因为初过夫妇生活的疲劳和恰巧来了月经，突然昏过去，仰面朝天倒在地上。

自从有了孩子，生活担子重了，日子过得更苦。那时，工藤没法活下去了，就和阿由俩各人背上一捆行李，在天黑的时候走出村子。这是一个黑暗的大风大雪、连山岳都吹得鸣响的晚上。他们渡过海，到了北海道。

两人在小樽进了一家铁工厂。北海道跟内地，并不像人们所说的那样的不同。在这儿，依旧不是阿由他们容易过活的地方。那么，上哪里去好呢，难道还有什么可去的地方么？穷人无论到哪里，就像鰊①粕和豆饼放在榨床里一样被人榨干。阿由的两手仿佛大得跟蟹身不相称的蟹钳，挂在两个肩头下，跟树根一样粗糙，被污垢染得漆黑，看来是一辈子也洗不干净的了。孩子背上发痒的时候，她不是用指甲而是用手掌给他搔，孩子被她这么一搔，就觉得非常舒服。

阿由因为自己这种长期的生活经历，痛切地认识"谁是自己的敌人"。特别是从丈夫参加了工会活动以后，阿由的脑筋更加清楚了。

从那以后，不消说工藤没有工做了，常常因为工会的工作，整个星期不回家。阿由就不得不自己一个人干活，还要照顾孩子的生活。但她现在干活的心情跟过去不同了。她到海边去挑煤，在仓库里缝装淀粉和装杂粮的口袋，上拣豆的作场去拣出口的青豌豆，什么活儿都干。最小的孩子在肚里时，怀着十个月的大肚子，还跟大家一起，从驳船里把木炭包挑到仓库去。连来巡逻的警察见了也大吃一惊，把工头骂了一顿。

---

① 鰊是鳞鱼，日本人也用来榨油。

家里的格子门只剩下了木格子，冷风吹进屋子里，没有买裱糊纸的钱，向工会里要来了旧的《无产者新闻》① 和《劳动农民报》，贴在格子上。一些带鼓动性的罢工新闻，火一样热烈的大字标题，有的斜贴着，有的倒贴着，有的半截被贴没了。阿由闲下来的时候，就断断续续地念着。孩子们问"这是什么""那是什么"的时候，就念给他们听。屋子里的墙头上，胡乱贴上一些选举时使剩的招贴画、传单和杂志上的广告。渡和铃本到工藤家来的时候，总是叫声"嗬！"一次次向四边走着瞧看，很高兴地把它称作"我们的家"。

……工藤从铺上起来，穿上衣服。一边穿衣，一边想，这一回时间一定很长。家里一个钱也没有留下，往后日子怎样过呢。这样想着，心里觉得沉重而难受。这是每次遇到这种情况时，都同样感到的心情。虽然好多次都有同样的感觉，即使无产阶级的革命战士不是一种平常人，也绝不是能习惯这种事情，要走就走的。这是一种阴郁的心情。在工会里跟大伙一起兴奋工作时还好，可是，在别的时候，一想到老婆孩子的生活，心里就是说不出的难受。无产阶级运动完全不是开玩笑的随随便便的事情！

阿由帮他准备，说："这就去吧！"

"嗯。"

"这回是什么事，心里有底吗？"

他没吱声，停了一会儿说："怎么，过得下去吗？这回也许要长呢。"

"家里的事吗？放心吧。"阿由用素来的明快的、精神饱满的声音回答。

---

① 《无产者新闻》是1925年9月日本共产党主办的合法机关报，1928年8月被迫停刊。1929年"四·一六"事件后，重建共产党，改称《第二无产者新闻》。

244

最大的一个孩子，虽然还有些茫然，却已经知道是怎么一回事，说："爸，您去吧。"

"走到这种人家来，简直叫人受不了，"警察诧异地说，"好像例行公事一样，一家人异口同声说'去吧，去吧'！"

"碰到这种事情，就要哭哭啼啼，还能干咱们的运动吗？"工藤为了驱除心里的暗影和难堪的滋味，就恶狠狠地顶了一句。

"浑蛋，不要胡说八道，看我揍你。"警察特别鼓足了气，吆喝了一句。

"当心。"

"嗯。"

他想给妻子留几句话，可是口齿笨，不知说什么好。想到妻子又得受苦（当然，受苦的不仅是自己的妻子），不觉感到小腿上失掉了劲儿。

"真的，总有办法过日子的。"阿由望着丈夫，又说了一次。

丈夫默默地点了一点头。

门关上了，阿由站下来，听一听外边那群人的脚步声。

阿由知道，在自己的社会到来以前，这样的事情再发生数百次还不够。为了使这样的社会到来，我们就得给后来的人当"垫脚石"，说不定还得用脑袋去换。她听过这样的故事，蚁群搬家的时候，前边遇到必须渡过的河，走在前面的蚂蚁就一个个跳进河里淹死，把尸体堆起来，让后来的蚂蚁把它们的尸体当作桥梁渡过去。我们应该是这种走在前面的蚂蚁，工会的青年们常常说这样的话，而这是必要的。

"早着，早着呢！"阿由对阿惠说。

阿惠脸色阴沉地，同时又兴奋地向阿由点了点头。

4

阿惠从阿由那里知道：这一回的检举牵涉的范围是出乎意外的广。××铁工厂的工人，还没有脱下工作服就从厂里给带走了；码头上的散工跟仓库里的工人，每天五个十个地被带去审问；好像还进去了两三个学生。

每星期二晚上到龙吉家里来参加研究会的公司职员佐多，过了两天也叫警察给带走了。

佐多常常跟龙吉他们谈到自己的家庭情况。他家里只有一个跟佐多相依为命的母亲。他母亲知道儿子参加了革命，伤心得"身子直哆嗦"。为了让儿子一直受到高等商业学校的教育，母亲拼着命，整整干了八年活，干得把身体都累垮了。他好像喝母亲的血，吃母亲的肉长大的。可是母亲只是一心巴望着等儿子在学校毕业，当上一个银行行员或是公司职员，就可以得意地享受儿子的薪水，整天舒舒服服喝喝茶，跟邻居们聊聊天，至少每年一次到家乡去玩玩；若是分到了红利，也可以偶然上温泉去休养休养……不必像目前那样，每月碰到要付账的时候，日子就难过，得向人家求情，上当铺，或是被人家没收东西。她觉得那简直跟洗过一个澡，披一件浴衣躺在廊檐下那样，是最大的幸福。母亲在长年的（实在，这日子是太长了）劳苦中，只有想到这种未来的日子，只有靠这一点儿希望，才熬得住那样的苦难。

每天上公司去，到月底领到薪水，这是多么美好安静的生活！当佐多从学校出来，找到了职业，把第一个月的薪水"连原封"交给母亲的时候，母亲把它搁在膝头上，木然地不动。过了一会儿，母亲的身体轻轻哆嗦起来。她把封袋一次一次贴到自己的额角上。

246

佐多也同样感到出奇的兴奋，心里却相反地想："又是那样子，老一套，老一套。"走到楼上去了。刚过一会儿，听见楼下佛坛前的铃子响了。

看书看到吃晚饭时下楼来，餐桌上已经放上跟平时不同的好菜。佛坛点着蜡，供着那个薪金袋。"供供你爸爸呀！"母亲说。

到这时候为止，一切过得很顺利。

可是母亲留意到佐多楼上的屋子里，渐渐贴上从来没有见过的相片。

"这是什么人哪？"

母亲指着佐多桌前墙上那张像虾夷人一样长着一堆大胡子，从大胡子里露出脸来的相片。佐多含糊地笑了一笑。

"你没有去多管闲事吧？"

她不知道从哪儿听来的，可是不很明白，有时就那样问他。她又留意到红封皮的书渐渐多起来了。有一次，送来了一封封套后面印着劳农党①××支部的信。母亲着起慌来，把它揣在自己怀里。等佐多回家，好像什么秘密的危险品一般，掏出来交给儿子。"孩子，你可没有加入什么党吧？"

佐多瞅见母亲脸色阴沉的时候渐渐多起来，知道她有时整夜翻身子睡不着觉。从公司回家，好几次瞅见母亲坐在佛坛前面流眼泪。他知道这都是为了自己。佐多是在特别的情况下长大起来的，瞅见母亲这副神情，心里仿佛十字镐砍进去似的难受。他常常跟龙吉和阿惠商量这件事情。

佐多在楼上的时候，母亲常常走上来，这种次数渐渐多起来了。

---

① 即劳动农民党，1926年成立，曾在工农运动中起过进步的作用。1928年田中义一反动内阁对进步力量实行"三·一五"大镇压时，该党被迫解散。

每次母亲总是唠叨着同样的一套：靠你一个人热心，成得了什么事，万一有个三长两短，那叫我吃什么呢。你不是那种干危险事的人。不知是什么把你迷住了。妈妈每天为你向菩萨许愿，向你过世的爸爸祷告……

佐多心里烦起来了。"妈，你不懂呀。"他半带着哭音吆喝了。

"是呀，妈就是不懂你的心思。"母亲畏缩地、怯生生地说。

佐多感到厌烦了，就把母亲撂下，走到楼下去了。到了楼下，心里还是很难受。就是妈，她折磨我的志气。"想不到母亲倒是我们的敌人。"他心里很激动地想。

后来又二次遇到这样的事情，佐多气鼓鼓地站起身来。

"知道了，知道了，知道了！够了，你说得太多了！"他突然大声嚷着，"以后不干了，听妈的话，以后不干了。这就行了吧，不干就是，不干，不干，烦死人啦！"

他几乎把母亲一把推开，就走出门外；一走到外边，心情又回转过来了。

"妈妈就是不懂呀。"

在十六日那天，佐多从朋友那里知道龙吉跟工会里的人全给抓去了。可是那朋友也不知道他们是为什么被捕的。佐多回到家里，把各种文件整理了一下，包起来，寄放到邻居家。这一天，平安过去了。他安心了一点儿，就想上工会探一下动静。这时，那位朋友来了，告诉他，工会和党的办事处，有许多便衣警察在等着，去了就危险，不小心上工会去的人，不管有没有关系，都被抓去了。工会里那个矮小的小林，十五日下午偶然走到工会里，便衣警察就气势汹汹地跑出来，将小林一把抓住。小林吃了一惊，立刻说，我是印刷所的收账员，来收账的。警察说，现在工会里没人，你来也没用，就把他赶走了。他当然就一家家跑到会员的家里去，叫他们小

248

心。朋友告诉佐多这事，他想，幸而自己没有去。

可是警察上他家里来抓他，是十七日的晚上，佐多正在看晚报。到了紧要关头，出于自己的意外，佐多心里立刻有了底，表现得很镇定。

他在电影和旧戏中常常看见"魂不附体"的滑稽表演，觉得好笑。可是，当他从楼上取了大衣下来，却看见母亲倒在屋角落里，手脚不住地抽动！她的嘴唇哆嗦着，好像拼命地想说话，可是什么也没有说出来，脸上恐怖得一点儿血色也没有，只有两眼不住地闪动。手跟脚好像想攀住什么东西似的舞动着，身体却一动也不动。佐多刚把纸门拉开了一半，就像木头似的站住了。

佐多被三个警察押着走到门外，一路上只是想母亲，他不让警察看见，偷偷流了好一会儿眼泪。

阿惠从工藤家回来，走过市中最热闹的花园町大街。天色刚刚昏黑，冷得还不那么厉害。街上跟平常一样，行人很多，挂着铃铛的马拉爬犁、汽车、公共汽车，络绎不绝地来来往往。在一家商店的光亮的陈列窗前，有一对好似新婚的男女，凑近了脸在说话。穿着暖和的外衣、披着方围巾的女子，身上裹着厚厚的驼绒大衣的男子，出差的商店学徒，身上挂着老大的空饭盒的工人，孩子……这些人，肩挨着肩，互相谈话，有的急匆匆，有的慢腾腾地走着。阿惠心里觉得奇怪。现在，同在这个小樽市，发生了那样重大的事情。可是这里的这些人，却好像一点儿关系也没有，这是应该的吗？几十个人，几百个人，完全献出了自己的身体，从事于不是为了别人，而是为了劳动人民的事业，难道跟这些人一点儿关系也没有吗？阿惠心里闹糊涂了。在这里，好像连一点儿小小的余波也没有流到。也许这是因为政府用了封锁新闻的狡猾手段。好狡猾的手段！看吧，每张脸，每个人的神气，都那么快乐，那么满意，大家都忙着走自己的路。

丈夫他们是为着谁干的呢？阿惠感到出奇的寂寞和不平。丈夫他们是上了当了！呸，这是什么念头！可是，这种阴暗的心情，总是跟马蝇一样，紧紧地缠在阿惠身边，没有离开。

5

十五日拂晓，在警察局里，好些下巴颏底下扣着帽带的警察，一群接一群，急急忙忙地进出着。蓝漆的汽车时时在门口停下。一听到汽车的马达声，警察局大门就猛然打开来，跑出一手把着指挥刀刀柄的警察。汽车的马达发出更高的声响，车身晃动着，车轮子陷进雪沟里，向着就在门外的一条下坡道滑下去，一会儿就不见了。过了一会儿又回来，乘上别的人，立刻又出发了。

拘留所装满了人。

先进来的人，一听到门上铁锁声响，马上停止刚才的谈话，把视线集中到那儿，等着新人进来。一看见进来的是渡、铃本、斋藤、阪西他们，不由得一齐发出了欢呼。担任看守的警察，面孔愤怒得像鸡冠一样发红，挺起腰来大声吆喝，可是一点儿效果也没有。被关在一起的十四五个人，都是日常见面的站在最前线上斗争过来的人。

他们各人找到自己的对手，大声地、激动地谈论这种非法的逮捕。十七八张嘴把屋子里闹得沸腾翻天。因为大伙集合在一起了，他们就想大闹一场。

斋藤一下子把身子缩得像一个球，一句话也不说，全身撞到板墙上去。他紧噘着嘴唇，脸色憋得通红，像斗牛场的牛似的歪着脑袋，反复地撞了几次："呸!"

他知道瞎撞没用，就改变了姿势，跟马一般使劲用后脚踢。大家也学他的样，开始向板墙敲的敲，踢的踢。石田（只有他）把两只胳膊叠在胸口，断续地自言自语着，在屋子中间踱来踱去。

门又打开来了。可是这回是把铃本和渡叫出去了。"怎么回事？"大家见走了两个头儿，就失掉了劲儿。敲板墙的，一个，两个，陆续地停下来了。

石田瞅见龙吉在屋角里伸开两腿，半闭着眼睛，心里想：小川君也来啦。他觉得这回的事可闹大了。同时因为一种对龙吉的亲切的感情，觉得多少有了一点儿依靠。

"小川君。"石田走过去。

龙吉抬起头来。

"这回究竟是什么事啊？"

"嗯，我也不知道呀，正想问渡。"

"是不是为了今天要举行倒阁运动？……"

"也许是——如果是为这个，那么今天拘留一天就没事了。不过……"

大家围住了他们两个。对于不说明什么原因，跟对付小狗小猫一样，抓进来关在这儿这件事，表示很大的愤慨。龙吉也一样：

"法律上有规定：在日出以前到日落以后之间，除非认为对生命、身体、财产有迫切的危害，或是有赌博、卖淫的现行，不能违反居住人的意志，明白吗？不能违反居住人的意志，侵入居民的住宅。可是这一回，他们在深夜睡觉的时候冲进来！也不提出什么理由就随便捕人！警察局干的就是这种事。"

工人们注意地听了他们的谈话，就畜生、浑蛋地嚷起来，跺着两脚。

龙吉又激动地说："而且，宪法上规定，宪法上：日本臣民，非

251

依法律，不受逮捕、监禁、审问及处罚。可是咱们怎么样，难道有一次是经过正式的法律手续才被逮捕、监禁和审问的吗？这些骗子，胡说八道的东西！"

因为大家这会儿亲身落进这种非法的陷阱，听了他这些话，正好像直接碰上了蛀牙中的神经，感到切身的疼痛。

"喂，咱们大家把这牢门打破，去问问是什么理由！"

"干啊！"另外的人兴奋地表示了同意，"咱们大家闹起来，跟他们干！"

"不行，不行。"龙吉摇摇头。

"为什么？"

斋藤跟在工会的时候一样，耸起了肩头向龙吉走去。

"已经到了这儿，干什么也没有用，反而会多吃些苦头。我们的运动，一切要靠外边，靠群众的支援！五个十个人逞英雄，大吵大闹，是没有用处的。我们要坚持原则，连做梦也不能忘记原则。"

"那就老老实实待在这儿吗，好大的理由！"

石田在一旁想：又是老一套来了。四个警察跑进来了。

大家愣了一愣，就照原来的样子木然不动。一个满脸芝麻胡子、身子矮壮的警察，在拘留房里骨碌地扫了一眼：

"你们这些家伙，应该明白这儿是警察局呀，吵成什么样子！"

他伸手把每个人的肩头按下去，走到斋藤跟前的时候，斋藤顺势把肩头一闪，警察扑了一个空，手和身体就向前一晃。警察恶声吆喝一声"浑蛋！"猛地把自己的身体扑向斋藤。斋藤的身体被摔到半空中，咚的一声，跌到龙吉身边的板墙上。

警察气呼呼地用肩头喘着气，发出略带沙哑的嗓音说："大家记好，谁敢吵一吵，就得准备受罪。"

随着进来的一个警察，瞅着一张单子，一个一个叫唤名字，命令被叫名的人都到走廊下去。被叫名的人嘴里嘀咕着，一个个躬着身子从矮门里走出去。屋里只留下六个人了。

刚才倒在地上的斋藤，正像毛虫似的拱着身子准备坐起来，那警察又用皮靴连连踢了他两下。

过了一会儿，又来了别的警察，留在屋子里的六个人，每个人都有一个警察看住，连话也不能讲了。

龙吉坐在一扇开得很高的小窗子底下，昏沉沉的电灯光，茫然地映出了人们的轮廓，气氛是这样阴森，好像是只有影子在动。过了五分钟，又过了十分钟，刚才还是昏沉沉的电灯，好像渐渐地变得更加阴暗了。四周变成苍白色，而且渐渐地，屋里变成像深海底层一样的颜色。脑袋的一角一阵阵发痛，龙吉想：天快要亮了。黎明前的彻骨的寒气，刺进身体里来。屋角落里谁打了一个睡眠不足的短短的呵欠，接连着别的人也一个个打起呵欠来了。龙吉也皱蹙着鼻子眼，打了一个呵欠。可是，总觉得有什么渣滓似的东西，很不好受地塞满脑袋和胸口。

院子里静悄悄的，是一种冻结一样的寂静。走廊下，常常有穿着皮靴、咯吱咯吱疾步走过的声音。脚步声停下，打开了门，就好像是一种把冰打碎的声音。一阵杂乱的脚步声，有人被拉住了胳膊，嘴里抗议着在屋子前面经过。这声音一静下来，重新恢复黎明前的分外的寂静。又有人打着短短的呵欠，在外边走过去了。

"要睡觉，也不让睡么？"屋角里有人这样嘀咕。

"是天亮的时候了，天亮啦。"

警察也都是一副睡眠不足的、浮肿和迷茫的脸。

龙吉把身体靠在板墙上，闭上了眼睛，身体和神经感到极度的疲劳。人一静下来，觉得身体好像坐在船上，轻轻地振幅很大地摇晃起来。他每次被捕后有一种老习惯，当种种没有穷尽的空想、想象和回忆使他疲劳的时候，他照例背诵曾经看过的重要的书本，把书本中提出的问题，在脑子里做理论的分析。或者把在工会与党内引起争论的意见，重新整理一遍。现在他又开始这样做了。

龙吉记起上次开研究会时关于马克思价值论与奥地利学派的界限效用论的讨论，想把自己的想法，从看过的书中找出一些材料来，重新思索一番……

他完全被骇住了，一边穿裤子，一边跟跟跄跄的，身子站立不稳了。对于这样惊慌失措的神情，连自己也感到有点儿害羞。但他还是提心吊胆的，生怕隔一道纸壁，外边等着自己的警察的刀子碰撞的声音，会被幸子听到。他知道幸子听到这声音，幸子的"心"就会破碎的。

"爸爸要同学校里的人一起出门去哩。"

幸子睁开黑油油的大眼睛，向他望着。

"你带些什么礼物来送给我呢?"

他很难过，勉强地说："好，好，好东西，好多好多的。"

幸子一下子把脑袋转到纸壁那边去了。他立刻用两手抱住自己的头。咣的一声，他好像听到瓷器打破的声音。他从心里发出一声惊叫，连忙跑过去打开幸子胸口上的衣服。在葡萄干似的两个乳头中间，一颗像瓷碟一样的心破了。一看，这心上已有了一条头发似的裂痕……啊，啊，啊! ……龙吉连续地发出闷声的叫唤……

他睁开眼睛，屋子里已经清晰地射进了鱼肚色的曙光。大家都是很困的样子，有的把大大的脑袋耷拉在胸口上，有的半躺着身子，有的在板墙中腰上闪烁着茫然的空灵灵的眼睛。龙吉把自己的脑袋在板墙上轻轻地碰撞了几下。脑袋左边的一部分，还是在一阵阵地发痛。他觉得刚才做过的梦，还在心里好久好久地留下一些不愉快的真实的感觉。

但是，龙吉自己也明白了，他已经能够逃出那种伤感的绝望情绪了，那是每次被关在这种地方时照例会产生的，也是一种每个人都会遇到的。有些人说不定把自己弄得跟发狂一样，难受而无法解脱的阴郁的压迫。龙吉见到过好些人，仅仅因为这种情绪，脱离了革命。龙吉自己也只是仿佛走钢索一样，好容易才通过了这道关口的。一次又一次受到这种非法的残暴的压迫，每受一次，留在他身上的大部分的末梢神经，就迟钝一分，他感到跟蛀牙中露出来的神经一样，碰到一点点东西就立刻发痛。他的（用轻蔑的口气所说的娇嫩的）心已渐渐锻炼得跟钢铁一样了。可是在龙吉，这是名副其实的"连续的熬刑"的生活。像龙吉那样"知识分子"出身的人，要真正不单用头脑而用"身体"投进到革命中去，这是一种当然必须受到的"训练"过程。这不是一条简单的道路，是像被人抓住头发拖着跑路那样，崎岖不平而且峻险异常。

　　龙吉知道知识分子由于阶级的中间性，常常摇摆不定，面对着从农村和工厂中到来的健康的脚音，只有一条没落的道路。或者虽然参加了革命，可是总有些地方感觉得不合脾胃；又由于他们具有知识的缘故，容易对资产阶级的文化，或浓或淡地偷偷带一些迷恋的情绪和眉来眼去的关系。一般地说，知识分子总是觉得革命这件事太激烈了，常常故意"自己骗自己"地说，我不行，我不行，结果什么事情也不能干，什么事情也不干。他想，什么事情也不干，却拼命找理由替自己辩护，这是最无聊的行为。认真地、一心一意地去想这理由，是很危险的，为此去徒然地浪费时间，无论如何是不对的。他认为我们只要一步一步找到立脚点，脚踏实地走上这峻险的道路，最后，还是可以"做"一点儿事的。因此对于那些总是闷着头胡思乱想的人，他觉得不可理解。

　　光在头脑中胡思乱想，分明像飞进屋子里的小鸟，用脑袋在四边的墙上乱撞。想得太多了。你们的理由多得太讨厌了。没有光靠理由造成房子的道理！

龙吉现在对于蹲拘留所，已经不知不觉地习惯了。东京来的同志，借用资产阶级的口气，把被捕、坐牢（现在名称好听些，叫刑务所）称作"上别墅"。纵使无产阶级的先锋战士，也不会把"上别墅"当作高兴的事，坐牢对于一个普通人不能不算是一件相当重大的事情，可是他们却已经习惯到把它说得这样轻松了。为了参加革命，老是坐在牢里受罪，连打一个喷嚏也不能随便。这运动，可不比游戏性质的体育运动。

为了要从脑子里赶走莫名其妙钻进来的幸子的影子，龙吉大声打了一个呵欠。墙角上的斋藤，狠狠地用两手像钉耙似的向上拢一拢长得很长的头发。

换班的时间到了，分别看守每一个囚犯的警察走出去了。常常到龙吉家去的、因此已经相识的叫须田的警察，在走出去的时候，向他说：

"喂，小川，老实说，这种事情可受不了啦，也没有上班下班，身体可真吃不消哩。"他的话有一种奇异的真实感。他样子还和气，不像是一个打人踢人的警察。也许这正是他的本质，叫人觉得出于意外。

"真是，太辛苦了。"

这样说，并没有讽刺的意思。

斋藤望着这警察的后影，冷冷地像戏台上的道白一样，道了一声：辛苦。

当别的警察都出去之后，须田低声问：

"家里有什么口信要捎吗？"

龙吉一下子没有作声，不觉向须田脸上望了一眼：

"不，没有什么事。谢谢你……"

须田点一点头出去了。他那微驼的穿着制服的圆形的肩膀，显出一股出奇的寒酸相。

"哎，真想抽一支烟。"有人自言自语地说。

"啊，天亮了……"

6

跟龙吉关在一个屋子里的斋藤，在上厕所去的路上，正走到走廊尽头的一间拘留房面前。

"喂!"他听见那拘留房里有谁叫他。

斋藤停下脚来。

"喂!"是渡的嗓音。从里边把脸贴在小窗口上，果然是渡。

"渡吗？是我呀! 怎么，一个人吗?"

"一个人。大家都好吗?"还是平常的、低而有力的嗓音。

"好。你是一个人吗?"听见是一个人，斋藤心里一跳。

看守他的警察跟上来了。

"好好干吧。"说着就往前走去了。

一边走，一边心里想，这是怎么回事，看情形有点儿危险。回到屋子里，斋藤把这事告诉了龙吉。龙吉没吱声，咬住了下唇，这是他的老习惯。

石田又在厕所里见到了渡，两人不能讲话，可是看他那神气还很镇定，跟钢铁一样结实。

"喂，你知道不知道潘克洛夫德?"石田问斋藤。

"潘克洛夫德? 不知道，是共产主义者吗?"

"是电影演员呀。"

257

"哪有时间记住这些玩意儿。"

石田见到渡的时候，偶然想起在电影《黑暗的街》中见过的扮强盗的潘克洛夫德。渡，潘克洛夫德，两个人奇妙地结合在石田的脑海里。

渡被关进单人房的时候（跟警察刚冲进工会那时候一样），想到这一定是以他们为主体的地下活动给发觉了。一刹那间，觉得脸上唰的一下失了血色。但只是一刹那，立刻，他又恢复了平常的神情。特别是在单人房坐定下来的时候，他像出了远门刚回家的人那样，有一种很舒服的感觉。不管是渡或是谁，每天早晨睁开眼睛，工作就跟等着他们一样，把他们拉走了。拿着传单四处奔走；跑到厂里的同志那里和市内的支部去，听报告，商量问题，交代任务；中央的指示来了，就得结合当地的实际情况，用各种各样的方式来执行；委员会开会了；连续着跟扔石头吵架一样的讨论；油印机；工会会员的教育；讲演会——准备工作、传单、奔走、讲演、被捕——他们的身体像拴在轮转机上一样，忙得团团乱转，没有一天例外。接连着，接连着，无论到哪里，总是好像无限的循环小数一样地连续着。真够呛！几乎要这样说了。而且在所有一切的时间，他们的心总得不断地紧张到最高的限度。在这样的精神状态中，"上别墅"对他们是一种休息。所以"上别墅"这句话除了幽默，同时也含有资产阶级所谓"休养"的意思。可是谁也不说出"休养"这一点，大家明白，假使这样说，就会被人批评没有战斗性。

渡伸着两条腿，从大腿、膝头、小腿、脚胫顺次地揉着，以后又倒过来揉；用手掌的侧面敲敲头颈和肩膀，跟做深呼吸一样，又深又缓地打了一个呵欠。忽然想起从来连呵欠也没有舒舒服服打过一次，不禁独自觉得好笑，就笑起来了。

四五天前听到铃本唱，不知不觉记住了"太阳出来又落山啊，监狱永远是黑暗"那首歌，他小声地、快乐地哼了起来，一句一句体会着，一边唱，一边在小小的单人房里踱起步来。渡的头脑里，现在可说什么也没有了。可是一想到准备今天在全国各地普遍举行的打倒反动内阁讲演会，现在开不成了，我们的运动不得不暂时停顿一下，心里又有点儿懊恼起来。不过，说实在话，很奇怪地，对现在的渡说来，这样的事情好像只是一种不愉快的感觉，在快要睡着的时候，断断续续地、淡淡地飘浮起来，一会儿就会消失掉的。

渡吹着口哨，踱着步，用指头敲摸着板墙。他的心情是平静的。有些人一进牢狱就变得消沉和忧郁，这样的心境渡是不了解的。他向来和这种心境无缘，他没有女学生那样娇嫩的高贵的神经。而且更重要的，因为自己勇敢地担当了正确的历史使命，所以被投进牢狱里这一事实，在渡的身上，和因受不住痛苦而非反抗不可的愿望，是不用什么解释就能完全一致的。他从来没有觉得自己的主义和主张会像长在身上的瘤一般，妨碍自己的自由行动，因而感到拘束，不断地受到良心的责备。渡一点儿也没有想过自己牺牲了什么，也没有想过我是在为社会的正义而斗争。只是一种天生的"仇恨心"，很自然地干他所要干的事情。这就是他从心底发出来的感觉，而且他还有坚强的意志。他这种表里一致的完全赤裸裸的坚强性格，有时跟柱子一样成为大家的依靠，也有时引起其他工会干部的疯狗一样的剧烈的反感。工藤在许多地方跟渡相像，却不像他那样永远是直肠子似的把"心思"完全暴露在外面。因此大家开玩笑地说，工藤是必须跟在渡身边的"恩格斯"。渡是没有"两条心"的人，他绝对没有那种一条心干事、另外一条心却想来想去的优柔寡断的情形。这在外边看来，也许就是一种"钢铁的意志"。他永远就是那么痛痛快快地干下去。

他甩一甩脑袋，把掉到额前来的头发甩向后面，在单人拘留房里来回地走着。他的又短又粗的腿，像打拳的人一样向外弯着。因此他的身子，看去好像放在一个结实的座盘上。他有一种一步一步把气力用在脚跟上慢慢走道的习惯。他的皮鞋跟就像那些习惯不好的人使用的墨，先在后跟外侧斜斜地薄下去。他一边走，一边想那些同志不知怎么样了。他最担心有人会对这一次的弹压感到害怕，假如时候一久，这种害怕的情绪就更加不好。他打算想出对付的办法。

　　墙壁上，有用指甲和铅笔之类所留下的各色各样的题壁。渡闲着没事，就留心一条条瞧看。

　　"我是小偷呀，嘿。""这儿警察局长的脸相，是要死在刀下的。骨相家。""火灾，火灾，火灾，火，火（这是用未来派的字体写的）。""不良少年是生活最严肃的人，哈哈。""社会主义者呀，请替我想办法吧。""你应该成为社会主义者。""我没有饭吃呀。""局长，令爱已经有了一个有名的情夫了。""什么，这种地方，谁怕你。""工人们，强大起来。""告一切到这儿来的人，题壁颇不雅观，请勿再题。""放你的屁。""在此被强迫丧失自由的人，题壁是唯一自由的乐园，告一切到这儿来的人，请放手题壁吧。"

　　"工人现在骄傲起来啦。""浑蛋，你再说，打死你。工人。""有妻有子，没有饭吃，我恨这个社会。""对，实在可恨。""劳动吧！""劳动？你以为这个社会，劳动就有饭吃吗，浑蛋。""社会主义万岁。"

　　渡每次来，总得题上几句。从来没一次不题。

　　"我终于来麻烦警察了。悲哀的人。""在小樽，有八个警察的老婆，因为生活困难在卖淫，每次三元。穴知生。"

　　渡就在这两条题壁后边的空墙上，用指甲深深地、一心一意地刻起来。因为贯注了整个精神，可以不知不觉消磨许多时间。这跟绘画一样快乐，一心想题得长些。他用肩头使了劲开始工作，照他每逢精神贯注时候的习惯，把舌尖歪在嘴角上，一个字一个字刻下去。

喂，大家听！

这个拘留所是专门为关我们穷人而设立的。

警察是住在高墙大院里的有钱人为了捞大钱雇来的看门狗。

你见有钱人进过一次拘留所吗？

一次也没有。那么，我们就应该用那发愁发闷的工夫去团结自己的力量，打倒那些没用的有钱人和他们的走狗官府，打倒那种不合理的政治。

你发愁发闷，只是白花眼泪。

你害怕，就得一辈子受罪。

喂，弟兄们！

第一，我们要握起手来，紧紧地握起手来。

警察的锈铁刀，想打散我们的团结吗？好，打打看！

我们工人，劳动，劳动得倒在地上，还是一个穷，天下有这样岂有此理的事吗？

我们要创造劳动人民的世界——工人和农民的世界。打倒靠利润吃饭，把人脑袋抛着玩儿的有钱人的世界。

我们要建设这样的社会。

喂，伸出手来！

紧紧地握！

喂，你，喂，还有你！

大家，大家！

渡花了很长的时间把那些字刻好，又从头读一遍，感到很满意，就吹着口哨，把手插在灯芯绒裤子的兜儿里，走远一点儿瞧瞧，又走近点儿瞧瞧。

天亮起来了。电灯灭了，可是眼睛还没习惯，屋子里立刻黑起来。墙上的题壁看不见了。苍白色的晨光，从四方的窗框里射进来，向下形成三四十度的斜角。渡忽然放了一个响屁。他一边走，一边在肚子里使劲，接连着放屁。因为他有痔疮，一放就是连珠屁，臭得要命，连自己也受不住。"见鬼，见鬼！"渡骂着，把腿抬一抬，就是一个屁。

大概八点钟左右，门口钥匙声响了，门打开来，一个腰上没有挂刀的警察，在分趾袜子^①上套一双草鞋，走进屋子里来。

"出来出来。"

"我不是动物园的野兽呀！"

"不要胡说。"

"让我回家吗？谢谢你。"

"提讯。"

他这么说着，忽然叫着"好臭，好臭！"连忙跳到走廊里去。

渡明白是怎么一回事，就大声笑起来。越笑越好笑，笑得捧住肚子直不起腰来。不知道为什么这样好笑，就是忍不住地笑。

7

十五日那天中午，又带来了五六个工人。那屋子太窄了，大伙

---

① 日本人的一种袜子，大拇指另行分开，用以套木屐或草履的鼻绁。

被转移到练武厅去。练武厅一半铺着席子，一半铺着地板。屋子三边几乎全是玻璃窗，光线很强烈，刚从阴暗的地方搬过来不习惯，开头时大家都眼花了。屋子中心安着一个大炉子，见面的人有许多都是相识的，就围住炉子谈起话来。大概有四个看守警察，他们也跨开大腿靠近到炉子边。

开头，大家对警察还有些顾虑，没有吱声。可是憋得慌了，就一边留意着警察，一边断断续续谈起话来，准备被警察吆喝的时候立刻停止。可是警察对他们的谈话，却一会儿表示同意，一会儿又催促他们。原来警察也憋得慌啦。

到了傍晚，大伙被叫到外边去。从后门排队出去，在警察局的院子里绕了半个圈子，又从前门带进屋子里。原来是被"秘密转移"① 了。大家的脸上立刻显出不安。脚步声杂乱地走进练武厅里，大家靠近了脸说：这是怎么回事呀。每个人立刻感到这回逮捕一定还有别的原因。喝着没有一点儿菜料的又咸又苦的汤，吃过了没有黏性的又粗又黑的麦饭，大家又围到火炉边，可是谈风已经健不起来了。

过了八点钟，工藤被叫出去了，大家紧张了一下，眼看着工藤走出去的背影。

夜渐渐深起来，烧着像在冒烟一样的廉价煤的炉子已经不大暖了，人们的背脊感到一阵阵的寒气。龙吉到阴暗的屋角去取棉袍子，石田从他的后面跟上来。

"小川君，这件事我不知道当大家的面说出来好不好，所以没有说。"他低声地说。

---

① 日本法律规定，被捕的人在二十四小时内须确定罪名，在三十天之内须送法院受审，否则，到时候就得释放，但警察局对政治犯施用"秘密转移"的方法，往往在拘留的第二十九天内转移一下拘留地，就算没有到期了。

龙吉胃又痛起来了，他蹙紧了眉头，努力忍耐着。

"嗯？"他反问了。

练武厅外边有人走过，发出咯吱咯吱的脚步声。

刚才石田到洗脸房去。这儿只有一个公用洗脸房，分关在各个屋子里的人，在那儿可以互相见面，碰上运气，还可以讲几句话。大家上洗脸房去，都希望碰上这样的机会。石田走进洗脸房去时，看见正面板墙上挂着的横长的镜子前，正有一个肩膀宽厚的汉子背冲着他在洗脸。那时石田也许正在心不在焉地想着旁的事情，走到那汉子的身边。这时候那人忽然抬起脸来，正和石田无意中望着他的目光碰在一起。"啊！"石田确实发出了一声惊叫，从头到脚迅速地瞥了一眼。他觉得自己的身体像纸片一样轻轻地飘起来，一只手托住洗脸房的架子，一只手不自觉地从眼到脸摸了一把。脸！这是人的脸吗？像烂茄子一样肿成紫色的，是名副其实的"阿岩"①脸，这不是渡吗！

"挨打了。"用手指一指自己的脸，笑了一笑，好怕人的笑脸。

石田一句话也没有说，他愣住了，心窝的下边好像痒呵呵的，哆嗦起来了。

"可是，没有屈服。"

"嗯……"

"不要让大家害怕。"

那时候，只有机会说了这样几句话。

"我看事情一定很大。"石田气愤地低声说。

"嘿……事情也不是猜不到的，可是最要紧的还是不要害怕。"龙吉望一眼炉子边的伙伴和警察。

---

① 阿岩是戏剧《四谷怪谈》中的女主人公，被丈夫虐杀，投入河中的。

"那是不错，不过到了警察局里，还要虚张声势，认为不胡闹就不算战士，这种想法要叫他们停止才行。到了警察局老老实实待着，也不一定就是害怕。"

"对的，嗯。"

"斋藤那种人，"他望一望在炉子边指手画脚谈论着的斋藤，"上次居然说，有些人给警察抓去，判了最轻的罪名，还不害臊地去上吊，这种人不是无产阶级的战士！"

"……嗯，干革命的人，多少会有这种心情……说起来，这也是一种感伤主义。那时候，他觉得对不起同志。当然，这应该利用每一个机会来改正。"

石田瞅着对方，想插进嘴来，可是没有说，做出沉思的脸色。

"不过这是很困难的，过于严厉地批评他们是幼稚病什么的，说不定会把他们最主要的优点——热情这一点都完全否定了。当然幼稚病和热情完全是两回事。"

石田瞅着自己的脚指头，就在那里蹺起步来。

"最重要的是要把热情直接纳入正轨。不管怎么说，我想热情到底是最主要的、根本的东西。"龙吉不知想到什么，突然把话打断了一下，"你也知道，有一句有名的话，没有革命的理论就没有革命的行动。可是我想，光有理论到底还不够，在这句话当中还省略了一件当然要有的重要的东西，那就是热情。"

"像线香火花一样的热情是错误的。像牛一样，不论在什么情况下，总是一步一步走去，决不停止。特别在咱们这样需要长期坚持的运动中，就得要这样的热情。"

"对，不过表现热情的形式各人不同。因为咱们这运动，并不是两三个情投意合的朋友可以干得了的，这就得把各种各样不同的人，结合在一个巨大的感情里，能够把什么都团结起来的更高一级的感

265

情里，尽可能地融合一切的差别。这在个人来说，有时也会感到不愉快。可是只计较这种事，当然是不对的。比方我对渡的某些方面，也有讨厌的地方，不但对渡。但决不因此就离开他，咱们的运动是一个组织的整体，离开了整体就什么也做不成了。"

"嗯，嗯。"

"而且我们的工作还会碰到种种的困难，那时候，说不定为了这种小事，会引起意外重大的分裂。因此我想，咱们对于这种瞅不见的、好像没有多大关系的事情，必须特别认真地留心才好。"

"嗯，嗯。"石田嘴里连连答应。

他们走到炉子边，大家正在跟警察一起谈猥亵的话。有两三个莫名其妙被带来的工人，开头的时候战战栗栗的，从旁人看来简直萎靡得不得了，可是在猥亵的谈话中，却不时插进嘴来，笑着。当谈话中断，大家沉默下来的时候，在他们的脸上，就好像流云投下了阴影，忽然又暗起来了。

斋藤指手画脚地谈论着女人的事。他是一个健谈家，把大伙儿都吸住了。他讲完了话，向那个正听得出神的、头发稀薄的肥胖的警察伸出手去："喂，石山先生，拿支烟卷来。"

石山警察下流相地嘻嘻地笑着，从上衣的内袋中，拿出一支皱得快要断了的蝙蝠牌，递给斋藤。

"好极了，好极了，再谈一个更精彩的吧。"

斋藤用狡猾的眼光，向对方瞥了一眼，笑了一笑，拿烟卷仔细地在手心上搓直，涂上口水，使它湿透了，可以保留得更久一些。

"不，太可惜了，以后慢慢儿再抽吧。"他把烟卷搁在耳朵上。

"……快点儿处理我们吧。"屋角上有谁自言自语地说。

"嗯。"大家听了这句话，好像心头被电棒照亮了一样。

"我是从码头上给抓来的，家里的人不知怎样在着急，我不干

266

活，老婆孩子就没有吃的。"

"咱也一样啊。"

"……这种活动，实在够呛，真怕人。"一个很久前就参加工会的工人，带着深切的同情说。

"为什么？"斋藤插进嘴来。

被斋藤一说，那工人就不吭声了。斋藤用显然生气的口气追问了：

"嗯？"又催了一声。

"得啦，得啦。"石田眼睛瞅着警察那边，在斋藤身后捅了一下。

这个叫木村的工人，在工会里已经很久了，对外并没有做过什么工作。他老是嘀咕着——他在仓库里的工作实在太苦。他知道工会是帮助工人改善生活的，所以他参加了工会。可是因此得被警察抓起来，他实在觉得苦恼。他不明白，为什么硬要做这样的"坏事"。他又觉得可怕。他认为工会应该好好工作，不该做这种坏事。他转错了念头，他以为他得找一个机会退出工会才好。他就好像被人家从后面推着，不知不觉地推过来的。只要碰到什么跌撞，就立刻借此从轨道上滚下去。他对工会的工作，从来没有积极过，就跟傀儡一样，做一些分配给他做的事。

总选举的时候，因为撕了敌党候选人的宣传招贴，劳农党必须推出一个人来让警察抓去。渡叫木村去，告诉了他许多应该注意的事情，说："说不定会挨几下揍，你得好好忍受。"

"我不干！"一句话就拒绝了。

渡想不到他会这样回答，"啊？"反应地叫了一声，就默默地瞅住木村的脸。

"我这样干，给警察关上一两天，就没有饭吃了，我不干！"

"你对咱们的运动还不明白呀。"

"你们当干部的，给警察抓去了，就会更加出名，以后声望更大，我可不同呀。"

渡把一口气憋在肚子里，马上不言语了。那时在旁边的龙吉觉得"这空气不好"，工会干部不能为"这样的事"跟一个普通会员闹别扭。

"那么，叫别人去也可以。"

龙吉只好这样说了。对于木村这样的人，目前这件事，正是最好的"撒手"的机会。他下了决心，放出去之后干脆不干。

"没出息的家伙。"

斋藤想起好久以前木村的那回事，故意掉过脸去。

"木村，工会会员就得像一个工会会员，特别碰到这种时候，咱们就得坚强。"

龙吉一边搔着因烤了火发起痒来的大腿，一边说。可是木村没吭气。龙吉忽然想到，在这样名副其实的战斗的左翼工会里，出乎意外，有大多数是木村这样的人，这可不是一个简单的问题。

最近由木村介绍入工会的柴田，正抱着两个膝头望着大家。他跟木村睡在一条被子里，因此知道木村已经从心底里消极了。柴田自己开头也有些挺不住，特别是睡在工会里被警察冲进来的时候，就吓得脸无人色。但他在平时已经想过，知道这种事当然是非忍受不可的。他觉得自己是一个没用的人，在这些地方做得很不够，还应该比别人加倍努力地干。因此他细心地瞅着渡、工藤、龙吉——那些人的一举一动，一向甚至"过分用心"地监督着自己。这次事件对各种各样的人是一面严格的筛子，眼看着从筛子眼里一个个掉下去的同志，心里很难受。但这也许是一个必要的过程。柴田想：我虽然是一个后来的新人，可是，妈的，决不能掉下去呀。

炉边的谈话，因这件事打了岔子就沉默下去了。可是一会儿，不知由谁开头，又谈起女人来了。

到八点钟，在席子上铺开了被子，每两个人盖一床棉被睡下了。"只要能够睡得着"，睡觉就是唯一的乐趣。好些人一齐解带子，脱袜子，发出索索的声音。

"早点儿睡着做一个梦吧。"有人这样说。

"拘留所里的梦，可不好受。"

"他妈的。"

对方嘿嘿地笑了，好像远足旅行的学生到了旅馆里，不断地吵闹着。警察一次一次吆喝着"轻点儿""轻点儿"。

棉被的沿口沾染过几十个人的体污，像乌贼干一样，滑腻腻的，碰在脸上很不好受。

"啊啊，简直到了天堂啦。"被口掩着嘴喃喃地说。

"地狱里的天堂吗？"

从相隔很远的地方，有人突然说："真想做一个好梦。"

"睡吧，睡吧。"

不时地，东一句，西一句，发出这样的对话。调子渐渐松懈下来，间隔的时间也长起来了，约莫过了二十分钟，偶然听到像说梦话似的声音，就完全静下来了。

练武厅外边，是冷落的漆黑的街道，不大有人行走，可是这会儿，却时时听到木屐咯吱咯吱拖过冰冻的雪路。警察局的院子里有人远远叫唤，听起来好像是从很远的地方传来的。

"睡着了吗？"

龙吉睡不着，悄悄向睡在一起的斋藤问。斋藤没有动，睡着了。已经睡着了，这真像斋藤，他独自笑了一笑。龙吉一只手像揉摩似的按着一阵阵从底里发痛（痛得不怎样厉害）的胃，一边想着种种

269

事情。

"喂喂，"听见这声音，心想是谁呀，自己正在读那么难读的书，不觉冒起火来，"喂，喂。"有人用力抓住他的肩头。妈的！想转过身来瞅一瞅，勉强睁开眼睛，人还非常想睡。在这刹那间，像一张照重了的相片一样，他瞪了好一阵眼，分清了梦和现实的境界。对啰，眼面前有一张肮脏的毛胡子的警察的大脸。

"喂，喂，起来提审呀。"

龙吉一惊，不自觉地坐起来了半个身体。

迷迷糊糊地把人拉出去，这是他们的老手段，钥匙锵啷锵啷在寂静的四周发出不祥的声响，龙吉跟着警察走出去。

约莫过了三十分钟，工藤被警察带回来，脸色苍白得怕人，收拾起留在练武厅里的行李，立刻又被警察催促着走出去了。那时候，他向房子四边大家睡着的地方望了一眼，想说些什么话，可是把身子转了一圈，就显出结实的背影走出去了！锵的一声，锁上了。从走廊上，好久好久传来两个人的不一致的脚步声。

屋子里，像淤泥里吹臭泡似的发出睡梦中翻身的声音，唉声叹气的声音，和含糊的梦呓声。

8

警察局里，一星期工夫，胡七乱八的，像赶猪一般赶进二百来个工人运动者、工人和有关系的知识分子，也有跟运动毫无关系的来探监的兄弟，被扣留起来的。挨了打，一个星期还不释放。但这样的事情，还不过是插话中的百分之一罢了。

审问开始了。

对于渡，即使没有这次共产党事件，警察局也老早准备非收拾他"不可"了。他们像楔子似的硬钻在合法的政党和工会运动里，想把他拔出来。可是在那种情形之下，他却名副其实像豹子似的活跃着。现在被他们抓住了，他们都很高兴："这家伙，这回可以揍个半死了。"

渡在审问中一句话也不回答，光说："随你们的便吧。"

"你这话是什么意思？"司法主任和特高警察越来越感到棘手了。

"你说什么意思都行。"

"要动刑呀。"

"那也没有法子。"

"瞧你现在硬装着天野屋①的样子，等会儿可别变成龟孙子。"

"想不到你们眼光那么差，你们早该明白，我不是那种人，挨挨揍，揍个半死就会说的。"

他们"真正"觉得棘手了，知道"渡这个人"就是这样的，就发起慌来。因为如果他们从这共产党的"首恶"口里搞不到一点儿"口供"（他是首恶，又不能随便把他治死），相反地，自己的前程就难保了。主要就是为了这个。

渡的衣服给剥光了，马上一句话也不说，就用竹板子从后边打来。这是用力打上来的，竹板子发出呼呼的声音，每打一下，就向下面弯曲一下。渡嘴里嗯嗯地哼着，把浑身气力都使在身体的外部，熬住了疼痛。大概打了三十分钟的样子，他就跟被火烤过的乌贼鱼一样，蜷曲着身体倒在地板上。最后的一下竹板子重重地落在他的身上，他像一条中了毒的狗，手腿僵硬地伸向空中，哆嗦地抽搐了一阵，就昏过去了。

渡有过长期受刑的经验，学会了跟运气师一样能够毫不在乎地

---

① 天野屋利兵卫是德川时代的义士。

让铁针刺进胳膊，或是用手抓住烧红的铁筷。因此一说要受刑，心里就来了一种紧张。这种紧张也许正是不知不觉中养成的运气术，越紧张，刑罚对他越没有效果。

在这儿，石川五右卫门①、天野屋利兵卫受过的那种残酷的私刑，并不是几百年前的老话，而是眼前的事实。当然，文字上是这样写的——刑法第一百三十五条："对被告人必须态度温和，使其有机会陈述有利本身之事实。"

洒了冷水，呼吸恢复过来了。现在，开始用诱骗的战术了。

"任你们怎样揍，也是白费气力的，我绝对不会说什么的。"

"你的事情我们已经完全知道，你说出来只是减轻你的罪。"

"你们已经知道就行啦，我的罪可不用请你们费心。"

"老渡，你这样子，可没有法子呀。"

"我也没有法子呀，我对受刑是免过疫的。"

后面站着三四个拷问员。

"这家伙！"一个拷问员从渡的身后伸出两条胳膊，勒住了他的脖子，"就是你这家伙一个人，把小樽市闹得乌烟瘴气。"

这样，渡又第二次昏过去了。

渡每到警察局来一次，心里总要苦笑：就是这些家伙，地方上的居民称他们叫"警察先生"，把他们当作保护"安宁"、"幸福"和"正义"的了不起的人物。资产阶级教育的基本方法，就是把"错觉法"当方法论。他们巧妙地把内容跟外表弄成两回事，叫人人都相信，一点儿不落形迹，实在叫人佩服。"喂，我告诉你，不管对受刑免没免过疫，东京有指示，必要的时候，揍死个把人也没有关

————————————

① 石川五右卫门是丰臣秀吉时代的义盗，传说被秀吉逮捕后，用大铁锅煮死。

272

系呀。"

"这是一个好消息，真的么？给揍死了也没有关系，如果我给揍死了，无产阶级的运动从此消灭，那我倒要考虑一下，可是我们的队伍是越来越大的，这一点，我很放心。"

接着，渡又被赤条条地吊起来，脚指头离地只有两三寸。

"喂，你就认输了吧，怎么样？"

从下面，一个懂得柔道三段①的警察，用手背轻轻叩着悬在空中的渡的脚。

"我才不认输呢。"

"真是笨蛋，这回是新式的呀！"

"随你的便吧。"

"嗯。"

这一回，渡可有点儿受不住了。这是用席匠使的粗铁针刺进身体里，每刺一针，他就好像触着强烈的电流，身体咕一下跟逗点似的缩住。他扭曲着吊在空中的身体，咬紧了牙齿，大声地吼叫起来：

"杀吧，杀——吧，杀——吧！"

这比用竹板子、手掌、铁棒和绳子鞭打更加难受。

渡越是在受刑的时候，越产生一种不需要理论的仇恨，对资本家的火一样的反抗。他觉得拷问正是无产阶级从资本家那儿所受的压迫和剥削的最具体的表现。当渡对自己的"战斗意志"特别觉得没有自信，情绪上有点儿犹豫不定的时候，他就想起拷问。每次受到非法逮捕，被打得走起道来都头昏眼花地回来，渡就意识到在他的身体中不可抑制地涌起一种"新"的阶级仇恨。这种感情，只有渡那样的人才有；那些懂得马克思、列宁的理论，抱着"正义"感

---

① 柔道是一种武技，分为九段，第三段是相当高的功夫。

参加运动的知识分子和学生们，是做梦也不能有的。"真正的仇恨难道能从理论中像虱子一样爬出来吗？"渡和龙吉常常为这个问题引起剧烈的争论。

铁针每刺一下，渡的身体就向上一蹦。

"妈的！人要长着神经干吗呀。"

渡咬紧了牙齿，在意识中模糊地意识到自己的脑袋突然耷拉到胸口上去了。"等着瞧吧！"这是最后的一句话，渡又第三次死过去了。

第三次回过气来。渡感到自己的身体像纸片一样飘摇不定，意识上仿佛包上一张皮似的模糊不清。人到了这样的情况，就决心"随便你们去摆布吧"。人的意识变化到这种情况，对于所受的打击就有麻醉剂的效果。

主任拿出警察局编造的共产党组织表来，说"问题都已经弄清楚了"，想瞅一瞅渡的表情。

"嗬，了不起，果然是……"他像喝醉酒那样地说。

"啊呀，承你这样佩服，还是没有办法呀。"

审问的人差不多已经把所有的手段都使尽了。

最后，警察又胡乱殴打，用底上钉铁钉子的皮鞋乱踢。这样继续了一小时的样子。渡的身体跟芋头口袋似的任人转弄。他的脸变成"阿岩"了。结束了连续三小时的拷问，渡跟猪下水一样被撂在拘留房里。他一动不动地哼着，一直到第二天的早晨。

接着，工藤被提审了。

工藤用比较直率的态度应付了审问。他能够克制自己，不在这种场合光凭勇气，对不同的场面，灵活运用不同的方式，很好地来适应。

警察对工藤的拷问，大体跟对渡的差不离。只是他赤着脚立在地上，拷问的人从后边用皮鞋猛力地踢到他的脚跟上，踢得他突然往上蹦起来。这一踢，嗡的一下一直刺激到他的脑顶心。他受了这样的拷问，接连在审问室里旋转了两三圈。脚颈以下麻木得跟木杵一样。从脚后跟流出来的血，在地板上画下一个圈圈。工藤发出尖嗓子（他的嗓子一向是尖的）叫嚷着，跟瘦马一样地蹦跳了。最后他精疲力尽地坐在地上。

受完了这个刑罚，警察又把他两只手掌心向上摊开，放在写字台上，用力把铅笔钉在上面。以后就照常常使用的方法，在指缝里夹着铅笔捏紧他的手指。这样连续使用着这些刑罚，每次所受到的强烈的刺激，使他的神经陷入极度的疲劳，变成暂时的"痴呆状态"了。弹簧松了劲，失掉了弹性，一切就"听其自然"。警察抓住这个时机，使受刑者供出他们所需要的供状。

紧接着审问铃本，用的也是同样的手法。从某种意义说，他受到的是更危险的刑罚。他没有挨打挨踢，只是连续八次（八次！）被扼断了呼吸。从开始一直到完毕，警察医按着他的手腕试脉搏。扣紧他的脖子让他断气，立刻又使他回过气来，不到一分钟又重新使他断气，然后再使他苏醒过来，一次又一次……连续了八次。到第八次，铃本完全跟喝醉酒似的昏头昏脑了。他完全麻木了，不知道自己的脑袋还在不在脖子上。只有司法主任、特高警察、拷问警察、屋子、家具的影子，在他眼睛里忽聚忽散，显出表现派的图画一样的形式。在这样意识朦胧的情况中，好像被大人抓住肩头摇晃的孩子似的进行了审问。铃本想到：这好危险。到底他怎样回答一句一句的审问，他自己也不知道了。

佐多被关进去的那间拘留房，有四五个以各种罪名被抓进来的人。这是那排拘留房中最尽头的一间，斜对面不远就是审问室。

他被警察抓来的时候，一次又一次地想：我们所以受这样的罪，

275

是因为英勇地担当了伟大的历史使命，企图以此来说服自己。可是他的精神却完全相反地从心里瘫痪下去了。当他走进拘留房的时候，他感到"此生休矣"的黑暗的感觉。好像汽车疾驶到悬崖的顶边，再也不能操纵，心里啊哟一声，用手掩住脸。他所感到的正是这一刹那间的心情。在这种心情占统治地位的情况中，以前读过的列宁和马克思的书也都没有了。"此生休矣，此生休矣。"只有这一句话，像海带卷一样，一重又一重地卷住了他全部的身心。

再加这个跟垃圾箱一样的拘留房，使他那绝望的心情，加深了两倍三倍的黑暗。屋子里没有日夜早晚的分别，始终是昏暗的，到处发出霉蒸气，中间铺着两张抹布似的席子，如果揭起来，底下一定会爬出大堆的蛆子、昆虫和腐烂发霉的尘土。空气凝滞不动，发出厕所的气味，是一种吸进去好像有渣似的留在肚子里，胸头会翻腾上来的臭水沟似的空气。

他因为在公司里办事，虽然没有出头露面，却也真正学了一些革命理论，跟大家一起参加了实际工作，可是从各种环境生活的习惯来说，跟处在低生活水平的工人，究竟不能不有所不同。在平时，没有感到这一点。当然只要他努力，这种事情也绝不能成为他参加革命事业的障碍。

拘留房的空气，不到两天之中，已经在他高贵的身体上发生了深刻的反应。他不时恶心，可是没有吐出东西来。在家里的时候，每天早晨上厕所，现在也不上了。食物恶劣和运动不足，立刻在他的身体上引起了变化。第四天早上强制自己到厕所去，可是努力了三十分钟，只拉出了硬巴巴的老鼠尾巴那样细细的三段。

在拘留房里他独自一人像孤岛似的离开着别人。他总是不了解：那些人到了这种地方还能够那么舒服、高兴（看样子是这样的），大家谈这谈那。可是佐多一动不动地待着，马上又觉得受不了。他站起来在屋子里毫无目的地踱着。有时偶然靠在板墙上，就那么一直沉思起来。他想到妈妈一定比自己还伤心。妈妈所说的那种"小康的、幸福的生活"不是已经实现了吗。可是自己把它毁了。从此长时期的生活，就只有牢狱和苦斗！一辈子将永远过一种没有休息、栽倒在地下、昏昏迷迷的阴暗的生活。他好像历历在目地望见了自己的一生。他甚至想，我正是"枉费心机"了。他好像浸透了水的海绵，从心里沉溺在感伤中了。

一个眼光很尖的近六十岁的汉子，据说已当了三十年"小偷"的，对他说了："真可怜，这儿可不是你这种人来的地方啊！"

这句话，意外地使他胸头忽然发热，差一点儿哭出来了。可是他不但不克制这种感情，却迷迷糊糊自溺在这种感情中，甚至以此自慰。要不那样他可受不了。

第一次的而且是突然到来的对他的过于强烈的刺激，稍微有一点儿习惯之后，佐多已能够从这种思想中一点点摆脱出来了。我们的运动不可能没有一点儿牺牲就能成功。有一种人，光是兴奋着，自己什么也不干，单想一脚跨到（一定有人代干了的）革命成功的世界，对于他们，眼前的这种经验，正是最好的警惕。

佐多终于有这样想的余裕了。中间阶级所特有的，认为自己不白费心思去管闲事，就可以过小康日子的意识，总是时时露出头来。工人们干这运动，是因为自己生活太苦，并不是为谁而是为自己。可是像佐多这类人，只要心里放松一下，好像是"为着别人"的那种感情，就跟脱出链子的狗一样，马上自然地跳出来。他知道自己已经开始陷入过去常常想到的、认为危险的陷阱里了。他对自己的糊涂大大地惊心。

但佐多的这种思想，并不是很有力量的。每天或是一天之中，这两种相反的情绪在他的心里反复交替。每交替一次，他就一会儿变得忧郁，一会儿变得快活。时间长得可怕，没有什么事情干，不得不老待在一间屋子里。除了这件事，他没有别的可想了。

晚上，也许已经过了十二点钟，佐多被睡在身边的一个"不良少年"摇醒了。

"喂……喂，你听见了吗？"在黑暗中，很低很低的声音，就在他的身边。

开头佐多不明白是什么事情。

"你静静地听。"

两个人屏住了呼吸，全神贯注在耳朵里，耳朵里有一种深夜中常有的嘤然鸣叫的声音。佐多从迷糊中清醒过来了。

"听到了吗？"

远远的像击剑似的竹板子的声音（确实是竹板子的声音），传进他的耳朵里来了。不但竹板声，其中还夹杂着皮肉声那样的声音，可是不很清楚。

"听，听……听，哪。"那声音每高一次，不良少年就这样提起他的注意。

"这是什么？"佐多低声问他。

"动刑啊。"

"……"咽喉里好像突然吞进了一根铁棍。

"你再仔细听啊，对不对，喂，喂，那是受刑的人在叫唤哪？"

佐多不知道在叫唤什么，可是这是一种悲痛的叫声，只要听过一次，就刺进心里，一辈子也忘不了。当他凝神静听的时候，仿佛半夜里发生火灾，听到悲凉的钟声时一样，身体哆嗦起来了。"牙齿龈"再也合不拢来。他不自觉地一只手抓紧了被口。

"听出来了！好像在叫，杀——吧，杀——吧！"

"是叫'杀——吧'吗？"

278

"哪，你仔细听。"

两个人又屏住呼吸倾听。叫声从远处，像提琴的最高音一样又细又尖，针尖似的刺进他们两人的耳鼓。杀——吧，杀——吧！不错，真是这样在叫。

"哪，哪。"

"……"

佐多双手掩住耳朵，脸埋在汗臭的油腻的棉被上，耳朵和脑髓的深处，却还听见那个叫声。过了一会儿，这声音停止了。听到审问室的门打开来。两人把脸凑近小窗子向走廊上望。听到杂乱的脚步声，有人被拖出来了。瞅见前面有两个人走过来。电灯很暗，瞅不清是什么人。只听见哼哼的呻吟，和被压抑着的又低又粗的喘声，在静寂的走廊下传过来。当两人走过他们跟前的时候，他们听见警察的声音："你这人太倔强了。"

佐多这一夜怎样也睡不着，脑袋一阵阵发痛，终于起来了。

他想到"受刑"，光是想一想，脊梁肉就抽搐发痛，膝头自然地哆嗦起来，甚至想软塌塌坐在地上，嗓子眼干得难受。

以后又过了两天，值班的看守把佐多叫起来，他想：来了！站是站起来了，可是他的身体跟木头一样，不是照自己的意志来行动的。他想对看守说话，可是他的下颏忽然掉下去，意外地"噢呜，噢呜，噢呜"发出婴儿一样的声音。

看守不懂他是怎么一回事，把一直在口里喷着的烟圈停下来，问道："怎么啦？"

龙吉的审问又是另一种情况。当初，他还在学校的时候，曾经被捕过三次。不过，那时候，在他看来，倒是警察方面对他还有点儿畏惧。他们从不对他称"你"或"你这家伙"，而称他作"您"。他们的态度，倒似乎是向龙吉请教的样子。可是从龙吉离开了学校公开投身运动以来，就渐渐变化了。"你"和"你这家伙"有时也混用起来，而且过去的态度露骨地改变了。不过对付知识分子的他，跟对渡、铃本、工藤他们不同，究竟是客气得多了，龙吉觉得好笑。渡曾经说过："假如在警察局里狠狠地挨过一顿揍，小川先生一定会变成更厉害，更有希望的人物。"这种话，渡常常随便说的。

"我的感受性比你敏锐，结果还不是跟你一样。"

到现在为止，他不过碰到个把带威胁性的耳光罢了。可是，这回的案件，他跟渡他们同样受到警察的注意。这样，他就碰到"厉害"了。

审问室屋顶的横梁上装着一个辘轳，辘轳两边挂下两个绳头。龙吉的两脚被拴在绳子的一头上，人就倒吊起来了。然后跟"打夯"一样，把他的脑袋在地板上咚咚地撞。每撞一下，全身的血就跟打破了闸口的急流一样，全涌到脑袋上来，他的头脸成了一个真正的火球，眼睛又红又肿地暴出来。

"救命啊！"他叫了。

做完了这个刑罚之后，又把他的手放在滚水里。

龙吉知道有好些同志，在警察局里受了非刑拷打，结果"遭了杀害"，有的是直接在自己周围的人，有的是在报刊上间接见到的。这些人变成遍体鳞伤的尸体从警察局引渡出来的时候，警察局一定说他们是"自杀"的。明明知道绝对没有"这个道理"，可是你到哪儿去控告呢？法院吗？不管外表怎样，它跟警察局是串通的。因此在警察局里不管遭到什么，总是没有办法的。这还不是一套把戏吗。

"这是这次案子里的大家伙。"拷问员说。他在头脑里恍恍惚惚听到了这句话。

接着，龙吉被剥光了外衣，用一条三股麻绳抽打。呼的一下，整个身体缩成一团。鞭子的一头反拨过来用全力卷到他的胸脯上，一直嵌进肉里，这使他更加受不了。他的棉毛衫裂成一条一条的。

当他把大部分失掉感觉的身体，好容易斜靠在警察的肩上，踉踉跄跄地沿着走廊走回去的时候，他才知道，没有受过"拷问"以前，想到"拷问"，感到残酷，心里害怕，但实际受了"拷问"以后，原来完全不是那么一回事；想到自己终于身当其境，受到拷问的滋味，才知道人身中有一种想不到的"抵抗力"。那时嘴里虽然嚷着'杀——吧，杀——吧'，实际上在这一刹那间一点儿也不感到残酷和痛苦，这只是一种"极度"的，是的，一种极度的紧张。"人是不容易死的"，这句话果然不错。龙吉心里这样地想。可是当他被送进关着流浪人和乞丐的拘留房的时候，他忽然意识到已经关进屋子里，就突然昏过去了。

第二天早晨，龙吉发了高烧。看守他的老警察，用湿手巾按在他的额上给他退烧，他一直说着呓语。过了一天，他醒过来了。那流浪人说：

"你的胡话说得真厉害。"

龙吉吃了一惊，不让对方说完，就着急地问："说了什么？"他慌张了，是不是在看守的警察跟前，说出了不该说的话呢。他从一本什么书里看到过，在外国，甚至有一种混账办法，在审问的时候，注射一种使人说呓语的药水，来盗取口供。

"你说：'不是那么容易死。'过了一会儿，又说：'不是那么容易死。'不知怎的，光说这一句，说了有几十次。"

龙吉浑身紧张地屏住了呼吸，听了这话，才透出了一口大气，立刻不自然地大笑起来。可是笑声震动了伤口，不觉叫起痛来："啊哟，啊哟……"

在练武厅那边，听说斋藤受过拷问之后，发神经病了。原来斋藤在受审问中，当"照例"准备开始用刑的时候，突然"哇"地叫了一声站起来，在屋子里手舞足蹈地乱跑，嘴里大声嚷着："哇——,哇——，哇——"开始，警察们愣住了，跟木头一样站着不动。大家觉得害怕，认为当"拷问"这一个念头传达到他脑子里的一刹那间，他突然奋昂起来，发起神经病来了，因此谁也没有动手。

"假装的，动手啊！"

司法主任倒拿着铅笔，在记录纸上旋转着，冷冰冰地低声说。警察像舞台上笨拙的跑龙套似的，围住像受惊的马一样发起疯来的斋藤乱打乱揍。一动手打人，大家就恢复了平常的"拷问意识"。有一个警察用竹板横扫过去，扫到斋藤的脸中心。鼻血跟火光一样"灿烂"地喷出来，一下子就染红了斋藤衣服的前襟。他发出"哇——,哇——"的叫声（其中带着一种奇特的空虚的感觉）跳起来。他的脸染红了，好像刚从血水中捞出来似的。

"这家伙现在问不出什么来了。"司法主任说，"停止。以后再审。"

为了毁灭证据，警察没收了他的血衣。

这样，斋藤有十天没有再受审。其中三天留在练武厅，后来就移到拘留房去了。可是经过拷问之后，斋藤的神气看来比以前更加精神了。但这种精神饱满的神气，跟普通不同，有不自然的地方。人家对他说话，他常常发愣。偶然安静起来，就一个人喃喃地自言自语。

很多工人，连工作服也没换掉，接连着被抓了进来。每天——接连十天、二十天，继续着这次的大逮捕。不值班的警察，没有例外地每天发五毛钱加班费被派出去抓人。从早晨到夜半，东奔西走，身体累得跟鬼头豆腐①一样。他们由于疲劳过度，轮到来拘留房当看守的时候，马上就打起瞌睡来；连对自己亲手抓来的人，也念叨起警察生活的苦经来。那些受警察拷问，并且从各种机会明白警察都是反动的人们，发现了这样的警察，完全出于"意外"。啊，对啦，原来在"这一点上"也是一致的。他们只是被人用种种方法蒙住了眼，被催眠术巧妙地迷住罢了。那么，应该怎么办呢？谁应该去拿开遮蔽他们眼睛的东西，谁应该让他们从催眠术中醒过来？出乎意外的，原来他们不是咱们的敌人。龙吉和其他的人都这样想。

终于，被捕的人们对那些受强迫劳动的警察，不胜同情了。无论怎样恶劣的工厂，也不会这样"剥削"人。

"反正什么都行，只希望快点儿得出一个结果。"一个头发稀薄、脸色青苍、长着许多胡子茬儿的警察对龙吉说，"唉，连孩子的脸也有二十天——嘿，二十天——没有见了，这不是说着玩的。"

"啊哟，真难为你了。"

"不值班的时候上班——不，给拉来上班的时候，给五毛钱加班费，吃一顿午饭一顿晚饭就没有了，结果就是白干。实际上连饭钱也不够，把人不当人嘛。"

"哎，水户部先生（龙吉知道他的名字），对你说这样的话也许不合适，我们干的事情，也都是为了你所说的情形呀。"

水户部警察马上放低了嗓子说："对呀，老实说，你们干的事情，我们心里也明白，不过……"

龙吉故意像开玩笑似的说："不过，你这个'不过'实在是可以用不着的呀。"

---

① 一名蒟蒻，一种有软体块根的植物。

"嗯。"警察想了一想，没有吱声，"……总而言之，这日子实在不是人过的。你是当过教授的人，对你说句体己话（龙吉苦笑着点一点头）。昨天，无论如何，身体实在支持不住了，在看守的时候不管一切就睡着了。正想：这样也好。却又来了逮捕令，真要命。四个人还是勉勉强强出发了，在路上，有人说：'咱们也来罢一次工吧。'"

"嚯，警察罢工。"可是警察说得很认真，他就马上停止了开玩笑。

"这时候就有人说：'讲到罢工，精通这门的先生可多着呢，只要请教一下就行。而且，这回的事件是全国性的，到处都忙得不亦乐乎，罢起工来，绝不会失败，保证胜利。'"

龙吉对这谈话开始感到很大的兴趣了。

"其中也有人说：'我呢，只要把局长打倒，伸开手脚，舒舒服服，呼噜呼噜睡一个大觉，就是一次也行。'也有人说：'局长那家伙精神为什么那样好，原来这回的事件，本市的大地主、大资本家都捐了赞助金，把他的荷包装满了。'……"

龙吉竖起耳朵来，注意地听。

"事情可闹大了。大家都说：'不愿意再干啦。'说着，故意把步子放慢。又说：'咱们到那儿去休息休息吧。'结果，就跑到 H 派出所聊起天来了。"

"后来呢?"

"就是这样，没有别的了。"

"……"

"说一句体己话，祖开肚子来看，哪一个警察都是一样。只不过因为自己是警察，在长时期的警察生活中，改变了本性，一下子不是那么容易办。"

284

龙吉显然兴奋了。他想："这实在是重大的事情。"他好像第一次见面一样，重新望了望水户部。这个警察坐在橘子箱搭成的台子上，面对着走廊，有一个又厚又宽的圆圆的向前微屈的肩头。在龙吉看来，这形象特别有一种亲热的感觉，真想同他紧紧地握一握手。心里热切地感到一种冲动，想拍拍他的落满头皮屑和尘土的、钉着肩章的旧洋服的肩头，叫一声："不错呀，老兄。"

9

　　这是龙吉从练武厅隔离两三天以前的事。在那一日的四五天前，有一个从前在工会里认识的叫作木下的工人，审问的结果被隔离到一号拘留房去了。大概晚上十点钟左右，这人同警察一起到练武厅来。两个人动手收拾留在那里的木下的行李。龙吉醒过来了。

　　"喂。"龙吉低声叫他。

　　木下向龙吉那边一望，好像把脑袋轻轻地动了一动，低声说："解到札幌去。"

　　龙吉只说了一声"嗯?"心脏好像突然被什么东西重重地抓了一把。解到札幌去，这就是说十之八九，不能不断念了。

　　龙吉记得木下离开练武厅的时候，头发很长，现在发现他已经剪短，露出青青的头皮，就问："头怎么啦?"

　　木下脸色阴沉了一下："老被抓住头发不好受，剃光了。"

　　把行李收拾好，警察催木下走。正要出去的时候，木下迟疑地向警察说了什么。警察就走到龙吉跟前，用不耐烦的口气说："木下说，你有烟卷给他几支。"

　　对啦，想起来了。一在工会里，木下也老向大伙一支两支要去了烟卷，抽得很有滋味。龙吉很高兴，对解到札幌去的木下，还可以送几支烟卷，这真是求之不得。他像发了慌似的，走到自己行李包那儿，连忙拿出蝙蝠牌的盒子。可是，怎么回事，只有一盒，而且那么轻！不如意的时候什么都不如意。三支，盒子里只有三支，他好像无心中干了坏事的孩子一样。

"朋友，只有三支了。"他满心不安地说。

"行，行，够了，谢谢你！"木下好像孩子接到人家的赠品一般，两手半叠着伸出来。

"一支够了！"

站在旁边的警察，一下子就拿走了两支。在一刹那间，两个人默然地愣了一愣。

"让他抽烟，已经过分啦！"

什么"啦"不"啦"的！龙吉激动得浑身哆嗦了。可是他说：

"对不起，只有三支，木下对烟卷特别……"

警察不让他说完："没有人说只有三支呀。"

木下做出石头一样呆木的表情，没有吱声。放着只有一支蝙蝠牌的手掌微微颤动。

两人出去之后，龙吉想象着木下的情绪，心里都想哭出来，把警察交还给他的蝙蝠牌，捏得粉碎。

"嘿，他妈的，他妈的！"

三天，四天，十天过去了，可是日子那么长，不是这么计数目那样简单，它好像是无穷无尽的。渡、工藤、铃本，对于拘留所中的"沉闷"生活，倒有一点儿习惯了。即使习惯的程度各人不同，但他们的神经较比龙吉和佐多要粗一些，所以还能够受得住。特别是佐多，他是悲惨地垮台了。

佐多的屋子离渡的地方不远。一到晚上，佐多坐立不安地闷着声，心里焦躁得像中了毒变成半"白痴"似的糊里糊涂的时候，隔着几道门的对面，听到低低唱歌的声音。

太阳出来又落山，
监狱永远是黑暗；
看守不分昼和夜，
站在我的窗前。

这是渡的歌声。值班的看守，对渡似乎不再去干涉了。

愿意监视，你就监视，
反正逃不出牢监；
我多年想望着自由，
挣不脱千斤锁链。

最后"挣不脱千斤锁链"两句，一听就知道是渡用他特有的深沉有力的嗓子唱出来的，而且单把这两句，几次几次重复地唱。佐多觉得渡的心情直接传到了他的胸头。

这是佐多时刻等待着的娱乐。时间每次都在黄昏。从前佐多对于这样的歌，常常用轻蔑的口气称为"通俗艺术"，现在也完全改变了。不但对于歌声，就是外边行人的单调的脚步声，雪地上的木屐声之类的声音，仔细听来，也第一次感到其中包含着复杂的音阶；从不知何处传来的听不清的喁喁的谈话声中，也感到奇怪的音乐美的调子。他一小时、两小时地倾听雪花落在屋顶上的轻微的窸窣声，引起各色各样的幻想，把自己的心从沉闷中解救出来。他什么都不需要，只需要"声音"。如果要证明他的心还是"活着的"，那也仅仅是每个对"声音"的反应罢了。关在一起的不良少年谈怎样勾引女子，流浪人谈悲惨的生活等等，每次都能引起佐多的兴味，可是，听了两三天，也已经腻味了。

小樽有一种有名的东西，是专门替商店做广告的人。他们受市内商店的委托，扮成小丑的样子，站在十字街口用滑稽声调念广告词句，还加上打鼓吹笛。有一次，这种做广告的人恰好在拘留所附近。梆子声像震裂了冻结的空气，很响亮地传进来，接着就听见滑稽腔的广告词。

"啊哟哟！"这真是名副其实的"啊哟哟！"拘留所里所有的人，像"攻城"一样全都涌到小小的四角的高窗子那儿去，后边的人用力一跃，跃上别人的脊梁，再后边，又有别的人叠上来。对于"声音"的饥渴，可不仅是佐多一个人。

晚上，他好几次梦见母亲。特别是母亲来探望的那天晚上，迷迷糊糊睡过去，就梦见了母亲；再睡着，又梦见了母亲……一直到早晨，接连梦见无数次。

"你瘦了，脸色不好呀。"

来探望的母亲，一见他的脸就哽咽着说。

"我每天都求告先人，让你快快出来。"母亲拿出又皱又脏的手绢，掩住了脸。母亲所说的"先人"就是死了的父亲。喜欢干净的母亲，使着这样脏的手绢，他见了心里真难受。可是母亲喋喋不休地说着莫名其妙的话，抽抽噎噎地哭起来了。他脸冲外站着，这时候母亲伸过手来，弄平他衣襟上的皱褶。他很窘迫地耷拉着脑袋，直接在脸上感到母亲的气味。

回到拘留房里，打开母亲送来的包裹。在别的许多东西中间，发现一瓶紫色小方瓶的眼药。佐多在家里的时候，每晚上睡觉以前有点眼药的习惯。

"究竟是妈妈呀，来看你的是你妈妈吗？"在旁边看着他打开包

288

裹的不良少年，见了就插进嘴来，"我也有妈妈呀。"

过了四五天，佐多从警察局出去了。

他不知不觉地走到了外面。可是，确实，这是外面。不错，是明亮的雪光"照耀着"的外面。他走到外面，觉得一阵眼花。总之，这是"外面"呀！有某某的家，有××店，有×××桥，什么都是熟悉的。天空，还有电杆柱子，狗！连狗都真的在那儿。孩子，人，"自由"行路的人们，比什么都自由！

哎，终于回到这个世界里来了！

他感到一种冲动，想跑过去对那些走过的人，不论男的、女的、小孩子，谈谈，笑笑。这是一点没有夸张的情绪。他的胸头激动着，抑不住从内心中发出来的欢喜。"终于，终于，终于出来了！"他不禁哭出来了。一哭，眼泪像心跳一样，滴滴答答地接连着流出来了。他也不管行路人停下脚来诧异地望他，却抽抽噎噎地哭出声来了。他什么也没有想，除了自己，再也想不到别的什么人和事！他没有那样的余裕了。

"终于出来了，终于，终于！"

佐多出去这件事，一传二，二传三，传到各个拘留房里去了。

渡对于这件事，没有引起什么特别的感触。他觉得佐多没有必要关在拘留所里，出去了也好。他不大熟悉佐多，虽然参加同一的运动，对于公司职员——知识分子出身的人，总觉得不合脾胃。也不是什么讨厌，就是不关心罢了。

可是工藤却跟龙吉一样，认为这种知识分子，接连地投身到运动里来，就会带来他们所没有的各方面的知识，给他们因为没有经验，容易急躁冒进，简单从事的运动，加上了厚度和深度。当然，像佐多那样，虽然有他的许多缺点，可是留在队伍里，只要遇到非他不可的任务时，能够好好地完成就行了。特别是工藤，想到自己在这方面，还有许多应该要做的工作。

审问，在警察们使用疯狂的方法，创造出在这里写不完的（也许这就可以写成一本书）许多残酷故事中，接连地进行着。那些"事实"已经确定的人，就解送到札幌的法院去受预审。

在被押解之前，各个担任审问的司法主任、特高警察就自己"掏腰包"请大家吃盖浇饭和饭卷①，自己也陪着吃，立刻像拉关系一般向大家表示亲切。

"总而言之，"谈话中顺便（顺便?）用轻松的口气说，"总而言之，照在这里审问时候的口供说就行，口供不同，法官就会说你们态度不老实，反而对你们不利……"

之后，就随便闲谈着，重新用不在意的口气，反复说同样的话。

"你们这样请客，当不起呀。"渡、工藤、铃本他们明明知道他们的意思，故意嘲弄他们。

"明白了，明白了，我们什么都不说，就照原来的口供。"半开玩笑地向他们点点头。

斋藤和石田，吃到这样好的东西，开头还有些莫名其妙，不明白这是特高警察和司法主任的"手段"。因为他们一手造成的"口供记录"假使在预审时全部叫被告给推翻了，就有被撤职的危险，或是给上级留一个不好的印象，对以后的升级和发展大有关系。渡他们完全抓住了这个弱点，就反过来利用它，在去札幌的路上，要押解的特高警察，在车站上买盒子饭②和馒头请客。

"可怜，不要逼得太厉害呀。"特高警察这样地诉苦了。

到四月二十日为止，拘留在小樽警察局里的全部人犯都被押解

---

① 日名"寿司"，一种用紫菜包的饭卷，中间夹入鱼肉之类。
② 日名"便当"，用木片盒子装入饭菜，在车站等处出售，可以代餐。

到札幌去了。警察局立刻空了。只有墙上的题壁，在无人的屋子里显得特别引人注目。大家住过的屋子的墙上，几乎不约而同地、仔细地刻着：

不要忘记三月十五日！
共产党万岁！

记住三月十五日。
日本共产党万岁！

一九二八，三，一五。
打倒田中反动内阁！

共产党万岁！
劳动农民党万岁！
全世界工人团结起来！
记住三月十五日。

不要忘记三月十五日。
建立工人农民的政府。

日本共产党万岁！

1928 年 8 月 17 日

图书在版编目（CIP）数据

蟹工船／（日）小林多喜二著；楼适夷译. — 北京：
中国文史出版社，2021.1

（楼适夷译文集）

ISBN 978 – 7 – 5205 – 1567 – 2

Ⅰ．①蟹… Ⅱ．①小… ②楼… Ⅲ．①长篇小说 – 日
本 – 现代 Ⅳ．①I313.45

中国版本图书馆 CIP 数据核字（2019）第 250474 号

责任编辑：薛媛媛

出版发行：**中国文史出版社**

社　　址：北京市海淀区西八里庄路 69 号院　　邮编：100142

电　　话：010 – 81136606　81136602　81136603（发行部）

传　　真：010 – 81136655

印　　装：北京新华印刷有限公司

经　　销：全国新华书店

开　　本：720×1020　1/16

印　　张：19.25　　　字数：220 千字

版　　次：2021 年 1 月第 1 版

印　　次：2021 年 1 月第 1 次印刷

定　　价：65.00 元